朝圣的囚徒

姚　民著

群 众 出 版 社
·北 京·

图书在版编目（CIP）数据

朝圣的囚徒 / 姚艮，姚立文著 .—北京：群众出版社，2012. 8
ISBN 978 - 7 - 5014 - 5022 - 0

Ⅰ. ①朝…　Ⅱ. ①姚…②姚…　Ⅲ. ①长篇小说—中国—当代
Ⅳ. ①I247. 5

中国版本图书馆 CIP 数据核字（2012）第 181385 号

朝圣的囚徒

姚艮　著

出版发行：群众出版社
地　　址：北京市西城区木樨地南里
邮政编码：100038
经　　销：新华书店
印　　刷：**北京通天印刷有限责任公司**

版　　次：2012 年 8 月第 1 版
印　　次：**2013 年 2 月第 2 次**
印　　张：8. 25
开　　本：880 毫米 ×1230 毫米　1/32
字　　数：22 千字

书　　号：ISBN 978 - 7 - 5014 - 5022 - 0
定　　价：30. 00 元

网　　址：www. cppsup. com. cn　　www. porclub. com. cn
电子邮箱：zbs@ cppsup. com　　zbs@ cppsu. edu. cn

营销中心电话：010 - 83903254
读者服务部电话（门市）：010 - 83903257
警官读者俱乐部电话（网购、邮购）：010 - 83903253
文艺分社电话：010 - 83901330

姚艮与夫人张春燕（2006年）

1966年姚艮（前排右一）全家合影

1985年8月在吉林视察工作。右二为姚艮，右三为时任江苏省人大常委会副主任洪沛霖，右四为时任吉林省委政法委副书记谢安山

2005年姚艮全家合影

2006年女儿姚立文（中）陪同父母游览北京昌蒲公园

雪峰：我在这里已经住了将近半年了呀！”

是在1933年5月4日，吃完早饭，我正在读资本论的时候，门开了，看守喊道：

“收拾你的东西！快！快！”

“到哪里去呀？我没有什么东西，只有这部书还是你们的一位洲稽查的同志拿来的！”

“随你的便！押下我们作出应当处理！较亲手，不怕沉，你就带着吧！”

我抱着三本书，同二三十个脸色灰黄的两颊浮肿的难犯一起被送上一辆大卡车。我上车的时候一个先上去的小伙子伸手把我拉上去，另个小胡子却尖酸地叫道：

“想不到‘黄代表’还会装模作样的知识分子呢？真奇怪！拿着这么沉重的书，能当饭吃，还不如给我们抽烟吧！”

“那可不行，这是我的宝书：资本论！”

姚艮手迹

目 录

一 到圣地去

一九三二年九月二十五日，我终于领到了出国签证。可我突然从伯父眼里看到了他依依不舍的心情，顿时觉得自己像小孩子一样舍不得离开年迈多病的伯父了。

伯父的一生非常坎坷。他读过私塾，读过许多诗书。他的记忆力很好，可以一连几小时讲历史故事，也可以背诵许多古诗、古文。他写得一手很好的字，是位研究书法的行家。他在读了孙中山的一些言论和文章后，冒险参加了兴中会。一九一二年他当了参议院议员，在反袁世凯的斗争中几乎丢了脑袋。以后他又反曹锟，反吴佩孚，反张作霖，被通缉，逃到天津法租界……最后逃到广州参加了孙中山的北伐准备工作。他秘密地回到北京，又被通缉，逃回东北家乡……后来的一切都使他感到失望。他患了偏瘫症……在患病期间读了一些马克思、列宁的著作。俄国革命的成功鼓舞着他，他希望自己的后代能成为真正的革命者，我和我的堂弟就是在他最先的启示下参加共产党的。

我一夜没有睡，天刚亮就走到外面。清凉的九月晨风吹拂着我。一想到今天就要离开伯父到外国去，我长长叹了口气。就在这时，我听见从一丛丁香树后传来伯父的声音：

“你马上就要出国，该办的事都想好了吧？去了要先抓主要的事去做。第一，你们组织的民族义勇军总要有人来领导，我指的是中国共产党的领导；第二，你们要有个后方供给你们武器弹药和收容治疗伤病人员；第三，你们要学习政治、军事等起码知识。到那里以后，首要的是先办好这三件事！”

“我明白。如果顺利，有两三个月，最多半年就会办妥的！”

“我看你还是把事情想得复杂一点儿，想得困难一点儿，免得到时候不顺利灰心丧气！”

我点着头，呆呆地看着他那年迈弯曲的身体，看着他那一绺绺被晨风吹拂着的白发。

“您多保重身体，我到那里后会捎信给您的。我想，苏联共产党会言行一致来帮助我们！”

“但愿如此！”伯父用目光打量着我，半天才补充道：“遇事多从困难的方面想一想，人生不如愿的事总占十之八九！只有遇到困难挫折不灰心不堕落的人，才是最后的胜利者！”他又看了看我，微笑着说：“看来你很有信心。做事有信心就好。有个不动摇的信念支持着你，你就会在人生的荆棘中找到出路！”

“您放心吧，我都记住了。”我认真地点着头。

回到屋里，伯父把他身上穿着的一件厚厚的棕黄毛衣脱下来。

“这是当年我在广州买的，你带着吧，天冷就穿上它！还有，与你们同船去的有一个叫李振亭的华侨，我给了他三十元钱，到苏联后他会给你换成卢布，可解决一段时期的食宿费用。”

我流着泪，把毛衣接过来穿在身上。在以后的岁月中，就是这件毛衣，严寒中救过我的命，万分失望中给过我力量！

“我走以后您怎么办呢？回双城老家还是到北京去？”

“双城已被日本人占领了！到北京去？在那里我又能干什么呢？如果我不是半身残废，还可以勉强做个识途老马。可在这里也不那么好待，目前这个黑河市……”伯父苦笑了，接着说，“马占山，就是当年占山为王的那个马小个子，他当红胡子，抢劫、绑票、发横财……然后投降当官，成了黑河地区的骑兵旅长。日本人打到沈阳，打到卜奎、哈尔滨，他突然被少帅任命为黑龙江省的督军、省长……他投降了日本人，又成为伪满洲国的军政部长；就是这样的一条变色龙、发国难财的红胡子，竟成了抗日的英雄！今后，赶走日本人，只能寄希望于共产党人了。”

在海关码头，我们终于坐上了一只小船。和我同行的老李原是呼海铁路的司机，也是个中共党员。

小船离岸以后，我养的两只猎犬也跳进水里在船旁游着，船划到江心，水很急，狗还在追着，这时我听见岸边传来伯父嘶哑的喊声，狗被伯父唤回去了。船越划越远，伯父依旧立在江边，两只狗依偎在他脚下摇着尾巴。泪水再一次模糊了我的双眼，虽然只是一江之隔，我已离开了祖国和亲人。

我转过身，看见渐渐靠近的对岸，屋顶上的红旗随风飘扬，在阳光下镰刀和斧头熠熠生辉。我和老李摘掉帽子向红旗致敬。我们终于来到列宁的故乡——社会主义的苏联，全世界无产者仰慕的地方。我和老李激动得禁不住欢呼起来。

我们登岸了。没有亲人、朋友迎接我们。同时，我发现那些戴绿领章、戴着顶上有犄角尖儿缀着红星的帽子、穿着下摆拖到脚面的灰色军大衣的边防军人，对我们这些朝圣者，似乎有一种怀疑、厌恶与敌视。我们向他们点头问好，他们却报以冷漠甚至嘲讽的目光。

我们等待着检查。他们正在对那些比我们先过江来的华侨工人、小贩搜身，甚至叫他们脱下裤子，看他们是否贴身还藏有什么东西。鞋子被脱了下来，用锤子敲打着，翻来覆去地摆弄着，用刀子撬开鞋底掌……最后边防军人不耐烦地叫道：

“巴绍啦！巴绍啦！(俄语：滚)”

轮到我们了。我和老李被上下打量着。他们用傲慢的声调问道：

“你们是念书的？来苏联干什么？谁派你们来的？”

我们的物品一件件被那位边防军官仔仔细细地摸着，我的一件白色衬衣也被拿到阳光下透视着。他注意到我不满的脸色，又重复问道：

“你们来干什么？负有什么任务？你们的东西里面藏着什么？”

“什么也没有。我们是抗日的，是要打日本鬼子的！”老李笑着挥着手亲热地走上前去，要和那位军官握手。军官斜着一张蔑视的脸，向后退了一步说：

“你给我坐在那里！抗日的？为什么不在你们自己的国家抗啊！难道我们这里有日本人吗？真有日本人来，我们也不会求你们这些懒虫、胆小鬼帮助的！”边防军官用俄国话夹杂着怪腔怪调的中国话指手画脚地说着，嘲笑着。接着他斜着眼打量着我，把我带去的两个大白面包用手掂着，鼻子里抽着气嗅着……笑着问道：

“你说实话，这里面藏着什么？带这面包是干什么用的？难道我们这里没有白面包？”

他一面说着一面用刚才撬皮鞋底的刀子把面包切成两半，然后把半个面包举起来，审视着，又像警犬似的抽动着鼻子嗅着，说道：

“这半块面包我们要留下化验！是的！这毫不奇怪。最近有些中国毒贩子把毒品掺在面包里……”他把半个面包用报纸包好放在一边。他拿起我的一本厚厚的笔记本，问道：“里面写了些什么？我们要留下仔细检查。”这使我很激动，因为这笔记本是我为伯父写的一部自传。里面有他从小的经历，有他经历过的官场故事，有他与袁世凯、吴佩孚和张作霖这些人斗争的情况，更多的则是他坎坷不幸的遭遇。

“不能给你们！这是我最最重要的东西！”

“什么东西？”

这时老李跳起来，把笔记本夺过来还给我，慷慨激昂地说：

“这是他的著作，里面写的是我们中国人，老一辈革命家的故事！”

“嘿嘿！你们中国人也有革命家？还是老一辈的？笑话！”那位军官又把笔记本抢回手里说，“这里面一定是反革命的宣传，我们要扣下检查……你们的护照也留下，一星期后来取！巴绍啦！巴绍啦！”

就这样，我们上了“朝圣”的第一课。

二　初见隋老爹

我们走在海兰泡的街上。“海兰泡”是这块土地当年还属于中国时的名称，现在用的则是一位沙俄占领将军的名字，叫布拉戈维申斯克。

城里没有几家开门的商店，更没有摆摊叫卖的商贩。人们在游荡着，似乎在寻找着什么！这时跑过来一个十来岁的瘦瘦的孩子，他哭着叫着：

“瓦尼亚叔叔，你们好！给点东西吃吧！”

“巴绍啦！巴绍啦！”老李一肚子气撒在这孩子身上。

我把装着面包的口袋打开。瞬间，那孩子神速地抢走袋子，跑了。

老李气得直骂娘，想去追赶，只见那个抢走了面包袋的孩子已在街对面与两个不知从什么地方钻出来的孩子分食着。他们的嘴不停地嚼着，同时做着鬼脸叫道：

“瓦尼亚叔叔！谢谢你们的礼物！”

以后我们才知道，在远东，每个中国人都被嘲笑地叫做“瓦尼亚”，每个岁数大点儿的都被叫做“瓦尼亚叔叔”。因为俄国人的童话、俗语中都有叙述傻小子瓦尼亚的故事。瓦尼亚——伊万几乎成为中国人的专用代名词了。

我和老李商量着怎样去找苏联共产党，商谈着我们要求帮助抗日的问题。

“当然应当去找市党部，先把关系接上，然后再谈咱们的请求，这是组织原则！”老李边说边向遇到的中国人打听市党部的地址。

在挂着市党部牌子的高大建筑物门前，卫兵把我们挡住了。我们用半生不熟的俄国话解释着：我们是中国共产党党员，要求见市委负责同志商讨抗日问题。

卫兵哈哈大笑起来，接着以故作郑重的语调说：

“你们找错地方了！瓦尼亚，你们真要抗日还是回到中国那边去！这边没有日本鬼子。日本鬼子早被我们在伟大的十月革命以后从远东全部赶走了！巴绍啦！巴绍啦！”

我们屈辱地离开那里。老李咕哝着说：“像什么话，哪有一点儿国际主义味道！这些沙皇余孽！”

“不能这样说，”我说，“我们没有什么介绍信，也不认识什么人，谁会相信我们是抗日的，是共产党员，是来请求国际援助的！”

“那你为什么在黑河没有想到这些？真的，还不如和小张那些人一样，先找苏联领事去联系，经他们介绍，那就好办了！”老李说。

在大街上走着走着，肚子有些饿了，可面包早被抢走了。夕阳西下，还没有找到一个安身的地方。老李在一个小饭馆跟前停住了，用鼻子嗅着。他闻到了饭菜的香味。

“好了，你看开饭馆的一定是咱们中国人。咱们可以去混顿饭吃，也可以打听个门路。比如怎样找个住处，怎样找个通情达理的中国人。最好是个共产党员或共青团员。同志遇到同志没有谈不拢的。”

正在这时，从小饭馆里走出几位青年人，热情地招呼道：

“老李、老姚，你们怎么也来了？你们不是下决心要到绥滨、合江去打游击吗?”是小杨易和汤问庸等三四个人。

我们喜出望外。他们都是从哈尔滨、沈阳来到黑河的学生。我们曾在一起开过会，搞过宣传，写过传单、标语，为抗日募过捐。我们曾有过分歧。他们说打游击是冒险，要先有外援后才能自力更生。我们则主张先干起来，组织起来，在打仗中锻炼学习。最后他们去找苏联黑河的领事，由领事介绍到苏联学习。

当杨易、汤问庸得知我们走投无路时，立刻说:

“走！我带你们到东方工人俱乐部去。那里有位马尔丁诺夫同志，是中共老党员。他在东方大学读过书，是苏共中央派到远东来的。俱乐部里还有一大批东方大学来的中共老同志。金尼索夫、古略夫、施蒂班诺夫……还有老游击司令山东隋老爹……走，走！我们给你们介绍介绍，他们会给你们安排住处的，会供给食宿，也会安排学习和工作的!”

东方工人俱乐部设在靠近黑龙江岸边一条僻静的街上，可能是沙俄时代遗留下来的剧院，二层楼，楼下大厅能容纳四五百人，还有两个较小的房间，里边摆着一些书籍和杂志。二楼有好几个明亮的大小会议室，里面摆放着各式各样的桌椅、凳子，看来是从不同的人家或关了门的旅店里弄来的。

我们走上楼。一间大房子开着门，里面坐着许多各种打扮的中国人。

在讲台桌的正中坐着一位穿军服的人，身上披着灰色军大衣，桌上放着带犄角的有颗红星的帽子。他身边坐着一位老人，穿着一身黄灰色的呢子军服，正在讲当年打游击的故事。他目光熠熠，正讲得有声有色。

“杜洛夫同志！他们两位是我们在黑河组织抗日的伙伴。”杨易迈进房门介绍我和老李。

杜洛夫伸过一只大手和我们紧紧相握，并把身边那位老人介绍过来:

“这位是咱们远东有名的老头队的英雄，当过游击队大队指挥员，当过远东红旗军的团长，大家都叫他隋老爹。现在退休了，在我们东方工人俱乐部当经理。你们的吃住、学习，一切一切问题都可以找这位老爷子！”杜洛夫说完哈哈大笑着。

“老爷子！杜同志！我们两个都是中共党员，我们到这里来是希望找到党的领导，领导我们最近的绥滨、黑河等地组织起来的游击队！”

“你们可以先住下来，然后咱们慢慢商量！”

“可是，可是……我们希望尽快有个结果，然后回去抗日！”

“小同志，你别急，急也没用！你们有什么话等晚上马尔丁诺夫同志来了跟他谈。现在还是先请隋老爹给你们安排一下吃住的问题。”

隋老爹把我们带到他的家中。开门的是一位又瘦又高的俄罗斯妈妈，她的身后站着一位十三四岁活泼漂亮的小姑娘。

“怎么的，咱们刚送走了三位布拉特（俄语：兄弟），你又捡来两位小兄弟呀？”她那半生不熟的中国话加上俄国妇女尖细柔和的玩笑，逗得隋老爹和我们都笑了。

小姑娘走过来牵着我们的手，热情地用略带山东口音的中国话说：

“两位小哥哥，欢迎你们！我叫瓦莉娅！”

吃完晚饭，隋老爹又把我们送到东方工人俱乐部，去会见马尔丁诺夫同志。

马尔丁诺夫同志是纯粹的北京人，用的是俄国人的姓。我们向他详细介绍了个人情况及在绥滨、合江组织抗日游击队的情况，并说明了我们来苏联的目的。马尔丁诺夫一面听一面在笔记本上记着，后来他不停地问起了我在北京的活动。

“你是哪年哪月参加革命的？”

“一九三〇年六月。”

“谁是你的入党介绍人？”

“老平、老李、还有……”

“你到北大去过吗？”

“去过，我们在红楼的教室里开过会。”

“我曾经在北大念过书，那是五年前的事了！好吧，你们把刚才说的每人写一份详细的材料，我转给中国共产党驻第三国际的代表王明、康生同志。”

“那要多长时间？我们希望能在两三个月里解决问题。我们想尽快赶回去，同志们在等着我们的消息！”老李激动地说。

“我理解，我一定把你们的意见转给领导同志。你们也要耐心地等啊，事情是复杂的，不是一个人说了算！你们可以先参加学习。你们学过英文，这里正在办中文拉丁化训练班，你们可以学习几天，然后帮助教学。中文拉丁化很有意义，应该提倡！”

他又嘱咐隋老爹，要照顾好我们的生活。

回到隋老爹家里，我和老李高兴得一夜都没睡好觉。第二天我们就写好材料交给了马尔丁诺夫同志。他又嘱咐我们说：

“你们不要随意与外人接触！这里是边界，来往的人很复杂。走私的、贩鸦片的、开赌场的、做投机小贩的……在他们中间潜藏着不少日本特务、国民党特务、帝国主义特务！你们要是一句话说错了，惹出麻烦就谁也帮不上忙了！”不知为什么他脸色变得那么阴沉，接着又长叹了一声。

我的住处被安排在隋老爹家里，老李被安排在几位共青团员的宿舍里。我们俩在俱乐部办的一个学习班里学习中文拉丁化，因为我们学过英文，认识拉丁字母，懂得拼音，只学了两三天工夫便由学员变成教员了。我被分配到运水队当教员。运水队有三十几个中国工人，每人赶着一辆马车到江边装上水运进城里。那时，布拉戈维申斯克城还有许多居民家里没有自来水，靠运水队送水。运水队队长是个很能张罗的年轻人。因为推广中文拉丁化困难很大，他采取了一个特别奖励的办法，谁来上课先发给一杯茶加两块方糖，学完临走时再领一个小面包，对老师特别优待，可以领双份。

第一天上完课我把四块小方糖和两个小面包包在手帕里带回去，想请我的隋老爹、尼娜大娘和瓦莉娅妹妹吃顿好晚餐。

我把糖和粉红色的小面包放在桌上。尼娜大娘从俄国式家庭烤面包炉里，用一个长柄的铁叉子托出来一个小底的生铁缶子（他们把它叫做生铁锅)，笑眯眯地放在桌子中央。她掀开厚实的铁盖，立刻从锅里冒出来一股土豆和咸大马哈鱼的香味来。隋老爹摸着胡子，用鼻子嗅着说：

“这鬼年头连吃顿煮土豆都不容易。我在院子里种了几垄土豆，本来可以用来过冬。可是一天夜里下着冷雨，刮起西北风，狗不停地叫，我想起床去看看，你大娘却说：‘半宿半夜地起来穷折腾什么，受了凉引起老病又要咳嗽一冬天！’我听了她的话，没出去。后来狗也不叫了。天刚亮老伴先起来，却在外面哭叫起来：‘土豆叫人偷光了！连根都拔出来了！’这年头，丢了土豆真像丢了脑袋一样痛心。”

尼娜大娘笑着，从碗柜深处摸出半瓶沃特加酒。

“为我们的列夫·吉格尔维奇干杯！”隋老爹举起酒杯说。列夫，俄文的原意是狮子，列夫的爱称是辽瓦。吉格尔维奇原意是老虎，在这里是父称，这是小瓦莉娅给我起的名字。

尼娜大娘捧上茶炊。那是一种古老的镀银的茶炊。炭火在茶炊中燃烧着，散发出木炭、水蒸气和用干野果制成的红茶的香味。我拿起一个圆圆的小面包放在瓦莉娅面前说：“这是给你的。”

“这是给两位老人家的。”我把另一个面包也递给了瓦莉娅。她把面包切成两半放在盘子中间，恭敬地端给两位老人。

这天晚上我们一直喝到半夜以后。

隋老爹喝了酒昏昏沉沉地趴在桌上睡着了。瓦莉娅对我说：

“走，我们出去走走。”

外面皎洁的月光像白昼一样！夜静悄悄的。她拉着我的手，顺着一条僻静的小街向江边走去。月光下的白杨树、白桦树光秃秃的，只有干树枝在秋风中摇曳着，踏在脚下的落叶哗哗作响！一轮又大又圆的月亮挂在黑龙江上，在几里宽的江面上铺了一条辉煌的通向我的祖国的金色大路。对岸就是我们的黑河，那里闪动着几点昏暗的灯光。传来了一阵狗叫声。有个醉汉拉着粗哑的长嗓门，唱着凄凉的小调。我长叹了一声。瓦莉娅说：

“我想和你一起回中国抗日，那也是我的家。”她说话的声音那么沉着。我觉得她好像变成了一个大姑娘。我紧紧握着她的手说："我一定带你去。"

第二天早晨醒了以后，我闭着眼睛回味着昨天的晚餐和那真诚炽热的家庭气氛，感觉到两位老人在目光里、言谈中似乎隐喻着另一种爱护和亲密的感情。这时我听到赤脚轻轻走在地板上的声音，然后闻到一股只有瓦莉娅才有的那种小女孩子的香气。一会儿，她那毛茸茸的头发在我的额头、鼻尖、嘴巴上轻轻扫过。她在我的额头上轻轻地吻了一下，然后飞快地跑走了。这是我有生以来第一次感受到那种神秘的初恋的甜蜜和美妙。

三　关进伯力监狱

我在运水队继续教着中文拉丁化的课程。因为我是边教中文汉字，边教拉丁拼音，效果非常好，工人们学习的积极性很高。当时关于中文拉丁化的问题争论很厉害，动不动就会给人扣上“汉字正统论”、“拉丁无用论”等大帽子。这场争论也把我这个刚来不久，不明情况的“教员”卷了进去。最糟糕的是马尔丁诺夫调走了，据说是调到伯力去了。

一天，隋老爹告诉我金尼索夫要找我谈话。我来到金尼索夫的办公室。他随即带我到市苏维埃去见一位穿着格伯乌军装的苏联首长。苏联首长很客气地接待了我。他的中国话说得很好，只是带着浓重的俄罗斯人的腔调。

他坐在办公桌后边翻着一沓子文件，不时地抬头用深沉的目光看看我，含蓄地微笑着对我说：

“你是位受过很好教育的学生，你在美国人办的学校念过书吗？你的英语一定说得很好，可以和外国人直接谈话吗？”

我点点头。

他继续问道：“你的祖父是个有几百公顷土地的地主，你的父亲是个商人，你的伯父是跟孙中山一起做过事的老国民党，对吗？”

我又点点头。

“你赞助马占山将军抗日，在黑河欢迎他回来时你还发表过讲话吧？”

“是的。”我点点头。

“你告诉我，你除了要求我们帮助抗日以外，还负有别的什么任务吗？”

我瞪了他一眼，摇了摇头。

他继续说：“没有其他任务？难道你不想看看我们苏联的军事、政治等等，你自己说是中国共产党党员，那你就更应该关心我们的各个方面了！听说你很关心这里的中文拉丁化……听说你提出来很好的意见，对吗？像马尔丁诺夫、金尼索夫这班人是些因循守旧的人物……他们不易接受你的建议吧？”

我琢磨着这位一板一眼地慢慢讲中国话的苏联人葫芦里卖的究竟是什么药。

“关于我的请求，你们的答复是什么？”我反问道。

“是关于帮助你们抗日游击队的问题吗？哈哈，我们当然按照国际主义精神办事，帮助中国同志抗日是我们的天职！好兄弟，别着急，你也不要胡思乱想。你等着吧，你有很多很多机会去抗日救国呢！”

第二天金尼索夫和杜洛夫把我叫到东方工人俱乐部。有一位四十来岁的中年妇女自我介绍是从赤塔市来的，名叫刘芭，是来请一位有教中文和中文拉丁化经验的教师的。她说早些时候马尔丁诺夫同志曾经推荐了我。接着她很和蔼地像对一位久别的小弟弟那样对我说：

“老金和老杜说你急于回东北抗日，这太叫人敬仰了。赤塔离中国很近，交通也便利，你什么时候要回去很方便，我一定竭尽全力帮助。你可以在赤塔学军事、学政治，若有什么困难找我好了！你就把我当老姐姐看吧！”这位老姐姐在握别时又嘱咐说，“你到赤塔去不要和别人说了。日本特务如麻，走漏消息对你回去抗日大大不利。好，明天见！”

我回到隋老爹家里，高兴得简直要发疯了！我笑着拥抱了尼娜大娘，又吻了吻瓦莉娅的额头，拍了拍她的肩膀。

“我要去学军事，学政治……不久就回去抗日！”我激动地报告着这一好消息。只是没说去赤塔。

“真的吗？那太好了，我也要跟你去抗日！”瓦莉娅高兴地跳着。

第二天我就要离开了，隋老爹送给我一件皮袄，说：

“带上它吧，在寒冷的日子里破皮袄是很有用处的。也许我们不会再见面了，给你留个纪念吧。”

当时我很感动，却不理解他为什么那么伤感，那么同情我。

到了车站，我们要乘的是从布城直接开往赤塔方向的西去的列车。这趟列车，是先北行到包其格辽夫车站，而后通过西伯利亚大铁路、往西可以去乌拉尔以西各地，往东去伯力、海参崴等城市。

布城的车站乱哄哄的，里面横躺竖卧的都是些褴褛的乞丐样的流浪汉、酒鬼和不停尖声叫骂的妇女。更多的是些七八岁的流浪儿，他们在人群中乱窜，掏旅客的衣兜，抢人们的东西，特别是看见人们吃东西时，过去伸手就抢。

我们一进站就被一群乞丐样子的人围住了：“伙计！我替你们拿行李！”他们上来想提我们的行李。

“滚！滚开！”杜洛夫凭借他那全身披挂的格伯乌制服把乞丐们赶开了。紧接着是一群肮脏的做着鬼脸的小流氓围上来，他们是不怕格伯乌的，他们向我和刘芭叫道：

“基代岳茨（俄语：中国人）！发赞（俄语：野鸡）！伙计！分点吃的，快点！”

“没有！”

“什么？没有！我们远东吃的穿的本来多得很，都叫你们骗去了，抢走了！你们是资本家、地主、间谍……统统都要打倒！”他们一拥而上。杜洛夫和施蒂班诺夫两个人对付他们，像捉小鸡一样揪着他们的头发，按住他们的脖子，拧着他们的胳臂，一个个给赶跑了。这些野孩子在远处咒骂着，做着各式各样的丑恶的表情。

我们挤在一个角落里，杜洛夫和施蒂班诺夫像警卫首长又像看管犯人一样守护着我。只有刘芭大姐总是问长问短，用一种同情的爱莫能助的态度对待我。对眼前这种混乱的现象，她解释说这是旧沙俄留下的……是过渡时期难以避免的，等等。

这时有两个中年的中国人走到我们跟前，亲切地问道："老乡，你们到哪里去呀？是去莫斯科，还是海参崴呀？上火车可挤呢，小偷多得很！"

"你们是干什么的，走开！"杜洛夫气势汹汹地冲上去。

"吓！你神气什么？又不是押解犯人！为什么不可以跟老乡说说话，搭个伴上车，互相照顾一下呀？"

"少废话，谁要你照顾！"杜洛夫吼着。

"过来，我有话跟你俩说。"施蒂班诺夫向那两个人摆了一下手，把他们领到门口，给他们看了一个什么证件，听不清他对那两个人说了些什么，只听见其中一个小矮个子恭敬地说：

"我们是奉命来监视华侨的，对不起，不知道你们是'机关'的。"

施蒂班诺夫回来了，带着胜利的微笑："这些废物！只能把什么都搞乱了！好，你们上车吧！"

我们挤上车。乘坐的那个包厢已坐了两位军人，从领章上看是格伯乌的，这并没有引起我的疑心。他们客气地指着上铺说：

"小伙子，请你到上铺去。您，女同志在下铺更方便些吧！我们能一路走太高兴了！在路上您有什么事尽管吩咐我们！"他们客气地招呼着。

"哎，哎！请你们两位好好照看他们！"施蒂班诺夫和杜洛夫站在车窗外对两位军人说。

"是！是！首长！我们一定把他安全送到目的地！"两位军人敬着礼，答应着。这时火车已经开动了。

“再见!”我热情地向窗外送行的两位同志道别。

火车上很热，我把棉外衣脱掉，只穿着伯父给我的那件棕黄色的毛衣。几天来过度兴奋使我感到非常疲劳。我躺了一会儿，睡意袭了上来。

“啊！快起来，到包齐格辽夫车站了！小伙子你下来，出去看看吧！这里上下车的人并不多，还有卖煮土豆的!”同行的一位军人摇动我的肩膀叫着，“你以后有的是时间睡呢！这个车站可不能不看。”他们用俄国话说着，有点像下命令似的把我拉下铺来。

“是啊！这个车站可应当看看，这是西伯利亚大铁路通向黑龙江岸的三岔路口!”刘芭用亲切的又有些困惑不安的眼神望着我说。

“哎！小伙子你下车去，到站台那边打壶开水吧！车上没有水，你们在路上会渴的！你就拿这把壶去吧!”同行的那位年长的总沉思着的军人拿起身边一把猩红色的搪瓷壶递给我。他也随着下车，站在车门口等候我。

我提着搪瓷壶走进站房，打开水的人排着长队。我刚站好队，过来一位穿军便衣的人叫道：

“小伙子，你过来，我有事问你!”我跟他走进车站的一间办公室。里面出出进进的都是些格伯乌军人。他微笑着坐下，上下打量着我。

“有什么事你问吧！我是从布城去赤塔的，有一位接我的刘芭同志在车上，你对我有什么怀疑可以去问她!”我用俄语断断续续地说着，心里想：他们可能有什么误会，也可能认错人了。

时间一分钟、一分钟地过去了，车站上传来汽笛声。我忽地站起来：

“火车要开了！我得上车去!”

“坐下！你忙什么？这趟车开走了，还有下一趟呢!”这个人变了一副面孔，吼叫着。

“我上不了车，跟我同行的刘芭同志会急坏的!”

“没事！没事！不会的，不会的!”那位格伯乌工作人员用嘲弄的口吻说。

等了好半天，进来一位军官，他问道：

“这位就是要我护送的人吗？”

“是的！”坐着的那位格伯乌站立起来，用嘴巴指点了一下我手里提着的那把猩红色的搪瓷壶。

“小伙子我们走吧！到伯力去的火车已经进站了！”

“我是要到赤塔去的！”

“对你来说，到哪里不都一样啊？走，走吧！”

这时我才明白他们原来是要把我押解去伯力！心想：“真见鬼，他们一定是认错人了。刘芭丢掉我，会到处寻找我的！她会把我找到的。”

这个押解我的人把我带上列车最后一节软席车厢。我们的包房里只有两个铺位。他叫我到上铺去，客气地对我说：

“你要去厕所我带你去；你吃饭我去餐车给你拿回来；你自己不要走动，更不许下车！我要保护你，把你安全地送到伯力！明白吗？”

“明白！明白！请告诉我，为什么要把我送到伯力？”

他耸耸肩膀说道：“我也不知道，到那里以后会有人告诉你的！”

自从我作为赤诚的朝圣者来到我心中最崇敬的圣地——苏维埃社会主义共和国联邦取经以来，在被押解的火车上，是吃得最好的几天。每顿饭有一大片面包，还有红菜汤；有两次还从餐车给我带回来掺了面包渣的肉饼！事实上我是随时可以逃走的，我的警卫员有时在下铺睡得很香，车门也没有上锁，只要往车厢外一跳，就可以自由了。还有当他去餐车吃饭时，更是个好机会。夜里，当火车在森林中吭哧、吭哧爬坡时，只要打开车门纵身一跳，一滚就钻进了茂密的森林，但我总是这样自信：“我不是走私犯，不是强盗、小偷，更不是间谍特务，只不过是一个求援的亡国奴，一个中国共产党党员。格伯乌犯得着找我的麻烦吗？一定是他们什么地方弄错了，是一场可笑的误会。也可能因这场麻烦会因祸得福，到伯力这个远东的首府，只要找到了了解我的老马同志，事情就会顺利解决的……”

“也许他们就是要让我到伯力去学习，为了保密才说是去赤塔的。东北被日本鬼子占领了，对那里的汉奸、特务总是应该防备的。假如他们真的要逮捕我，又何必叫老杜他们送我，叫刘芭大姐接我，又叫这个可爱的格伯乌小伙子押送我，在布市直接逮捕我不就行了吗?”我仍在自我安慰，自我解脱。

第二个或第三个晚上，列车开进了哈巴洛夫斯克——伯力车站。我的警卫员把我带出车站，但是没有人来接我们。他跑进站房打了约半个小时电话，回来后我们又继续在外面等待。我只穿了一件毛衣，初冬的冷风冻得我直发抖，穿着长长军大衣的警卫员也缩起脖子在原地跑步御寒。直等到半夜，我已经快冻僵的时候，汽车终于来接我们了。

汽车开到一所高大的灰白色建筑前，稍停了停，又跳上一个格伯乌来，他大声说：

“从旁门开进去，已经联系好了!”

车静悄悄地滑动着，开进一座警卫森严的大门，然后在一幢灯光明亮的办公楼门前停下。警卫员把我带进地下室的一间办公室里，指了指一个很大的木椅叫我坐下，从随身带的皮包中掏出一件公文，递给坐在柜台后边的一位值日官。那人看着文件，用手势不客气地召唤我走过去，用沉闷麻木、没有一点人情味的声调问：

“你叫什么名字？从哪儿来？多少岁？哪个民族的？什么时候到布城的?”

我一一答复了他。他在一张纸上签了字，递给警卫员。警卫员向我点点头，走出门去。

“小伙子你跟我来!”我随那位值日官走到一个门前。他把门推开，里面黑洞洞的：“进去!”我踌躇着，他狠狠地推了我一把，随后把门关上。

“这里太黑了，什么也看不到!”我叫着。

“猫勒气（俄语：不许说话）！猫勒气!”外面厉声叫道，“过一会儿就给你安排明亮的地方!”

我慢慢地习惯了黑暗。透过从门缝中射进来的微弱光线，我看清了我正站在两扇门之间的一个只有一平方米大小的夹道里。靠近墙的地方放着一个小凳子。我在凳子上坐下来，心里想：

“把我送到这么个鬼地方，他们要干什么？逮捕我？毫无理由！再则也没有必要耍这些把戏！”长时间的旅途和折磨令我感到十分疲倦，我迷迷糊糊打起了瞌睡……

嗵地一声门开了，阳光射进来。

“站起来！站起来！解下裤带，解开衣服！”两位格伯乌青年不客气地在我身上摸着、搜查着，“脱下鞋子来！脱下袜子来！脱下上衣来！脱下裤子来！”他们的动作非常熟练，对我脱下的每一件衣物都有条不紊地从上到下、从左到右摸着、看着。把我口袋里的零用钱、钢笔、小手帕一件件掏出来，摆在凳子上，然后命令道：

“穿上衬裤！穿上衬衣！穿上袜子！穿上鞋……”他们不厌其烦，像机器人一样没有表情地说着，动作着。口袋里的东西都被收走了。另一扇门打开了，我被带进地下室，一条很长很长的走廊，两边像蜂房似的是一扇扇黑色的铁门。

“412 号！记住，412 号就是你！”

412 号的门打开了，我被推进去。我转过身叫道：

“这是为什么？为什么把我送到这里？”

“嘭！”门关上了。我意识到自己被关进了牢房。我拼命地用拳头砸铁门，发泄心头的委屈和不满。但我知道厚厚的铁门关上后，再没有人会听见我的呼喊、哀号和求救！

我茫然地站在小小的牢房中间，渐渐地习惯了屋里微弱的光线！屋子只有一米半宽、二米多长，有一张上下铺连在一起的板床，靠门的墙角有个发着臭味的尿桶；尿桶上方有张二尺长、半尺宽的小桌子，用铁三角架固定在墙上。

我忽然看见二层床铺的下层坐着一个小伙子。他正在用一种惊讶的似笑非笑的，甚至是幸灾乐祸的嘲讽神气看着我。

“伙计——瓦尼亚！哈哈，你也来到这死囚牢里了！是和我打伙计一同进天堂，还是一同下地狱？”

“天堂不是我要去的地方，地狱是属于你的，你自己去吧！”我生气地说。

“那你为什么到这里来？你是间谍吧？现在遍地都是间谍、特务……伙计——基代岳茨都成了日本特务！”他哈哈大笑起来，然后站起来伸出手说，“认识一下，我是真正的土匪、杀人犯、反革命、富农的走狗！我叫尼古拉！”

我没有和他握手。我在屋里走了两步，看看坐在哪里好，可没有找到我能坐的地方。靠近南墙，几乎是在天棚下，有个钢筋焊接的小铁窗，窗外是个漏斗形的遮板，从那里往上看是个方形的天井。天井的三面墙壁上生长着阴森森的、黑绿色的青苔，被风吹雨淋后留下了一条条暗灰色的痕迹。我久久站在那里，仰望着不足一米宽的天空。多美的北国蓝天啊！有几只白鸽在那片自由的蓝天下飞来飞去，时隐时现。这时，我看见了穿着灰色军大衣的哨兵在上面走过。我只看到他大衣的下部摆动着，他的靴子底抬起又放下，却看不见他的脸。他高高地在上面走着，但身影却显得很矮小。我估计了一下，他是在我头顶五米以上的地方站岗、放哨、巡逻。

“哎！伙计，想坐会儿，可以到我的铺上坐！你想躺一会儿，就到上面去！”那个小毛子叫道。

我看了看，上铺是光光的木板，没有被褥也没有枕头。这时铁门中间的一个小门打开了。

“领面包！两份！”一个看守员轻声地说。尼古拉跑上去接过面包，用手掂量着，笑着对我说：

“这两块面包都是二百克，可是这块重些足够二百克；这块轻些，最少给克扣了5克。但这块轻的是面包头。你说怎么分吧？是你闭上眼来摸，摸着哪块算哪块，还是你拿这块分量足够的，我拿这块面包头？”

我不耐烦地说：“随你的便！你先拿，拿哪块都行！”

“好吧！我要这块面包头吧！”他得意地笑了，拿起面包嗅了嗅，用手指掰下一小块面包硬皮，放在嘴里嚼着。接着他朝我微笑着说：

“你是头一回住监狱吧？我告诉你，这里的规矩，早晨七时发二百克面包和白开水，每三天给一小块方糖。午饭是一勺清汤，一木勺干糊糊的小米粥。晚饭没有汤，有时给几块煮土豆，有时是煮甜菜或煮胡萝卜，运气好时，给一小勺黄豆。”他对我和气多了，也许是因为他得到了那份含水分较少的面包头吧。

喝早茶时，小门又打开了，传来看守的声音：

“哪个是新来的？这是给你补发的一包马合拉烟，一盒火柴。”

“我……我不吸烟。”我说。

门外的看守可能是没听清楚我的话，又催促道：

“快拿呀！还有一份报纸，看完两个人分着用！”

“来了！来了！”尼古拉急急忙忙跑到门口接过烟、火柴和报纸。

我接过报纸看上面的新闻。尼古拉却在我旁边抱怨说：

“在我遇见过的‘基代岳茨伙计’中，还没碰见过像你这样的木头人！你知道一包马合拉烟值多少钱吗？在我们乡下可以换一个五公斤的大面包，在监狱和刑警队里简直和金子一样！”他摆弄着那包烟，继续说：“我那包快抽完了，你这包可以打开请我吸一支吗？”他抢过我手中的报纸，撕下一条。

“烟都给你吧，只是你不要撕报纸！咱们说好，今后烟归你抽，报纸你先给我看，我看完了你再用来卷烟。”

小毛子尼古拉睁大了眼睛望着我，高兴地要吻我，又要拥抱我，嘴哆嗦着说：

“谢谢！谢谢！怎好这样啊！你给我烟，我给你两份面包！共四百克，分二十天给完！”

“不行，不行，不能这样！”

“为什么？你是嫌太少吗？是少了些，可我不能为了抽烟饿死呀！”

“浑蛋小子！”我亲切地笑着，“我不抽烟，这包烟白送给你，什么也不要！”

他卷了一棵粗粗的纸烟说："火柴也给我了？我真走运！遇见了你这位大好人！"

他的举止很出乎我的意料，一包烟草竟换来他这样多的友情。

"你累了吧？先在我床上睡一觉。我可以爬到上面去睡。"他把自己的枕头放在上铺。

"我喜欢睡上铺！"我说。爬到上铺躺下。我太累了，合上眼。这时小毛子尼古拉把一床毯子盖在了我身上。

又到了开午饭的时间，外面不停地传来开小门关小门的啪啪声，还有人喊着：

"再给添点吧！'大巴夫卡'（俄语：添上点儿，或再给点儿）！大巴夫卡！"我学会了"添上点儿"这个俄语词儿，并且在以后的年月里把它运用得非常熟练。

小毛子尼古拉搓着自己长着绒毛的大手，一会儿端起饭罐子，一会儿放下。他的嘴咧着，口水都要流出来了。两只眼睛瞪得圆圆的，盯着小门。小门终于开了，递进一小盆汤和一小碟儿小米粥。站在外面的看守说：

"这是给新来的那个囚犯的！餐具留给他用！"

接着小毛子递出他的小饭罐和饭罐盖儿，也领了同样一份儿，但他却贪婪地看着我的盆说：

"你们基代岳茨到哪儿都有便宜占！你看，给你的汤比我的多，你的粥也比我的稠！"

我吃不下那漂着几片菜叶、散发着咸鱼腥味的菜汤，喝了两口就放在一边了。

小毛子尼古拉这时却殷勤地围着我转，简直像小哈巴狗一样：

"你没有勺子，就用我这把吧！"他用手擦了擦一把红漆描金的小木勺，递给我。

我接过小木勺喝着小米粥。他用眼睛盯着我，而他自己的那份午饭，不知什么时候早就吃下去了。

"这汤很有味道，是大马哈鱼煮的，你为什么不喝？可香呢！你喝汤吧，凉了就不那么香了！"

小毛子尼古拉像个馋嘴的孩子，我笑了。我慢慢地、故意拉长声调说：

“我不喝这种发腥的脏水！你想喝你喝吧！不喝，我倒到尿桶里去！”

“我喝！我来替你喝！这是好东西啊！三五天以后你就体会到了。”他端起盆来，只几口就吞下去了，然后用手抓起盆里的一片鱼骨头，放在嘴里慢慢地嚼着，接着又说：

“这几年大马哈鱼每到九月中旬就顺着黑龙江游上来，真多呀！满江都是……又大又肥，白白的肚皮，淡青色的脊梁骨、闪着金光的肥鱼头……还有那鲜红的、像珍珠玛瑙一样的鱼子。哎呀！如果有人请我吃顿咸大马哈鱼，喝上一大瓷缸子‘寒气’或者沃特加，叫我下地狱也行啊！”

他哈哈笑起来，又突然捂上脸哭起来，活像个发了疯的孩子。

四　绝食

第二天是星期六。吃完早饭就听见走廊里不停地有人走动，开小门关小门的啪啪声，还有盆碗相碰撞的叮咚声。看守员催促隔壁的犯人说：

“快点！快点！回头再数个儿，十五个鸡蛋，谁也不会扣下几个。哼！在这里签个字！”

“你听，伙计——基代岳茨！人家罪轻，可以送‘别列大气’(俄语：食品)！我们俩一个是杀人犯，另一个是间谍，不允许家里人送吃的东西。每天二百克面包，一勺尿水，什么好汉也得饿死呀！”

我和小毛子尼古拉唠起了家常：

“你父亲现在在哪里?”

“进‘巴篱子’了！他是老红军战士，退下来以后谁不尊敬他呀！可他好喝点儿酒，不论是谁家的酒闻到味就去喝，喝醉了，有人一挑逗就出去骂大街，打架。他谁都敢骂，什么苏维埃主席啊，党支部书记啊，尽管他们平时都处得很好，最后还是进了劳改队！

我们一家可吃尽苦头了！”

“说实话，你到底为什么进来的？你真是杀人犯、反革命啊？”

“自从爸爸进了劳改队，我对村苏维埃主席那只黑乌鸦恨透了。去年我们那里整富农，我岳母，一个游击队员的老寡妇，三算两算也算成了富农。后来分她的东西时，把她的一个穿衣镜分给老乌鸦了。我气得很，那天牵着老公牛耕地回来，恰巧那个穿衣镜摆在街上。我把牛牵到大镜子跟前，说：‘老犟种，你也来照照镜子，看看你那副尊容吧！’不料，我那个老犟种看见镜子里的影子竟一头撞过去，把大镜子撞了个粉碎。我不知天高地厚，还喊道：‘老犟种你干得好，干得对，就是要这样顶它一家伙！’老乌鸦见镜子碎了，带着一群婆娘和野小子把我围起来，不知谁在我背上打了几拳。事情到这里，好像就这样算完了。谁知晚上我和几个哥们儿在一起喝了两瓶酒，都醉了，胡乱喊着：‘给我们每人弄支枪打游击去！给我一把匕首先把老乌鸦杀了！’有人报告了老乌鸦，这一来我们竟成了：杀人犯、反革命、地主富农狗腿子！我们被绑起来，先送到刑警队，后来又送到这里。我一定会挨枪子儿，有人证，有物证！”他说着竟又呜咽地哭起来，“可怜我的玛露霞呀！她怀孩子四五个月了，叫她怎么活下去呀！将来生下孩子怎么养活呀！我真该千刀万剐，剁成肉酱！”

“你不要难过，事情会弄清楚的！一切都会好起来的！”我不住地安慰他。

晚饭是煮黄豆，每人领一勺。那黄豆煮得真好，面面的像大芸豆一样好吃。我两口把黄豆吃下去了，看见小毛子用眼睛盯着黄豆一个个数数，“这堆给你，这一小堆留给我自己！”他忽地站起来，把所有的黄豆倒在我的盆里说：“我不喜欢吃黄豆，从小就不喜欢！好哥们儿，请你替我吃了吧！谢谢你。”

就在这时门开了，走进来一位五十几岁的军官，他个儿不算高，上嘴唇的小胡子翘翘着，用眼睛上下打量着我，问身后的看守长：

“这位中国人是新来的吗？为什么？”

"不知道，还没审讯过！"

"哦，小伙子，你好！告诉我你有什么要投诉吗？我是机关的总值勤官。"

"我抗议，为什么把我送到监狱里！我是中共党员，不告诉我任何理由，从包齐格辽夫车站把我弄到了这里，随意拘禁人！我投诉！"

"哦！哦！我一定查一下，很快会有人来和你谈话。"

第二天早饭后，尼古拉被叫去受审。午饭时他回来了，高兴地对我说：

"可以放心了，死不了啦！预审员骂了我一顿，说要判五年、十年刑。判十年也没关系，十年后我才三十五岁呀！我在劳改营好好干活，不喝酒，不骂人，不打架，有个五六年也就熬出来了！"

"五六年是多长的岁月啊！"我感叹地说。

这时号门打开了，监管员对我说：

"你叫什么？是中国人吧？走，跟我走！"

跟着这位监管员通过一条备用的，或是专为提审犯人走的楼梯，爬上明亮的一楼，监管员用命令的口气说："低下头，快点！不准东张西望！快！"

我们又爬上三楼，走进一间宽大明亮的办公室。桌子正面坐着一位很英俊的黄头发俄国人，他抬起头望了望我，什么也没说。他的对面坐着一位六七十岁的军人。他穿戴整齐，胸前有三枚勋章，留着很大很长髯口。须髭的两角高高地翘起，几乎占了面部的三分之一。他颧骨略高，鼻子略扁，眼角有些下垂，头发灰白，面孔庄严又带有一些做作的微笑。他稍欠了一下屁股，指指桌子横头的一个小凳子说道：

"你坐在那里！首长问你话，要老老实实回答，我给你当翻译。你能听懂些俄国话吗？"

我点了点头。心想：这位也许就是在华侨中盛传的毁誉各半的传奇式人物——大髯口王丕显吧？

审问首先从姓名、出生年月日、籍贯、家庭成分等问起，然后着重问我为什么到苏联来？负有什么任务？我诚实而又认真地答着。

预审员忽地站起来，大踏步地在屋里踱来踱去，向我吼道："你知道你现在在哪里吗？你是在远东首府哈巴罗夫斯克的格伯乌！如果我们没有根据，就不会把你弄到这里来！你要说实话，要立功赎罪。你到苏联来，表面上是要求我们帮助抗日，骨子里藏着什么？你要交代清楚：是谁，是哪个机关派你来的？你的任务是什么？到底要搜集什么情报？"

我听了这些侮辱人的话，忽地站起来，愤怒地喊道：

"日寇占领了我们的家乡，我们快亡国了！我是为了抗日才到这里来请求援助的！你们自称是扶持弱小民族、帮助兄弟党进行革命的社会主义苏联，却无缘无故把我骗到伯力，把我关起来，说我是坏人，是间谍！请问，你们有什么证据？如果你们不愿帮助我们抗日，我可以回去！我们自己去抗战！"

"你想得倒好啊！回去？回到你的主子日本人那里去请功吗？不管你是什么东西，只要落在我们手里，为了保卫社会主义祖国，我们可以做出任何需要做的事。你如果是共产党员，就应该理解，在这里老老实实接受审查是应该的，正当的，必须的！好了，你还是先告诉我，跟你一起来的那个姓李的是个什么人物？他是谁派来的？你看他有什么可疑之处吗？还有你住的那家姓隋的老头儿，他对你说过些什么？给你的感觉怎么样？你有个伯父是老国民党、老反革命，听说他和孙逸仙一起在广东干过事，他为什么来黑河？他和日本人有什么来往？与日本特务有哪些来往？还有，为什么你们攻击中文拉丁化，要夺东方工人俱乐部的领导权？是不是要在布城建立一个立脚点？……你还敢瞪着眼睛看我？给你纸笔，回去你仔细想想，都写出来！"

最后他看了看墙上挂着的、用一条细铁链系着一个秤砣的那种滴答作响的挂钟说：

"已经快十二点了！好吧，给这位可爱的小伙子要一份午餐来，最好是牛肉红菜汤，外加肉饼子！"他和气地摸了摸嘴巴笑了。

我吃了一顿非常美好的午餐。那位大髯口对我说：

“你回下边去吧！别着急，事情是会得到公正合理的解决的！为了革命，你应该忍受一切，耐心等待！”

就这样，我又被带回我的牢房里。这时，我心里想着：是的，为了革命必须忍受一切！

回到牢房里，小毛子尼古拉迎接我说：“我还以为你已经自由了，以为你已经一头扎在哪个伙计……‘基代岳茨’家里，喝着‘寒气’，吃着热乎乎的打卤面了呢！怎么又回来了？”

我无奈地笑了，摇了摇头。

这时牢房的铁门又吱吱地打开了，走进来的是看守长和一位看守员。他们呼叫着我的名字，看了看我，还端详了一番，笑着说：

“小伙子！收拾你的东西！”

“看，我说对了吧！你这就要被放出去了！”小毛子说着跑过来和我握手，眼里流出了泪，不知是羡慕还是惜别？

“去，去，一边站！”看守员把他推到铁窗下。他在那里向我做了个鬼脸，说了声“再见”，还来了个飞吻。

“小伙子，我再说一遍，快收拾你的东西！”看守长说。

“我没有东西！”

“拿上你的饭盆和勺子！”

“勺子是尼古拉的，盆是公家的！”

“勺子归你了，伙计，送给你作个纪念吧！”小毛子叫道，天真可爱地哭了！

我随着看守长走过长长的走廊。

“向右边拐，快点，快点！”看守长在后边催促着。看守员把我带到另一条黑走廊的尽头，在一扇小铁门前停住了。叮咚一声打开门，我还在犹豫不前的时候，后边的看守长狠狠地推了我一把！

“妈的，快滚进去！”随后嘭的一声铁门又关上了。

这间牢房和原来的那间一样大小，不同的是它的窗子是向北面的，黑洞洞的，看不见天日。顶棚上有一盏昏暗发黄的灯，把牢房照得像黄昏一样暗淡。屋里只有一张床，没有二层。一位中国老人，一头乱蓬蓬的灰白头发，脸色十分难看。他惊奇地看了看我说：

“是位老乡啊！小老疙瘩，小老五！坐，坐吧！进来了就是难兄难弟，就是难友！坐，坐吧！”

“您贵姓啊？很高兴能认识您。我已经有一个来月没和咱们中国人坐在一起谈谈了！真闷得慌！”我说道。

“是啊！没见着老乡想老乡，见着老乡泪汪汪。希望交上个好老乡，不要碰上一只黑心狼！”他开心地笑了起来。

我摇摇头，搓搓手，默默地盯着他，捉摸着他有多大年纪，他说这话是什么意思。

“你瞧吧！你能瞧透我是怎么样一个人吗？是好人还是坏人？你看我像条狗吗？是条野狗、家狗，还是疯狗？是只狼吗？你看我一瞪起吃人的血眼，一伸出我这副尖爪子，像狼不？”他做出一副副的怪相，一会像人，一会像狗，一会像狼，最后竟哈哈大笑起来说：“经过九灾十八难，经过火焰山和子母河，拍着良心一问，瞅着照妖镜一看，我丁雪才毕竟还是人，是个顶顶呱呱的山东人，讲义气的大好人！”

“丁大哥您多大岁数了？”

“五十七岁了！”

“那我该叫您丁大叔了！您比我爹小一岁！”

“小老弟，叫大叔么，我不敢当。我奉劝你今后在老毛子这鬼地方，逢人要多说奉承话，切莫全抛一片心！”

我觉得他说话、动作都有些怪里怪气的。我笑了。他问道：

“你笑什么？我是真心话啊！难道你不怕我是个‘狗×捣灶’的？是格伯乌高洛孜（俄语：刑事侦查队）的走狗？你就不怕在你移动号房以前就有人布置了我，要摸出你的根底，探明你是哪一路货色吗？你的大伯父是当大官的吧？你的老爹是大商人吧？你背了这么多包袱，却想来刺探军事、政治、后勤的情报！看你那模样，你能是那种杂种、那种坏坯子吗？你呀，真幼稚得可怜，有福不在家里享，有学校不在北京上，却到这里向穷党学什么玩意儿！好啊，你尝了里面面包的滋味了吧？你想往回跑吗？我劝告你，老毛子的暗探、狗×捣灶的坏蛋多得很呢！你不怀疑我就是其中的一位吗？”我苦笑了笑，摇摇头。

“如果格伯乌没有人布置我，我能知道你这些家底吗？你是被人装在闷葫芦里，还不知道东南西北呢！”

我不做声了。

这时他忽然走到门前，嗵嗵地敲着门，拉着嗓子用带着山东腔的熟练的俄语对走到门前的看管人员说：

“新来的这位小老弟没有床，没有被褥，叫他在哪儿睡？这里不是狗窝，是格伯乌的监狱，为什么拿中国人不当人！”他呼叫着：“我要投诉，向王丕显政治委员投诉！”

“你小声点，不要叫喊，我这就去请示一下！”

过了一会儿，送来了被褥。

门关上了。看来看守们也不愿惹这个疯子。

“这样吧！我头朝北，你头朝南，你的脚伸到我的肩膀下，我的脚伸到你的肩膀下，像睡小火炕那样各占一头，放个屁香的臭的都一同享受！”

就这样我和丁雪才关在同一个号子里，睡在同一张床板上，成了真正的难友。他向我讲述了他坎坷不幸的一生，还讲了他认识的许多华侨的不幸遭遇。讲得最多的是内战时期他和隋老爹在远东打游击的故事，使我对隋老爹有了更深的了解。

一天上午，丁雪才正和我天上地下胡侃，忽然看守打开门把他叫出去。不久他回来了，一面收拾东西，一面对我说：“我要走了，这辈子能不能见面很难说，你还不知道我是个什么人吧！我当过大茶壶的事已经向你说过了，我还撬门破锁当过小偷，在赌场当打手、贩卖烟土和枪支……我强奸过朋友的女儿和老婆，我杀过人……大革命把我卷进革命队伍，知道我的人都说我革命了，学好了，打起仗来是个英雄，对同乡同事讲哥们儿义气。我自己也说革命改造了我，隋大哥从地狱里把我拉了出来！后来，我又当了‘阿根特’，也就是格伯乌的暗探！他们叫我给他们开妓院，开大烟馆，开赌场，招待和接近那些到俄国走私或做投机生意及淘金和发洋财的中国人。表面上我和这些人交朋友称兄道弟讲哥们儿义气，然后就按照上级的指示让他们一个个落进格伯乌的圈套。他们有的进了格伯乌的监狱，那叫政治犯、反革命；有的进了‘高洛孜’，那叫做刑事犯。他们都成了罪犯，也就是‘泽克’。老疙瘩，我没有出卖你是你的福气。小兄弟，将来你出去了，一定要回到中国去抗日！”

他走后，号子里剩下我一个人，头两天觉得清静了，过了两天才感到了真正的寂寞。越寂寞越觉得饥饿难忍，每天只能领到二百克水分很大的面包和一点点菜汤、稀粥，饿得难受极了。总想能有点什么吃的，坐着想，躺下想，梦中也想，最后我才真正明白了“民以食为天”这句老话的意义。不给吃的或不给吃饱，是人间最最残酷的刑罚！

我开始一封又一封地写请求书，写控告书，先是写给马尔丁诺夫、杜洛夫、施蒂班诺夫，以后又写给远东党政最高负责人布留赫尔，再以后写给加里宁、斯大林。最后写给雅格达，那时他是苏联国家政治保卫总局的总负责人。在给雅格达的信中我写道：希望你们能公正处理我的问题，恢复我的名誉，放我出狱，允许我回到中国东北去抗日，如果再过一星期没有结果，我将宣布绝食一直到饿死。

一星期过去了，没有理睬。一九三二年年底，我宣布绝食了。本来饥火烧心的日子就够难挨了，现在每天只喝一小碗水，躺在床上一动不动地硬挺着，那种滋味真是难受极了。我闭上眼睛，很想哭一场，但眼睛只是火辣辣的，连一点点水分也没有。我站立起来，两脚轻飘飘的，身子摇摇晃晃，只好坐在潮湿的地上。

这时我看见一只大老鼠，畏缩着在墙根跑过，吱吱叫着，然后又有一个、两个、三个小老鼠跑出来。这些老鼠在这所格伯乌大厦的地下室里是最最自由的公民，它们可以通过下水道的缝隙，通过暖气管道的缝隙，在这森严、阴冷的地下通行无阻，它们可以偷窃犯人的面包皮、小小的糖块或是从汤里取出的小鱼骨头、鱼刺等为食。

我把小桌上的报纸卷成个长筒，把小桌上的面包渣和鱼骨鱼刺收拾起来，放在纸筒的底部，然后放在墙根下。这时我忽然想起那把逮捕我时作为暗号的“红色搪瓷壶”来！

老鼠一只只出来了。它们在报纸筒的周围转着，吱吱叫着，然后溜走了。没过半个小时，一群老鼠又出来了。他们叫着，不停地嗅着，有的甚至可笑地用后腿站着，抬起前腿叫着，与同伙交换着意见。

最后，一只勇敢的小老鼠钻进了纸筒，它叼着一块骨头跑出来，好像在通报它探险的成功。于是一群老鼠一只跟一只钻进了纸筒！我用脚踏住纸筒的出路，大声地说：

“看你们往哪里跑？你们都中了我的圈套。”

监门开了，看守朝我吼道：

“站起来！你在干什么？”

“它们是跑不了啦！我用锦囊妙计把它们一家老小统统关进了监狱。”

我用两只手抓住纸筒的两端，把纸筒里的四五只老鼠递给看守。

“哟波……哟波……你的妈妈。哟波，基代岳茨。”看守不停地骂着。

在我绝食的第四天上午，我被传讯了。两个看守连架带拖把我弄到了三楼的审讯室。一个中尉级的格伯乌军官坐在那里一动不动。旁边还坐着一位军官，是中国人。他端详了我好一会儿，说：“你说你是中共党员，却用绝食、自杀这种无赖手段威胁苏联的保卫机关。叫我的助手嵇直同志跟你好好谈谈！”

那个叫嵇直的同志说：“你写的信我们都看过了。写给苏联领导的信，我们被授权处理。请问你为什么要绝食呢？绝食是为了抗议不公正，那你必然在今天或将来告诉世人，苏联不公正，坏得很，只能用绝食与之斗争！你摇头，说你不是这个意思，那请问，为什么你写了那些信，而且是给苏共的领导以后又绝食呢？原因很清楚，你再也不相信苏联共产党宣传的真理了！对吗？你又摇头，那就是说你现在认清了你绝食是对抗苏联国家，对抗共产国际，对抗苏联人民，归根到底也是反对你自己的中国共产党的！你说呀，你到底为什么这样干呢？真要把自己饿死吗？你知道自杀乃是叛党的行为吗？好了，好了！就谈到这里吧！从今天起你必须复食！好吧，已经是午饭的时候了，我们请你吃顿午饭。然后拿着你拒绝领的四天口粮回到监所里好好再想想！你还有什么要求吗？"

我能再说什么呢？我向他提了个要求："请给我一些马列主义和斯大林的著作看，我在监狱里不知还要等多久，我应该好好读点书！"

"对！对！这就对了！另外你要记住，误解总是难免的。中国有句老话：哪座庙里没有屈死鬼！小同志，来日方长，愿你经得起考验！"

我吃了顿很美很饱的午餐，拿着八百克面包回到了我的牢房里。第二天嵇直同志给我送来了几本厚厚的理论书籍，还有一部《铁流》和一部《夏伯阳》的中文译本。

从此，我一遍又一遍夜以继日地读着这几本书。

五　押进劳动营

我制订了读书学习计划。时间安排得很紧凑，于是那冬天的痛苦难熬的日子变得短促，每天不是去打发日子，而是去追赶时间的脚步。自从与小毛子尼古拉和丁雪才分手后，再没有人与我同住了，这也使我能有个安静的环境，集中精力读书和思考问题。

时间一天天过去，算起来在监狱里待了五个多月了。嵇直同志给我的几本书已经读了好几遍，于是我写了个条子说："给我的书已经读了几遍，略有提高，略有体会，希望你能给我再换几本书。"

第二天晚上，嵇直同志随着查房的总值日官来看我，拿着三本厚厚的、沉甸甸的书——《资本论》。当我把这部书读完第一遍时，已是四月底了。

一九三三年五月四日那天，刚吃完早餐，我正在读书，看守喊道：

"收拾你的东西！快！快！"

"到哪里去呀？我没有什么东西，只有这三本书是你们一位叫嵇直的同志送来的！"

“随你的便！扔下我们当废品处理！愿意拿，不怕沉，你就带着吧！”

我抱着三本书，同二三十个脸色灰黄，面颊浮肿的罪犯一起被赶上一辆大卡车。我上车的时候一个先上去的小伙子伸手把我拉上去。另一个小伙子却尖酸刻薄地说：

“想不到‘基代岳茨’还是个装模作样的知识分子呢！真奇怪，你这三本大厚书能当饭吃?！还是分给我们抽烟吧！”

“你在这里还读这种骗人的东西！小伙子，小伙子，你真有意思！”说这话的是个五十来岁的人，外表看上去是个知识分子。

我皱着眉头看了他一眼，却什么也没有说。

汽车在大街上行驶着，我突然觉得自己好像走出地狱回到了人间。那初春晴朗的天空、明媚的阳光刺得我睁不开眼。积雪融化后将泥土的芳香融进空气中，那气味亲切而熟悉，让我想起了家乡，想起了童年。路旁有的树枝已经开始泛绿，地上的小草已经破土而出，严冬和酷寒锁不住勃勃的生机。一群小学生在马路上跑跳着，还有些年轻的女子穿着鲜艳的连衣裙在阳光下说笑着，唱着。我在心里大声呼喊道：

“春天来了！”

几个月的监狱生活使我与世隔绝，现在展现在面前的美好的一切使我非常激动。我抑制不住自己，流下了眼泪。那清澈的蓝天是多么广阔、宁静，那白云是多么柔和、纯洁，在空中飞翔的鸽子是多么自由、快乐，还有那些孩子和妇女是多么美丽、可爱！我不知道汽车要开到哪里去，也不清楚今后又会有什么样的命运等着，我顾不上去想这些，我贪婪地大口大口地呼吸着新鲜空气，尽情地享受着那春天温暖的阳光。我真想伸开双臂去拥抱这一切，真希望汽车就这样永远向前开去，这一刻我是自由的！

汽车终于在一座白色的大教堂门前停下了。教堂四周围着高高的铁丝网，铁丝网里有无数的各色各样的人群。有男人有女人，有老人，有年轻人。有几个穿得红红绿绿说笑着、喊叫着的风流的少妇，最多的是衣衫褴褛的乞丐。

“噢，到地方了！伙计们，劳动营到了！这就是咱们的天堂！”一个满不在乎的小流氓喊叫着，嬉皮笑脸地说着。忽然他在人群中发现了一个孩子，他穿着一件不合体的破烂的大人衣服。他向他挥着手叫着：

“喂！喂！瓦夏！是你呀！什么时候来的？你不是放出去了吗？”

“放出去了，又回来了！只有劳动营才是咱们真正的家！这里有吃有喝，有朋友有亲人，外面要够了，回来住住！哈哈！欢迎，欢迎！你怎么高升了？怎么混进格伯乌了？听说那里不错呀，每天二百克面包，还有鱼汤肉汤什么的！”

“去你的吧！你去尝尝那滋味吧！住进‘高洛兹’顶多给我判三年，可在格伯乌却给了我半张‘切列万茨’呢！”

我们排着队站在教堂前的院子里。乱哄哄的劳改犯立刻围上来。有几位中国人还叫道：

“你是大国人，还是小国人？”我不懂他们问话的意思，只好朝他们笑了笑。

“你是哑巴吗？是高丽人吧？”这时我明白了大国人指的是中国人。我说：“我是东北人！”

我们站在那里等待着一位高敏丹特（管理员）点名。每叫一个名，那被叫的人就举起手向前迈一步，那个首长很熟练地问道：“姓名、出生年月日、罪条、刑期？”轮到我时，回答完姓名、出生年月日以外，就不做声了。那位首长瞪大了眼睛问道：“你的犯罪条款和刑期？”我茫然地答道：“我不知道！”“你说谎！妈的，看你的样子就是间谍五八六，最少也是十年！”这时他低下头看看他手中的名单，低声说：“哦！你原来是军事法庭三人委员会办的案子，来头不小啊！”他抬起头又打量了我一下，把目光转到我手里拿着的厚厚的三本书上，说：“这是什么？我们要没收！”“这是格伯乌同志给我的，让我学习的！”“什么？学习！你以为你是来上大学吗！把书放下，我们要进行检查！”就这样，我的那几本宝贵的书被拿走了。

我随着人群走进这所宏伟、壮丽的教堂。进去后我被惊呆了，茫然不知所措。整个教堂被一排排六层叠起的通铺占满了。本来教堂四周是彩色明亮的高大的玻璃窗，现在全被通铺遮挡了。教堂圆形屋顶的四周是许多美丽的宗教绘画，一群群天使围着圣母、上帝和他的爱子耶稣。“啊，这就是天堂！”我抬头看看一副副慈祥、博爱的面孔，在一排排通铺之间徘徊。我发现自己居然离上帝如此之近，真让我吃惊！正在这时我听见六层板铺上有人叫我：

“你是老乡吗？是个中国人吗？看你还是个雏儿！来！来！小兄弟，小老五！上来！上来。从那边柱子的把手爬上来！别怕，很快就会习惯的！住在上边又安全、又亮堂！”

我费力地爬上了六层通铺，往下一看，只见人们的头顶在脚上晃动着，真好像到了天堂一样。我对招呼我的同胞像遇见自己的亲友故旧那样问好，不停地说：“谢谢！太谢谢了！”

“哎！小伙子，你先不忙谢谢！请问你是干什么的？跑老客的？不像！种园子的？也不像！”一位地道的东北人瞪着他一双贼溜溜的眼睛上下打量着我。他扁平的脸和低矮的鼻梁上都透露出一种瞧不起人和怀疑人的表情。紧紧眯缝起来的那双小眼睛，射出来敌意的嘲弄人的目光。

我抱着至诚的，青年的热情向他们简单地叙述了我是个中共党员，为了抗日求援来到苏联，自己也不知为什么被送到这里来了。我用晚辈的口气说道：

“我什么也不懂，以后还请各位叔叔、伯伯们多多帮助。”

“嘿嘿！你小子找错门了！这里没有你的叔叔大爷！你们这些浑蛋在咱们中国捣乱，闹穷党，共产共妻！现在卖国求荣跑到莫斯科东方大学学些狗×捣灶的玩意儿，又跑到远东整咱们华侨。你这个浑蛋，你叫什么？你们不都有个外国姓吗？伊万诺夫？还是高尔洛夫？”他把我骂得狗血喷头，不知所措。我靠在高高的六层铺的紧边上。他和另外几个人都咧着嘴冷笑着，看样子打算把我推下去。

“你们误会了，我还没到过莫斯科，不久前才从东北来的！”

“什么？从东北来的？东北有你这样的杂种啊！给我滚！快滚！别弄脏我们的地方！”

我在一片嘲讽中爬下通铺来。

我在通铺之间的一条条夹道中走着，想找个安身的地方，我又从天堂回到了人间。这时身后跑过来一个小个子，用很蹩脚的中国话叫道：“伙计，伙计！”然后又改用俄语说，“伙计，你还没有找到住处吗？你看这些铺都闲着！”这时我认出来，他就是刚才在院子里被车上的人叫做瓦夏的那个孩子。我说：

“瓦夏！你住在哪里？”

“我吗，先遛个弯儿，看看有没有熟人，看看有没有‘大木头’，人总得活啊！”就在这时，他把手伸过来摸了摸我的口袋，“这是什么？面包！”然后他打着口哨说：“作为一个中国人的儿子真倒霉透了，生下来就叫人看不起！我妈嫁给你们中国人，生了我以后流落在街上，讨饭，偷东西，拾破烂……可怜啊！”这时我发现他的小手已经伸进我的口袋里了。我把他的手推开，说：

“你饿了吗？我这还有二百克面包，今天在格伯乌才领的，分一半给你好吗？”

“那怎么行呢？你也不是个富农古拉克呀！好吧！好吧！你先借给我一半，过两天还你！”

我把面包分了一半给他。他一边嚼着一边说：

“咱们基代岳茨就是好！不像他们老毛子、大鼻子那样坏！”这时他的手又伸进了我的口袋。我转过身，把他的手推开。我说：

“无论是中国人还是俄国人，都有好人有坏人，你明明是个俄国人，却偏偏要说自己是中国人，就算你是中国人吧，你是好人还是坏人？”我正跟他说着话，发现面包已经到了他手里。他高兴地叫道：

“伙计！基代岳茨，谢谢！”他跑了，跑到前面很远的地方又向我大声喊着：

“我见到的伙计多了，可从来没有见过你这样的傻瓜二百五！记住，将来谁和你近乎的时候，防备着点儿！他们一定是小偷！”

我几乎被气死了！心想：伟大的俄罗斯民族怎么会养育出这样的流氓、无赖！

可是我想错了，过了三天还是这个瓦夏又来找我了。他穿了件干净、合体的漂亮衬衫，手里拎着一个细麻布缝的小口袋。他说：

“伙计，老哥！对不起，我是来向你认错的！上次我偷了你最后一块面包，这口袋里有一个白面包，是妈妈送来的，不是我偷的！送给你。口袋也送给你！”他把口袋递给我。我把他的手推开，说：

“你不要又来骗我，我只能受骗一次，绝不第二次上当。”

“妈妈今天来看我了，她听说你把最后一块面包给了我，她让我一定把这个白面包和这个口袋送给你。住劳动营，没有面包口袋不行，面包口袋是我妈妈亲手缝的，真的不是偷的！”他扔下口袋跑了。我含着泪拾起这个麻布口袋。在以后的岁月里，它一直陪伴着我度过了将近七个年头，走遍了远东、中亚和北极沃尔库塔。

我继续在通铺之间的夹道里转悠着。这个大教堂的总体结构是个十字形。在十字交叉处是个极大的大厅，东西南北各有一个突出部分。东面的突出部分用木板隔了起来，从小门里进进出出的是许多妇女。南边是办公室和劳动营管理人员及卫兵们的宿舍。女人们在这里溜来溜去，挑逗着站岗的卫兵：“当兵的，你多年轻啊！娶过媳妇了吗？没有？那你偷偷和女人睡过觉吗？也没有？唉！我的好小伙子，你还不知道自己有多可爱！你只要给我弄一个小小的面包，我呀，什么都能给你！什么都可以把你教会！”

“滚蛋！滚蛋！不要脸的，不知羞耻的东西！走开！快走开！”卫兵叫骂着。

“呸！呸！你们要脸吗？你们知道羞耻吗？我们上厕所的时候，你们从门缝里看什么？还有，夜里当囚车把我们送来时，掐我们大腿的不就是你们这些色鬼吗？现在知道羞耻了！装得人模狗样的！谁怕你们呀！嘿嘿，嘿嘿！”

女人们跑开了，气得卫兵直跺脚：

“真是活见鬼！哪天把我气急了非用枪崩她们几个！”

我又回到正厅，正巧碰上了三个中国人。其中一位头发已经斑白了，他走到我身边，和蔼地对我说：

“小老弟，你好？今天才来的吧？我听金老三谈到你了，你不要生他的气，你也用不着怕他们。在绺子上干过，又种过大烟开过赌场，这种人就是欺软怕硬！走，跟我们一起去住一个通铺，大家好有个照应。”

我跟着他们在大厅的西边又登上了一个六层通铺，头顶上金发碧眼的小天使张开翅膀在欢迎我，我又一次进了“天堂”。

“老疙瘩，我们先自我介绍一下。这位是张大叔张有三，原先是开饭馆的。这位是孙大有孙师傅，是个鞋匠。我呢，叫刘玉山，就叫我刘大爷吧！是个走南闯北的老跑腿的！谁今后敢欺负你，你就说你是我刘玉山拜把子的小老弟，咱们都是中国人，人不亲，骨肉亲，骨肉情深心连心！只要亲情在，粪土也能变成金！君子一言驷马难追，咱们都是闯江湖的，既是交了心，一辈子也不能使坏心眼！行不？你如果同意老哥我的话，你就点点头。”

我站起来，深深地向这三位老人鞠了一躬。从那以后直到我们分开，始终都是相敬相爱的知己朋友！这也是我在刚刚开始的劳动营生活中结交的最初的一批好朋友。

六　码头搬运夫

第二天早晨六时，我被当当的敲钟声叫醒了。在教堂里密密麻麻的六层高的床架上的人们被轰下来了。每十个人分成一个小队，每十个小队组成一个中队，每十个中队组成一个大队。有多少大队呢？共有十七个。这就有七千人呀！一位总队长，据说他过去是内务部队的师长，因为犯杀人罪，被判了刑。他到了劳改营比在内务部队还要神气。苏联劳改队的组织形式是按大地区划分的，有远东劳改营、北方劳改营、中亚劳改营、索洛维茨劳改营等。劳改营从上到下的行政领导都是犯罪的格伯乌各级首脑，也有少数是军队中犯罪的高级军官。一个大地区劳改营设有人事部、政治部、保卫部、工程部等等，在其中工作的许多人是工程师、会计师、机械师，还有不少博士、硕士、教授、学者等。他们的生活有较好的保障，为他们设有专门的小灶，每月有较高的补贴，有的还允许把妻子接来共同居住。但在各级劳改队里都有一个极特殊的部门：特派员——“乌包罗矛勤”。他们是由内务部派出的、专门监督劳改营中各级领导。他们还在劳改队的方方面面行使他们的特权，雇用或强迫使用一些特别情报员。特派员根据自己掌握的情况可以指挥、调动、撤换任何一级的领导人员。小队、中队的队长是由罪犯自己推选产生的，他们是临时性质的；没有什么特殊待遇，同样要完成每天的劳动定额，按定额完成情况领取每天的口粮。工作出了差错他们首先受到处罚，轻的关禁闭，重的要加刑或取消减刑的待遇。参加普通劳动的犯人称做“乔勒内依”工人，直译就是黑色工人。有技术的，如木匠、铁匠、瓦匠、厨师、理发师、洗衣工的工作稍轻一些，生活舒服些，也有些优待，他们属营部直接管辖。

我被编在一个乌克兰人当队长的小队里，大家叫他“浩浩拉·屈巴根”，是个富农。我们小队的任务是推土。有五辆独轮的手推车，每辆车有两个人，一人装车一人推车。每辆车根据土层的软硬，推车路程的远近都有定额。这些定额都印在全国通用的施工定额手册上。有时因为车辆的好坏、道路的好坏，定额也会有升降。尽管这些条件对定额完成情况影响很大，但定额管理员、监工员都极不愿意给你减少定额，除非给他们点好处，例如送给他们点食糖、纸烟、咸肉、衣物等等。

小队长浩浩拉·屈巴根被判了十年徒刑。他膀大腰圆，身高足有一百九十公分。他吹嘘在家里时一顿饭一个人就能吃掉一只烤小猪。他总在不停地吹嘘自己的房屋、土地、小院子，特别是那位漂亮贤惠的妻子给他生了四位千金小姐。

上工时他背着自己所有的财产——一个很大的背包。休息时常常打开来向我们显示他的富有：里面装着两袋面包干约有十公斤；成块的咸肥猪肉约有两三公斤；还有装在瓶子里的果酱、炒花生、炒黄豆等等，此外还有一条毛毯、两个鹅毛枕头以及替换的衬衣、肥皂等等，总重大概有二十几公斤。上工要走三公里的路，他是满不在乎的。休息时候他自己吃着、嚼着，不停地吹嘘着。一同干活的人都是穷小子，只有随手用的铁锹铁镐之类的工具。最初还有些人想方设法买他的欢心，想从他的牙缝中挤出点儿什么来，但他的吝啬，真是到了出奇的地步。他在吃面包干、干果和咸肥肉时，把掉到地上的碎屑都捡起来塞进嘴里。他常说他有个特别爱好，就是喜欢在大吃大嚼时看那些懒蛋贫雇农们嘴里流口水。

大家讨厌他，知道根底的人谁也不愿意跟他一起干活。他拉上我，笑嘻嘻地说："伙计，他们这些懒蛋不愿跟我搭伙计，咱们俩一起干怎么样？我们一定要出出风头，叫所有的人都知道，一个'基代岳茨'加上一个'浩浩拉'抵得上四个老毛子！"我同意了。他问我："你是上土呢，还是推车？推车轻一些，可要快跑！路不平容易翻车，一翻车就倒霉了，得不到奖励也上不了突击队员的光荣榜了！"

"那我装车，你推车！"我说。

"好！我先帮你把土刨松，你再装！"他的力气真大！他把镐高高举起狠劲地刨下去，一块块硬土落下来，他还教训我说："小伙子你要记住，刨土时镐要举高，下去要狠使力气，镐尖要打得准，三镐一块土；左一镐，右一镐，中间一镐往下一拉就是一大块！再有，你装车时不能小手小脚地呀！每锹铲起十公斤土，那才像干活的！"他于是丢掉铁镐，示范起装车来。很快就把一辆小推车装得满满的。他说："这车只有半立方米，五百公斤呀！"他不慌不忙地、轻松地迈着大步子把小车推到二百米远的地方，倾倒下去。这是个大体育场的工地，一千六七百个工人在热火朝天地干活，八百辆手推车来回穿梭地跑着。

浩浩拉·屈巴根干起活来真叫人钦佩。我看他脸上流着汗，气喘吁吁地放下车又忙着帮我刨土装车，真觉得对不起他，于是我说：

"你休息一下！抽支烟，我来干！"

"你？你能干什么？你像个小脚女人似的磨磨蹭蹭。算了吧，我们一起干！不过没关系，你是生手，谁也不是生来什么都会干，小伙子我看你挺勤快的！"

一天下来，我的骨头都要累散架了。我把最后一锹土铲起来，却怎么也举不到小车上去，手不住地颤抖，土都洒落下来。我又重新铲了一锹，咬紧牙把铁锹往上举，可我的手臂不听使唤，铁锹歪歪扭扭地碰到推车上，土又一次洒落在地。我又一次铲了满满一锹土，鼓足最后的力气要把它举起来，浩浩拉放下手中的锹，过来帮助我把这锹土装到推车上。我再也支持不住了，一屁股坐到地上，看着浩浩拉把最后一车土推走。

完工时广播里说我和浩浩拉是今天完成定额最高的突击手，为此每人奖给马合拉烟一包。我对他说：

“我干活不多，都是你干的，两包马合拉烟都应给你。何况我又不会吸烟呢！”

他高兴得大笑不止，说：“想不到你到是个不贪财的好人呀！你不会吸烟，请问你会吃饭不？你不知道有了马合拉烟就可以换到面包吗？”

“我不干这种投机买卖，这不是和地主、富农、资本家一样成了吸血鬼了吗？”

“事情并不都像你说的那样。我是富农，你看我像个吸血鬼吗？我富有是因为我和老爹起早贪黑地干活，两个人种的地比十户人家种的都多。只是每年秋天要抢收的时候才雇工，而且支付的工资比谁都多。到头来，算来算去还是我们父子喝穷人老百姓的血。说我们是新富农。我一气之下喝了半瓶酒，打了几个人，顺口骂了些不好听的，一下子扣上个富农反动分子、杀人未遂犯，判了个十年！你说冤不冤呢？”

我什么也没说，想了半天问他道：“你说干革命好不好？你说苏维埃好不好？”

“那还用说吗？没有十月革命农民怎么会有土地？但是我和我爹如果是懒汉酒鬼我家也富不了。苏维埃难道是养活懒汉和无赖的吗？我屈巴根到哪儿干活都是把好手，从不偷懒，谁不服气，就站出来比试比试。”

他说着把背包打开：“把你的小口袋拿过来！把这些面包干装进去，还有这块咸肥猪肉。你还想吃什么尽管拿！我这个人对懒汉是一毛不拔的吝啬鬼，对小兄弟你我就是喜欢！”

我们所有的人，当活干得顺手了，熟练了的时候，往往在早点名的时候会有许多小队或中队被拆散和重新组合，装上汽车送到另外的工地去干活。说调动，点着谁的名，放下手里的工作，提上自己的干粮袋和小饭桶就走人。

在我和浩浩拉分别的那天，他哭丧着脸拥抱了我，说："小伙计，'基代岳茨'，现在我已经变成纯粹的无产阶级了！我已经不再背着那个代表富农的大包袱了。现在两手空空，什么也不能送给你路上吃了！"我莫名其妙地注视着他，意思在问：发生了什么事情?

"是这样，昨天下工后我把背包放在六层铺顶上去打菜汤，回来时遇见一群小流氓和我纠缠，骂我，把我打回来的菜汤全洒了。我回到铺位时发现背袋扔在地上，空空的，什么也没有了。有人告诉我说来过三个穿军便服的人，说是奉命来搜查，把我背包里的东西全拿走了。后来我明白了，那群小流氓和穿军便服的是一伙人，他们有计划地抢了我。这个仇我非报不可！走着瞧吧！"

我们男女老少大概有一百来人被装上车。我已经有了经验，紧紧护卫着我的白麻布口袋，那里面装着浩浩拉送给我的面包干。这在劳动营的囚犯看来是真正的命根子！

我们被送进一座临时性的劳动营，里面有二三十个大帆布帐篷。每个帐篷里一个连队，里面可以住上一百二十人。帐篷里中间是过道，南北两边是双层的通铺。

我们要干的工作是往停在粮库码头上的两艘拖船装面粉。我们的连队分成三个小队，我所在的第一小队任务是把粮库里的面粉袋装上卡车。如果是浩浩拉那一米九高的大力士，每次扛三五袋不成问题。可我们这些人，有一半是像瘦猴似的"施卡拉"，他们只知道用颤抖的手抓生面粉——灰黑色粗糙的燕麦粉往嘴里填。有的一次填多了咽不下去，他们就拧开自来水往肚子里冲。有的人很聪明，每当等车休息的时候，用水和面做成薄饼，贴在墙上，风一吹、太阳一晒，半干半湿地嚼下去。我也不例外，经常随手抓着面粉吃上几口。不久我们这些人中间有人开始泻肚子，先是跑厕所，最后是往裤子里拉。

过了几天又把我们小队换去作运输队，负责押运和卸下载重汽车上的面粉袋子，堆在码头上。

过了两天又来了个大换班。我们的小队又成了装船的脚夫。“脚夫”这个名起得十分准确。因为搬运夫的全部重量落在两脚上，只要两脚能挺住、能迈动，能一步步升高，爬上那倾斜四十八度的跳板，就算是及格了。跳板类似高层建筑物工地的脚手架，只是长度不同，从最下面爬上去，要走四百五十步，再下七个台阶才能把面粉袋扛到底舱。然后你才能喘口气，排在队伍后边，等待下一次。跳板，为什么叫“跳板”，用词也非常恰当。因为同时有几十个人肩上、背上扛着或驮着五十公斤的面粉，缓缓地向前移动。每个人都涨红了脸，蹦起脖筋，弯着身子低着头，面对着脚下颤颤巍巍悠悠荡荡的窄窄的木板。在你一步步向上爬时，能与你的两脚、与你的生命紧紧连在一起的，就是这动荡、摇摆的木板路！把它叫做什么呢？跳板！这是跳过生死之路的板，也是许多华侨来到俄国求生必走的路。一旦落入劳改营的“泽克”们，更是非走不可的生死路。

我呀！真笨，就是学不会扛小杠当脚夫的本事。真正的行家是在搭肩的两个伙计把面袋往上一抬的上升阶段，把身子一斜，肩膀一挺，顺势把面粉袋竖立在右肩或左肩上，两脚随着跳板的跳动而起落，使物体重量的支点落在肩膀的里侧，再通过脊梁骨落到两腿和两脚上。只要压在你身上的袋子的重心支点从上到下不偏不倚，物体就不会总是拖着你的身体向后倾斜，或向左右摆动了！

我的背上被两位搭肩的“泽克”狠狠地压上一袋面粉，尽管身子用力向前弯，屁股向上挺，两手紧紧抓着面袋子两角，两条腿却无论如何也不听使唤了！腿簌簌地打战，接着全身也哆嗦起来！周围的人们都在看我的洋相，拍手叫好，吹口哨起哄。我咬紧牙，鼓足劲，终于把那袋面粉送到拖船的底舱。当我喘息着，摇摇晃晃向回走的时候，站在船舱口的一位穿着船员蓝制服的老人，操着山东口音说：

“小老乡，看来你没干过扛小杠当脚夫的营生，身体又瘦弱，还是跟头头们说说，换个轻松点的活儿吧！”

他随即向码头上站着的一位三十多岁的中国人叫道：“张学海同志，你要向有关方面打个招呼，叫这样的孩子装船太危险了！”

老人用手指了指我。

我第二次又扛起一袋面粉，迈着沉重的脚步登上跳板。我的身体在颤抖，跳板在晃动，我觉得头晕。当我刚踏上船时就跌倒了。老大爷把我扶起来说："好样的！真是有志气的小伙子！"

站在旁边的张学海走下跳板，站在两位搭肩的"泽克"面前说："来，左右肩各搭一袋，再往中间横一袋！"我不相信自己的耳朵，也从没有听说过哪个扛小杠的脚夫能扛三袋面粉走跳板。

两位搭肩的互相瞅着，然后说："你别逞能，这可不是闹着玩的！"三袋面粉在张学海的熟练配合下，高高地叠垛在他的两肩和头上。上百人都停下了，聚精会神地看着。我捏着一把汗。有人说："快别胡来，不要命了吗？"

这时张学海已用轻快的步伐，顺着弹动的跳板，稳健地把三袋面粉扛进了拖船舱里。我先为他的冒险惊呆了，而后是为他的英雄气概所鼓舞。我想：难道他能扛三袋，我一袋也扛不好吗？我第三次走到垛前，学他的样子，当两位搭肩的刚一掀起面袋，我已经忽地一下把袋子立在右肩上，面袋的高度超过我的头。我觉得面袋有些不稳，但重量却轻多了，也不像上两次那样总是往下坠，直不起腰来。我学着张学海的步子，走在跳板上。张学海和那位老人家都在为我喝彩叫好。正在这时我的身子一倾斜，面袋向外一倒，我赶紧抬右手去扶。就在这一瞬间，我和那沉重的面袋一起从跳板上飞下河去。

我被他们从河里救上来，送进了船舱里。当我完全苏醒以后，那位老人和蔼地问我："我们怎么这样面熟，好像在哪儿见过？你在布城待过吗？你是不是教过中文拉丁化？"

我高兴地答道：

"我在布城的东方工人俱乐部教过拉丁化。"

"想起来了！我们还在隋老爹家里见过面！你不是早就从赤塔回东北抗日去了吗？怎么又进了劳动营？"

我苦笑了笑，赶忙问道：

"隋老爹好吗？他们一家人怎么样？"

老人摇摇头说："一言难尽。"我意识到隋老爹一家人遭遇了不幸。我们眼泪汪汪地默视了一会儿。老人告诉我他叫苏有年，是隋老爹的老朋友，打日本鬼子时的老伙计。退位后来到拖船工作的，当个管理员。

这时张学海回来了，气呼呼地说："他们说这位小弟兄不能住在这里，不合法。犯人们已从营地搬进一座仓库，里面又潮又湿，臭味冲天！他们说要派人来把小兄弟抬到那里去！"

苏老爹搔着稀疏的白发，想了想说："学海请你再跑一趟，请他们的头头儿到这里来，我请他们吃顿饭，喝点酒，我看没有什么办不成的事！"

带队的管理员、看守队长、中队长被请到拖船的办公室里。他们喝了两瓶沃特加，吃了咸大马哈鱼，临走时每人又带走了一个五公斤重的面包！问题就这样解决了，我被破格允许住在拖船的宿舍里。苏老爹和张学海把我当成自己的亲人，给我扶正和按摩红肿的胯骨，给我煮鸡汤，下挂面，对我无微不至地照顾。住在拖船的几天时间里，苏老爹向我讲述了隋老爹一家人的不幸遭遇。

隋老爹先是被"保卫"起来，后来抄了家，又在东方工人俱乐部开审判大会。他被关进了监狱，没有人知道他的下落。

隋老爹出事后，瓦莉娅在上学的路上碰到一群小流氓辱骂她，她和他们扭打起来。瓦莉娅和另一个学生一同从桥上掉到河里，被激流冲出去很远。后来她抓住岸边的柳树根上了岸。一星期后她竟被判了三年徒刑，送进了劳动营，罪行是打架斗殴及杀人未遂。

苏老爹把洒在船舱地上的面粉收拾起来，合面、发酵，把面包炉烧得旺旺的，烤起面包来。他说烤出面包后再烘成面包干，我走时可以带上。他还给我拿来一条军用毛毯，说晚上睡觉可以盖，白天刮风下雨可以披。

我又回到原来的小队里。装拖船的劳动结束了。因为我受了伤，把我划在病弱劳动力中，叫我去草场打羊草。临行时苏老爹和张学海送我上船，他们把半麻袋面包干、两块干乳酪、干熏鱼和一条毛毯打了一个大包让我带上。就这样我们在岸边分手了。

七　邂逅索妮娅

我们的船是只大平底的运货船，六十个男男女女坐在船板上。顺着大江走了一两公里就进入了一条小河，这是乌苏里江的一条小支流。随着船的行进，两岸的景色不断地变化着。小白桦生长密集的地方，一排排白色的树杆和柔美的枝条把天空、山坡都遮住了。一会儿眼前又忽然开阔，河边稀疏的柳树把枝条垂入水中，头上的天空蓝得出奇，圆圆的像个盖子扣在万物之上。那绿色的草地平坦整洁得像刚刚用剪刀修剪过的地毯一样，上面还绣着粉色的、红色的雏菊花，绣着白色、淡黄、蓝色的蒲公英和忍丁等叫不出名的花。有时绿色的草地中间突然出现一块蓝色的毯子！原来那是挂满蓝色小浆果的“都什”丛林。

“停下船吧！让我们去吃那蓝色的珍珠宝贝吧！”几个顽皮的女孩叽叽喳喳叫着。

一阵阵江风吹来，草的香气、花的香气扑进人们的肺腑。几个女孩又唱起了欢乐的情歌。这时有谁还会去想自己是个不自由的“泽克”呢？

几朵白云低低地在头顶飘过，一会儿变成一群天鹅，一会儿又变成几个小雪峰。无数的云雀、百灵鸟在白云蓝天中唱着悦耳的歌。前面又被一层层密密的白桦林遮住视线，林子后面传来人声、笑语。

“到了！到家了！”船上的人在喊。

船头刚拐进河湾，我们被眼前的情景惊呆了。在密林边，在河岸旁，在河水里有许多赤身露体的男男女女在洗澡、游泳和打闹。看来他们在午休。

“哎呀！哎呀！大家看，这里真是天堂啊！人们可以光着身子无所顾忌地在一起说笑，打闹！我也要下去！真的我要跳了！”船上一个大家都叫她小野鸡的、只有十五六岁的小姑娘解开了她的连衣裙扣子，露出细长的脖子、瘦小的肩膀和突起的两个乳房。她正要剥下脚上的袜子和鞋子。

“哎！我的好姑娘，你疯了？你给咱们女人留点面子吧！怎么能当着这么多的男男女女就赤身裸体啊？”一位满脸横肉、又粗又壮的老太婆狠狠地把“小野鸡”给按住了。

船靠岸了。那些在河里洗澡、游泳的半赤裸的人们站在岸边欢迎我们。特别是那些只穿着衬裙或裤衩的女孩子们更是活泼，她们大声地喊着：

“姐妹们，兄弟们！你们是从哪里来的呀？”

“我们吗？是从地狱里逃出来的，一下子跑到你们的伊甸乐园，是来吃你们的禁果的！”几个男孩子流里流气地做着怪相。

这时走过一位劳动营的管理人员，他叫道：“你们先自己找地方放下行李，然后就给你们开午饭！每人一份鲜鱼土豆汤，还有六百克面包。我们这里有两座‘宫殿’。左边，挨着树林的大帐篷是住亚当们的！右边，靠河边的那个是住夏娃们的！这里有个极严的天条戒律：晚饭后，男女绝对分开！凡是男的串女的‘宫殿’的，女的串男的‘宫殿’的，一律罚禁闭三天，关在那边的土洞里！听明白了吗？开始行动！快！快！”管理员催促着。

我扛着自己的口袋走进帐篷，就被一位很文明的、声音很温和的中国人拉过去，他说：

“老乡你好，我叫赵丰。你住这里吧！我们俩挨着，好互相照顾。”

下午我们分了队，女的领到了耙子、叉子。她们的任务是搂起割放在地上的干草，堆成小垛，或是用马把小草垛拉到大草垛附近。我们的中队长叫施石根，他是个粗壮的汉子。他上下打量我半天，问道：“你割过羊草吗？”我说：“没有。”

“哦，那么说你也没见过这个家伙吧！”他手里拿着一把刈草的长柄大镰刀。长柄上还有一个小木柄。

“这么办吧！你给我当徒弟吧！你先用我这把镰刀，我另装一把新的！还有把这块磨石带上，割上半个小时，刀不锋利了就用它磨，这样磨，磨两回！明白吗？”他一边给我做着示范，一边得意地笑了。

在一望无际的绿野上划出每个小队的割草区域。我师傅把我介绍给“师兄、师弟”们以后，开始了割草表演。上场的共有八个人，站成一个横队，他们挥动两臂，只听刷刷的刀声，身旁的青草整齐地倒在地上。

“伙计！你看明白是怎么回事了吧？你来试试看！”我在他身后照他的架势学了一下午，第二天我就出徒了。

施石根逢人便炫耀：

“我挨了老爹三年打才学会了割草的手艺，而我教的这个‘基代岳茨’只比画了半天就学会了！你们说吧，是不是名师出高徒呀！”

“中队长同志！你的高徒是不是可以先派到我的小队来，赶紧上好大垛，不然一下雨就泡汤了！”一位四十来岁、叫索妮娅的美丽而丰满的妇女，向施石根请示着。

第二天早晨，索妮娅小队长来到我们帐篷前，手里牵着一匹高头大红马，简单的鞍鞯上盘绕着一根很粗很长的绳子。索妮娅教我把马身上系着的绳套牢固地套在足有三米高的小草垛下部，然后用垛叉狠狠地插在套绳和草堆底部，牵着马拖向几个庞大的大草垛附近。那里有十几米高、围长几十米的大垛正在封顶。还有几大垛已垛到七八米高。许多人坐在草垛旁休息、吸烟。他们看见索妮娅过来，都急忙站起来，熄灭烟头，拿起垛叉。

“喂！喂！伙计们加把油！现在正是紧要关头。草干了要赶紧上垛，否则赶上一场大雨损失可就太大了！快！快！大家都使把劲呀！”

大家开始干活。几个小流氓却还在那里吸烟，嘴里还在骂骂咧咧地说些难听的话：

“狗屁，还把自己当成了不起的农业技师呀！你现在和咱们一样都是‘泽克’。还不如好好休息休息，夜里找男人到草垛里乐和乐和！”

“你们这些烂舌头的，再吸烟我就把你们的脑袋揪下来！”她吆喝着，赶着这些小无赖。

晚饭前要收工的时候，西北天空拥起黑压压的乌云。鸟雀不叫了，人们不吵了，一切都静下来了，可人们心里却感到十分不安。

“不好了，风雨就要来了！快，快！快上垛，快上垛！不然所有的干草都完蛋了！你，你，往上挑！你，你，到二层那里站稳，给我递草，我亲自去封顶！还有那边的三个大垛，谁上去？快！快！”索妮娅焦急地下着命令。

我也跟着她爬到了草垛顶上。这时大风铺天盖地地刮起来了。她对我说：“你往里站，不要刮下去！”而她自己却站到了垛边上，向下边的人群喊道：“再去几个人到那三个垛上去封顶！快呀！”下边有人答道：“风太大了，上不去了！索妮娅，你们也赶快下来避避风，太危险了！”“胡说！风过去就是大雨，那就晚了！我自己去！”索妮娅回头对我说：“你封好顶，就下去吧！”正在这时，她被一阵大风卷到空中，摔到地上。大风把草和人卷成一团，向前滚着。“不好了！索妮娅大婶摔下来了！”躲在草垛边的小流氓们追向风头，去救索妮娅。我赶快把封垛的最后工作做完，从大草垛上滚下来。索妮娅躺在一条水沟里，她的衣服、头发沾满烂草和烂泥。她的胳臂受了伤，流着血。她看见我跑过来，喊道：“走！你扶我一把，我们上另一个大垛去！”我们俩费了好大力气才爬上了一个大垛。她巍峨地站在垛顶，她的乱发在风中飘着，她挥舞着垛叉，喊着：“留几个人给我们递草，其余的人到另一个垛上去封顶！”她嘶哑的呼喊声和大雨前的霹雷与闪电交融在一起。模范的行动带动了所有观望的人，鼓起了胆怯的想退却的人们的勇气，他们吼叫着，冲向待封顶的大草垛。有的从地下往二层台阶挑草，有的人将草从二层台阶递上顶部。乌云在头顶上盘旋着，雷电在耳旁轰鸣。大风呼号着，威胁着蚂蚁般拼命干活的人们。再也没有旁观者，再也没有怯懦者。当狂风夹带着瓢泼大雨打在人们身上时，抢险工作完成了！人们唱着，笑着，叫着，把索妮娅抬起来，把我抬起来，把所有参加封顶的人抬起来，走向住地。

第二天早晨，风雨过后碧空如洗，在两座“宫殿”之间的黑板报上贴了一幅彩色的漫画：一位女神，头发向后飞舞，怒目看着头顶上的风雨雷电，两臂张开拥抱着高大的草垛，下边的标语是：紧跟着我们的母亲索妮娅，就可以战胜一切！

索妮娅看见了这幅漫画，她忧郁地皱起了眉头，走上去把“索妮娅”这几个字涂掉了……

这天上午因为大雨过后草地太湿不能工作，放了半天假。索妮娅坐在一堆干草垛下，招手把我叫过去说：“你跟我坐一会儿，我的好儿子！这里有我给你准备的面包、咸猪肉，咱们坐在一起吃顿饭吧！今天是我儿子二十岁的生日！”她久久地注视着我。“唉，孩子你变得越来越结实了，也许是昨晚的大雨把你脸上的污泥都洗掉了，变成个英俊的小伙子了！你结过婚吗？有未婚妻吗？跟女人接触过吗？”她笑了，笑得像十几岁的小姑娘那样可爱。在她特异的目光下，我再也不能依偎在她身旁了，我觉得我们的年龄好像一下子从两代人变成了同代人了。

索妮娅也忽然变得很紧张，不知所措。她岔开了话题说：“我看见河里有一群群的大鲫鱼，我的儿子很喜欢钓鱼，如果他在这里一定会给我们钓几条鲫鱼吃呢！”

“我会用口袋捉鱼，你等着！”

我跳进齐腰深的小河里。因为岸上树木盘根错节，下边被河水冲刷，形成一个大深洞。我脱下裤子，扎好裤腿，把它绑在洞口的树根上，然后从洞的另一个出口搅动水。鱼受惊后从洞里往外跑，一条条都钻进了裤腿里。我高兴得哈哈大笑，索妮娅站在岸边注视着我。这时我光着下身，不好意思地说："请你把鱼找个地方放下，把裤子还给我!"她接过鱼走了。她什么也没说，好久没有回头。我只好拉下衬衣襟，弯着腰，红着脸走到她跟前。她呢，把鱼收拾好煮在小铁筒里，我的裤子也被她晾到了草垛上。她扔给我一条围裙，说："先把它扎在腰上，男人女人各有自己的器官，没什么可害羞的!"说完，她哈哈笑个不停。

就在这天，她被通知调往伯力劳改局，据说是到那里当农业技术员。

临行前她含着泪花吻了我一下说："这是母亲的吻!"又轻轻地吻了一下，她说："你说，这一下算什么吻呢?"

索妮娅走了。就在我们抢救大草垛时，我的那个中国同伴——赵丰逃跑了。三天后他又被人在一个小车站抓回来。据说他是一个高级知识分子。

八　菲基索夫队长

一九三三年八月初，我们被一艘很大的客货两用船运往黑龙江上的“干草帽子”城。这个城在苏联地图上标明为“共产主义青年团城”。“干草帽子”是共青团的缩写。

我们这些“异己分子”被押上船时，船舱两旁的卧铺、比较舒适些的走廊、过厅等都已被“自己人”给占领了。他们三个一群五个一伙在玩牌，在嬉笑，有的则用眼睛盯着来往人们的提包、行李等等。还有些则专门向妇女靠近，做些粗俗的下流动作，或说些脏话。

我们大约有二十几个“异己分子”兼“下等人”——“基代岳茨”被挤在底舱的一个角落里，那里不通风，也没有光线。大家商量了一下，把行李放在中间，人围坐在周围，这样更保险一些。轮船开动了，离开了哈巴洛夫斯克——伯力城。大家议论着轮船的目的地“干草帽子”。这个城已建设好几年了。报纸上号召有志青年和科技人员到那里支援建设，还在各处招聘有技能的工人。同时一批批囚犯和流放的富农也被送到了这里。

傍晚，我们刚刚躺下休息的时候，忽然走过来三个流浪儿，看上去只有八九岁。他们手里拿着闪光发亮的匕首，嘴里叼着烟卷，肮脏的面孔，深陷的两眼直瞪瞪地盯着人，翘起的黑鼻子抽着鼻涕，细长的脖子不停地摆动着。

“伙计，‘基代岳茨’都站起来，快快！”

“为什么？你们要干什么？”

“你们占据了我们的地盘！这个角落是我们的！滚滚！”然后三个小流氓集中了俄罗斯所有最下流的语言骂我们。他们不停地“哟波”，“哟波，你们的上帝的妈妈！哟波，你们的民族、种族！哟波，你们的母亲、姊妹！”最后则是：“哟波，你们的嘴，你们的鼻子……耳朵……你们的肛门，你们的喉咙！”他们叫骂着，看到我们只是站在那里瞪着眼睛，攥着拳头，一言不发，胆子就更大了！一个像阎王庙的小鬼似的孩子竟飞起一脚，踢在蹲坐在行李上的一位黑黑的老人下巴上。那人摸摸下巴，不声不响地站起来，往前走了一步，用双手提起那孩子的头发，像抡动风车似的把他向另外两个孩子狠狠扔过去。他沙哑地说：“我叫你去哟波！哟波你们自己那些坏种吧！”船舱里顿时大乱起来，有人大声喊叫着：“基代岳茨打人了！”这时跑过来二十多个大流氓，他们一个个吃得肥头大耳，满面红光，打扮得千奇百怪。为首的一位，像个土匪黑帮头子，在这炎热的夏季却戴着一顶奇异的皮帽，帽子两个“耳朵”足有半米多长，几乎垂到腰间。他把两只“耳朵”往身后一甩，手插在两肋的宽皮带里。他咧了咧嘴，故意露出满口金牙，他指着那些败退的小流氓骂道：

“浑蛋！你们这群狗崽子！连基代岳茨都斗不过，叫人家像甩××一样给甩出来！狗崽子们躲开！看老爷子给他们点厉害尝尝！”

站在他身后的十几个流氓立即抠动手中的弹簧刀，闪闪发光的刀锋逼向我们：“怎么样，想动武的，来试试！叫老爷子给你们放点血，还是你们乖乖地撅起腚来投降？我们要没收你们的破烂！赶快把所有的东西都交出来！”又有几个流氓从后面凑上来，他们每人手里拿着一根一米长的螺纹钢棍。

“浑蛋！哪儿有工夫和‘基代岳茨’磨牙！这群蠢驴只有在丢掉一只胳臂或一条腿的时候，才会交出他们的臭破烂来！”操铁棍子的、持刀的一个个逼上来。几个个子小、身体瘦弱的中国人瑟缩成一团，向后退着。我呆呆地站在那里，望着这发生的一切，心里在想：“那些持枪的看守、船长、水手都到哪里去了？那些围观的俄罗斯人看着这些土匪行凶抢劫，为什么没有一个人出来阻止？”

这时那位黑黑的、高大的老人带着莫名其妙的傻笑走近那群流氓：“你们最好是滚开，‘基代岳茨’不是好惹的。”

“放屁！你滚开！”那个头头又把那两只垂下来的“耳朵”往脖后一甩，往前一蹿，匕首就刺进了老人宽大的衣襟，只听到刺啦一声，衣裳前襟已经剖成两半。不知是流氓头子故意恐吓老人，还是老人有一身功夫，迅速地躲开了刀锋，谁也没有看清楚。就在这时，老人往下一蹲，两手抓住那贼头的脚脖子，往前一拉，随即往后一推，这贼头叫了一声：“不好了！救命！”倒向人群。那群流氓打手和几个小崽子都一哄而散了！这时看守们出现了，他们手里端着枪，大声喊道：

“滚开！滚开！谁要造反！谁要暴动！就地处决，格杀勿论！”他们把几个中国人团团围住，“谁是头？到头等舱接受调查和审讯！”

“滚蛋吧，‘一机拿’！（俄语：滚蛋）”老人骂道，“土匪流氓跑了，你们来整中国人！你们这群王八蛋！”老人被带走了。

第二天早晨，当轮船在共青团城的码头停下来时，那位黑黑的老人，被打得鼻青脸肿，又回到我们中间。他默默地、安详地笑着，不回答任何人的问话。

我们下了轮船，被赶进一个用木头垛起来的高大的库房里。库房里还有残存的刨花、木屑和一些零碎的木块。从大仓库向外望去，共青团城既没有宽敞的大马路，也没有高楼大厦。这里最大的建筑是一间古老的用木垛和木板盖的大教堂。这里原名叫“下丹波夫斯克”，是个渔民村。

大仓库里集中了上千个“泽克”，有的在仓库里占了地盘，有的到屋外大松树下休息。这时来了一群人，他们搬来五、六张桌子，拿出一个又一个牌子。上面写着：木匠、铁匠、钳工、车工、泥水工、测绘工、监工员、定额管理员、会计、渔夫。每个桌子旁边坐了两个招工的。他们宣布：凡是有手艺的工匠们都可以接受口试。人们开始涌动起来，在各张桌子前面挤来挤去，叫骂声吵闹声乱成一片。

摆在墙角的一张桌子是招收渔夫的。桌后站着一位招工的大汉，身材高大，虎背熊腰，一双蓝色的眼睛让人望而生畏，鼻梁高高的，两撇黄色的胡须向上翘着。有个人走到他跟前，说自己是渔夫。大汉说：“伸出手来让我看看。”然后摇着头说：“你这双手划过桨吗？你想骗我吗？哧，你是个骗子！骗子我不要！”

这时远处走着一个高个儿的乌克兰人，他向他喊道：“浩浩勒！你要打渔吗？打渔可以吃得好，自由自在。”

“我倒愿意，只是我没有干过。”

“好！要你！你叫什么？多大岁数？犯的什么罪？”

“伊高尔，三十七岁，偷过集体农庄的干草，刑期十年。不过我的成分是富农，你也要吗？”

“你要是能听话，不再偷，我就要你！”

这位大汉站在那里招人，来找他的，他挑三拣四多半都被他拒绝了。我站在角落里看热闹。我什么专长也没有，只能当个“乔拉内依”工人——黑色工人了！我等着命运的安排。是挖土开路基，还是去伐大木头，随他去吧！

大汉发现了我，向我招招手，我走了过去。

“来，来，我们认识一下！我叫菲基索夫，名叫菲佳！你叫什么名字？”

“我叫列夫，因为我喜欢托尔斯泰的著作，就起了一个和他相同的名字，小名叫辽瓦。”

“好，好！辽瓦，我要你了！和我在一起打渔吧！”

“可我什么也不会呀！”

“没关系，我教会你做一个真正的渔夫！”菲基索夫上前握住我的手，“说定了！我们下午就起程，到共青团城的第一个捕鱼基地呼米渔场去！”

呼米渔场在共青团城以西约四十公里。渔场场部设在临江的一座美丽的山坡上，上面长满了高大的塔松、果松、红松、白皮松。紧靠江边的低地长着许多白桦树和王八柳之类的树木。小山坡的西部是个突出的岩石山岗，一直探进黑龙江里，它的对面是一座低矮的土山，两山之间有一条小河，叫做呼米河。顺着山角向南转，不超过一百米，就是一个非常美丽的湖泊。湖边上星星点点住着几家以打渔为业的赗赗茨族人家。赗赗茨族祖居在黑龙江沿岸，是满族人的一个分支，他们的外形、语言、生活习惯完全像黑龙江沿岸的东北人。劳改渔场基地也设在这里，给他们的生活带来巨大的变化。他们的村落有了学校，有了电灯，有了广播，有了来往的轮船等交通工具，特别是他们每年冬季打猎收获的皮张，秋季打大马哈鱼淹的咸鱼都有了买主。同时，也给他们平静的生活带来了数不尽的灾难。家里的东西，晒在屋外的咸鱼、干鹿肉、干灰鼠肉被偷了，最后连他们赖以维持生活的猎狗也被人偷走了。所以赗赗茨族人对俄罗斯人非常反感，相反地对待汉族人却非常热情。他们经常把你拉到他的小屋里，坐在火堆旁，给一小块硬烤饼、一点灰鼠肉干或半条干大马哈鱼，问长问短。

渔场占领了整个呼米湖。山坡上盖建了半地下室的劳改犯宿舍。这种宿舍建筑虽很简单，但很实用，很像东北人挖的冬菜窖，总共不过两米高，有一米半在地下，半米在地上。露出地面的墙上，每隔三米有一个小小的窗户，为了通风，也为了采光。地下室南北两边是通铺，每个通铺足有一百五十米长。屋子中间是一个两米宽的过道。过道上安装着两个巨大的生铁炉子，这种炉子大概是远东劳动营特有的装备。每个炉足有两米长，一米宽，半米高。上部是个长方形的匣子，下部底座是个厚厚的生铁板。炉子上部有个巨大的添柴的铁门，下边有一个出灰和进风的洞穴。炉子上面还有一个铸铁管烟囱，直通屋外。炉子一年四季总是点着火，阴雨天可驱逐潮气，冬季除了取暖还可以烧开水，烧热水洗澡洗衣服。这些大铁炉子一天要烧掉几立方米的好木材，真让人心疼。在中国这些木材都是建筑庙宇、楼阁、房屋、桥梁、家具的好材料，而在这里都当柴火烧成了灰烬。

在地窨上方的山坡上有三幢用厚厚的木板方子垛成的漂亮办公室、“乌包罗矛勤”的监察室、警备室。通到山下有两个圆木铺成的栈道，两边是用小圆木做成的扶手。

在地窨的下面，紧靠山根的地方是一个个大厂房，木桶厂、洗鱼剖鱼厂、提炼鱼油厂、鱼子酱腌制厂都在这里。再往下直到黑龙江岸边是个极大的垫平和压实了的场地，堆鱼，晴天时剖鱼、洗鱼、运鱼的工作都是在这个宽阔的场地进行的。

我们几个人坐着一条有六个人划桨，由菲基索夫掌舵的大船在呼米周围绕了一圈，最后在码头靠岸了。岸上有许多妇女、姑娘，叫叫嚷嚷，她们在剖鱼，洗鱼，在用大铁丝网的鱼筐抬鱼。她们胸前都围着一条黑灰色的胶布围裙，掩盖了女人们美丽的身形，只有个别女人为了显示女性美和她们勾引人的天赋，故意只穿件背心，把围裙扎在腰际，把本应当挂在脖子上的围裙的上半部拖落下来，宁可让她们雪白的胸脯和突起的乳房沾上鱼的黏液和腥膻味儿。这些女人争奇斗艳的唯一装饰，就是她们头顶上的那方粉色的、红色的、花格的、淡绿的、布的、麻的、丝的各色各样的头巾！

船一靠岸，女人们飞跑过来，把我们团团围住，不停地笑着，叫着，说着俏皮话：“菲基索夫队长，你真体谅我们，给我们送来这么多年轻漂亮的小伙子！”“小伙子们，快来亲亲我们吧！”“小伙子们，这回咱们可以一同快快乐乐把这难熬的日日夜夜打发过去了！”

“姑娘们，如果你们想家里的亲人，就到树林里搂抱一棵大树亲吻吧！如果想男人的话，就跳到黑龙江里洗个澡，把你的身体交给黑龙江去拥抱吧！”菲基索夫说完这些话，女人们尖叫着，笑骂着。

很久以来，我第一次感到我好像回到家里了。

我们在菲基索夫指挥下，开始了制作新渔网的工作。九月中旬以后要开始捕捞大马哈鱼，如果新网能早几天赶制完成，还可以到江上多打几天鱼，补上七八月份缺欠的定额。

大家都是生手。菲基索夫从头开始教我们化开柏油，把棉线网浸进油里，然后晾晒起来；把浮漂软木绑在很粗的棕绳上；把一个个沉重的网坠串进棕绳里。再把网纲和浸过柏油的棉线网拉开，捆在架子上开始制网的工作。

“一个渔夫应当样样内行。制网、补网、下网、起网要会；造渔船、制船桨、缝船帆要会；打鱼、剖鱼、腌鱼要会。站在江边湖沿上看看水纹就应该知道水底下有多少鱼？有什么鱼……就说吃鱼吧，能做到一只小鱼从左边塞进嘴里，把肉吃进肚里，从右边吐出刺来，就不那么容易……”菲基索夫的嘴不停地说着，同时手也非常熟练地动作着。他一面校正网纲上的浮漂和网坠的位置，一边迅速地把线网用细绳捆在网纲上。

“你们记住，我们的网目是四公分的，这是捕一公斤以上的鱼用的。最重要的是网线不能太平直了，这样兜不住鱼，也容易把网撕破。要在两目的间隔上捆上三个目的线网，这样就会形成个大网兜，鱼一旦闯进网里只能在兜里来回游，直到把它们拉上岸来!”

我听着，观察着他如何用手指确定两个网目的距离，再把三个网目捆在那里。他是用水手们叫做猪蹄扣捆绑的。线梭子飞动着，把线网捆得又快又好。我总怕俄国人取笑我不会干活，所以我特别专心致志地向菲基索夫学习。

菲基索夫连说带干，教了我们两个多小时，后来场部来人找他有事，临走时问大家：“你们都听明白了吗？学会了吗？抓紧时间干，我们这两天就可以用它捕鱼了!”

他走了，大家开始干起来。我正在埋头干活，不知什么时候菲基索夫已经回来了。他站在一个工人身后大发雷霆：

“我是这样教你们的吗？浑蛋，把好好的网纲网线给搅在一起了！我们是在为‘大马哈战役’做准备，只有把‘大马哈战役’打好，我们才能过个好冬天！共青团城的建设者才能有鱼吃！难道你们连这个道理都不明白?”

他又向我走来，检查了我捆绑好的渔网，用手捻着向上翘起的胡须，从他那双怒火未消的蓝眼睛中闪过了一道满意的目光：

“基代岳茨，基代岳茨，你个子不大，脑子真聪明。”菲基索夫夸奖着我，火也消了。

网绑错了的开始返工。我和菲基索夫一起手把手地教大家。

大家正在专心工作的时候，有三个管理人员走过来了，其中一个提着军用皮包的人问道：“哪位是基代岳茨岳勒根，请走出来!”

我走出来了。那人特意拿出一副眼镜架到鼻子上，然后清了下嗓子念道：

“苏联远东军事法庭三人小组，经过仔细调查、研究，认为姚艮，又名姚廷枢、姚冬麦，出生于一九一二年十二月二十三日，生于中国黑龙江省双城县，本照苏联刑法五十八条六款规定，犯有反对苏维埃社会主义共和国联盟的间谍罪，判处徒刑五年，送劳动营劳动改造。”

我听完了，呆呆地站在原地不动。这是我做梦也没想到的事。我会因为莫须有的间谍罪名，被判五年徒刑!

“你过来，在这里签字!”

我没有动。他走过来把笔递给我：“在这里签字！签字的意思是对你判刑的通知，我们于一九三三年九月五日通知你了。你若不服，可以提出上诉!”

我签了字。三个人走了。周围的人都在默默地注视着刚刚发生的事情，没有人说话，然后他们又都低下头干活。

菲基索夫走过来，他那双让人望而生畏的蓝眼睛中流露出愤愤不平和同情爱怜的目光。他抓起我的手，紧紧握着。他似乎要把全部力量给我，让我挺住，不要倒下。

那天，直到后半夜才把网制好，装上了船。那是个难忘的月夜。秋风吹着树叶哗哗作响，我们围坐在篝火旁谁也没去睡觉。

几只蝙蝠无声地、低低地飞过，传来几声猫头鹰的凄厉叫声。黑龙江上有一艘轮船开过去了，灰暗的船影，时隐时现的灯光。

“又是一船人要到‘干草帽子’去了。”有人低声说。

我一个人默默地走到江边坐下。望着被夜色笼罩的黑龙江，听着江水翻滚、奔腾的声音，我的思绪万千。对岸，就是我的祖国，故乡的土地正在遭受日本侵略者的践踏，父老乡亲正在遭受蹂躏，满腔抗日救国的热血不能抛洒疆场，却要在这集中营中度过五年的囚禁生活。为了寻求抗日援助，却反被扣上了‘日本间谍’的罪名，我感到委屈，感到愤愤不平，可是我又如何才能洗刷罪名？什么时候才能回到我的祖国！我思念家乡，思念亲人！秋夜江上吹来的风让我感到无限的凄凉和孤独，我禁不住失声痛哭起来。对岸就是我的祖国，我的中华母亲。只有一江之隔，我想大声呼喊，她一定能听到我的声音，我想告诉她：“你的儿子在这里！就在你的身边，请你原谅他这个不孝的子孙！”

菲基索夫坐到了我的身边，对我讲起了他的经历。他曾经是黑海舰队的一个水手长，十月革命时参加过起义，后来回到家乡，被乡亲们推选为村苏维埃主席。他在村里组织起了打鱼队。有一次出海打鱼时碰上了一艘土耳其的渔船，船上的兄弟把他锁进船舱，然后抢了那艘土耳其渔船。回来后，他投案自首，承担了一切罪责，就这样被判了十年徒刑，后来又减为三年劳改。他说：“只要我自己心里明白，我们不是‘泽克’，我们是在劳动，是在建设，苦呀，累呀，委屈呀又能算得了什么！什么苦难都会过去的。就像那黑龙江。”他的话给了我很大鼓励。黑龙江啊，黑龙江，你永远向东流去，没有任何力量能阻挡你和改变你，你永远给我力量。

篝火熄灭了。月光隐在远处的树林里。东方微微发白了，渐渐地由鱼肚白变成浅红色，变成深红色，金红色！最后，一片金光灿灿的彩云托出一轮新的太阳，千山万壑的鸟雀都在为日出歌唱。我站了起来，挺直了自己的脊梁，深深呼吸了一口清新的空气，张开双臂，迎接这早晨的太阳。

九　捕捞初捷

捕鱼开始了。天刚亮渔船就出发了。我们共有两只船，一只是主船，是拖网捕鱼的；另一只是后勤船。江面上飘着薄雾，一切静悄悄的，只有桨声和菲基索夫的命令："把两脚蹬直，两手握住桨，攒紧！平推出去！放桨，落水！狠劲往回拉！一、二！一、二！"

我们二十个人轮流划桨。顺水划，逆水划，掌舵，转弯，站在船边试水深……我们练习了一个上午。斯基班这个在远东打过鱼的老手，不满意又不敢说，只是撇着嘴笑，懒洋洋地划着。

"斯基班，你在干什么，使点劲啊！"菲基索夫喊着。

"哎队长，咱们又不是在你塞瓦斯托包尔练海军，我看还是下网打鱼吧！不然今天中午就没有吃的了！"

"你说，在哪里下网?"

"到江心子里去！那里有个岛把大江分成两半，右边是主流，水特别急，鱼群不在那里停。左边虽然水深，但水很稳，胖头、鲫鱼、草鱼都在那里甩子，总是成群结队，不过现在不是季节！"

"我们可以试一下，听你的，你过来掌舵！"

斯基班高兴极了，跳过去掌舵。船顺水向大江的左边划过去。他的建议很好，第一次试网就很成功。打上来有半吨胖头鱼，还有几条很大的鲤鱼、噘嘴的大白鱼。船在沙洲上停下来，支起锅灶，煮了一大锅鱼，我们美美地吃了一顿饱饭！

吃饭的时候菲基索夫又提出了下一步的试网计划："我们下午再拉两网，一网是顺大江漂流它两三公里，看看从大江里能够捞出什么来。第二网找个回水急流的地方试一下。斯基班，你是本地通，又是老行家，你的意见如何?"

"我嘛！要是叫我一个人决定，我不敢说！弄不好又是破坏生产，又是个十年！这样大的网，一旦叫急流卷走，船翻了，人完了，谁能负起这个责任!"

"那我们就先找个平整的江岸，比较安全的地带下网。"

"好吧！菲基索夫，咱们试试看！试试!"

我们找到一处平整的河岸，先下去十个人拖住网纲的一端。菲基索夫让他们找了一些几米长的粗棍子，削出尖来，用绳子拴在网纲上。如果人拉不住网时，把棍子插进沙子里像耕地似的拖着，渔夫们把这种工具叫做"犁杆"。

"斯基班！这十个人由你指挥，如果从你们这里出了事，把网冲走，小心你的脑袋!"菲基索夫叫着，"其他十个人跟我上船，三个人站在中间往江里撒网，千万不能绞成团！辽瓦！你站在中间撒网，要和撒网纲浮漂和撒网纲沉坠的人配合好。其他六位划桨的，使出你们吃奶的劲来，当网撒完船回头时注意顺水斜划并把绳放下。上岸后，我们十个人就得把网拉住，直到拉上岸来！都听清了吗？这可是军令如山！开始!"

这场战斗最重要的、起决定性作用的是掌舵的菲基索夫。他雄赳赳地站在船尾，把舵紧紧夹在两腿中间，手把着舵柄。他的身子随着急流、波浪起伏着。当船行到江心时，忽然刮起了一阵大风。波浪足有一两米高！船随着波浪颠簸，摇荡着。六位划桨的粗壮的小伙子们，像机器人一样，随着菲基索夫的吼声：一、二！一、二！前后用力晃动身躯，摇动手臂！谁也不说话，谁也顾不上去看周围的险情，大家齐心协力与风浪搏斗着。

船，终于靠岸了。但放入黑龙江主流的大网，却拼命挣扎着，要随着风浪东去！经过两三个小时的搏斗，网被拉上岸了。人们围在江边，注视着大网中间的那个宽长深各有五米的叫做网箱的大口袋。大家失望了。只有十几条叫做鳊花鱼的小鱼，不停地在水面上跳动着。

“起网吧！费了九牛二虎的力气，就捞到这么几条小鳊鱼！”斯基班不耐烦地叫着。

“不要着急！你们看那轻轻绞动的水纹，好像有大家伙！都下水！提起网！慢慢拉！”菲基索夫沉着地下着命令。

大家下去提起网，向上拉。就在这时，忽然从水里掀出一股浪花，探出一个尖形的大头、大嘴和一双像飞机翅膀样的鱼翅来。

“是条大鳇鱼！乌拉！拉上一条大鳇鱼！哦，还有两条小的！我们可以美美地吃上它一星期了！”伊格尔激动地叫着。

菲基索夫看着那被拖上沙滩的大鳇鱼说：“这种鱼很怪，当它落入网中时不跳也不浮出水面，不动声色，有多少渔夫叫它给骗了！好了！这条鱼最少有一吨重！是个大收获，明早可以送回渔场，叫大家见识见识！至于这两条小鳇鱼，每条不足十公斤，按国家保护鱼类的条例，只好放回江里去！”

“留下吃吧！哪个渔夫遵守这个规定啊？”伊格尔叫道。

“法律规定绝不能违犯！几条鳊鱼可以留下吃！”菲基索夫说完，大家都不做声了。

“下一网你们听我的吧！我给你们找个最最好的鱼窝子！”斯基班自告奋勇地说。

“上船！斯基班你掌舵！这回我们听你指挥！”菲基索夫喊道。

船在大江的一个回水湾处停下了。斯基班计划着把一块足有三百米见方的地带下网围起来捕鱼。他满有把握地说：

“这里虽然不是藏龙卧虎之地，却是鱼类产卵、聚堆的地方。看吧！有足够我们吃的鲤鱼呀、草鱼呀、白鱼呀……”

下了网，往上拉，一切都非常顺利。甚至在水面跳起几条小鲤鱼来。人们兴高采烈。就在这时，当网离岸边只剩下十几米的时候拉不动了。

碰到障碍了！是树根，还是圆木？或者是沉船？怎么办？大家急得团团转。我对菲基索夫说：

“让我下去看看！我会水！”我脱了外衣、裤子和鞋子。

“不行！这里回水很急，太危险了！我们还是用一根粗缆绳从里面兜一下，也许能把网拉出来。”菲基索夫说。后勤船开始布下绳索。然后大家用力拉呀，拉呀，还是拉不动。

“你们先拉紧绳子，我下去看看到底是什么原因！”菲基索夫脱衣跳下水去。我也跟着跳下水去。我们潜在水下游着，摸索着，最后发现我们的网和缆绳都紧紧地缠在一个大枯树根上。这种树根，通常是在大水季节从上游冲下来的。

“怎么办好？大家出主意吧！”菲基索夫问大家。有的说下去几个人把它搬开，有的说用刀子把网切断。

“斯基班，你的意见如何？”

“大家定吧！我没有自己的意见！”

“伊格尔，你呢？”

“一刀两断，又快又好！”

“只有这样办了！切断吧！”大家都附和着。

菲基索夫问我道：“辽瓦你的意见呢？”

“我潜下去再试试，看看我们两个人能不能把树根移开，或者只切断下面的缆绳就行了！”

我潜下水去，没想到事情竟如此顺利。原来网纲缠挂在枯树根的一个枝杈上。因为年深日久树根已经腐朽，更因为大家拉网时的力量，粗根给我用力一摇，竟自己断裂脱落了。我把网纲拖出树根，钻出水面叫道：

“你们再拉一下试试看！大概问题不大了！”大家把绳索一拉，便轻轻地把这张大鱼网拉上来了！

网被拉上岸，可大家全都惊呆了！网的绝大部分像绳子似的缠在一起了。拉动一下，只听见咯吱咯吱的叫声。

"不好了！网被'尕牙子'给缠住了！网给破坏了！你们看，足有百八十个呀！快把手缠上布条，一点点往外摘吧！"

"尕牙鱼"是黑龙江、松花江一带产的一种小鱼，它的肤色黑黄，条纹类似鲇鱼，它的左右鳍和背部都有一根像锯一样锋利的长刺。当它遇到危险时，就摇动它的三支宝剑自卫，并且发出"咯吱、咯吱"的叫声。撒网打鱼的人们，最讨厌的是遇上它们。哪怕只有三五条也会把网给缠得乱七八糟，很容易把网拖碎！

这项摘渔网的工作直到日落还没有干完；晚上又点着篝火，摸索着干。每个人的手都被刺出鲜血，疼痛难忍。据说这种"尕牙子"身上的黏液有毒，弄到破伤处特别痛。直到天亮我们才返回呼米基地。

在呼米渔场岸边站满了人群。菲基索夫捕鱼队打到一条特大鳇鱼的消息，早已传到了呼米。在渔场工作的妇女不但戴上她们最鲜艳的头巾，而且解掉了每天系在身上的散发着鱼腥味的胶布围裙。整个呼米像过节一样热闹。菲基索夫毕竟是个老水手长，进港前他叫每个人整装，让划桨手在靠岸时高高举起船桨，其他船员举手致敬。那条大鳇鱼用木板高高架在后勤船的中部，刷去了它身上的污泥，拉正了宽大的鱼翅，摆正了它的庞大的三角形的尾部。

"看啊！菲基索夫运一架大飞机来啦！"妇女们喊叫着。

从船上下来的人被妇女们当做英雄团团围住了。因为捕到了一条大鳇鱼，他们便不管天高地厚地吹起牛来了。当然啦，这更吸引了妇女们的钟情。

"我凭着在阿木尔二十年的打鱼经验，一看就知道江里有条非常大的鲟鳇鱼，快下网！果然叫我看准了！大家一鼓劲把它拖上来啦！说实在的，这样大的鳇鱼还是我有生以来头一次看见。过去只听老人们说过有这样大的鱼！"斯基班忘乎所以地说着，"还有这条鱼的黑鱼子能有一百公斤重，做成黑鱼子酱运到国际市场上能挣好多钱！过去的渔场主，打上来这样一条鱼要赏给渔夫每人三瓶沃特加。你们知道多大的瓶子吗？一立脱的瓶子，那就是半箱酒啊！"斯基班越吹越上劲。他手舞足蹈，正想要拥抱身边的一位妇女时，叫菲基索夫揪住了脖领子：

“你还没吹够呀！快去卸船，我们还有许多事情要做呢！”

我看着，听着，自己也沉浸在兴奋之中。忽然背后有人拉了我一把，并听见一个熟悉的声音：

“辽瓦！是你呀！你怎么没有回国抗日却跑到呼米打鱼来了？”

我转过头，看到瓦莉娅站在后面。我惊呆了。我不知道是自己的眼睛还是脑子出了什么问题，我一动不动地站在那里看着她。瓦莉娅又大声地说：“辽瓦，是我！瓦莉娅！”她上前握住我的手。这时我才醒过来，那双手的感觉是真实的，那是瓦莉娅的手，虽然变得粗糙和有力，但那感觉是不变的。我激动地一遍遍喊着她的名字。我们两人挤出人群，跑到黑龙江的岸边。瓦莉娅紧紧地拥抱着我：“感谢上帝，让我们又见面！”她的眼睛里闪着泪花。她摘下红头巾去擦眼角，一头褐色的卷发散落在肩上。我默默地看着她。一年多的时间她变了许多，已不是那个梳着两条小辫子笑个不停的小姑娘了。她成熟了，长高了，也丰满了。虽然风吹日晒皮肤比过去黑了一些，却更让人感到一种从身体里向外洋溢着的青春的活力。只有那双藏在长长睫毛后面的又黑又亮的大眼睛还和从前一样。不过在她那顽皮的快乐的眼神中多了几分忧郁的目光。

她告诉我隋老爹至今没有消息，她妈妈搬到她姨姨家里了，她判了三年刑。因为我还要去卸船，我们只简单地谈了各自的情况就分手了。我万万没有想到，在这呼米渔场竟和瓦莉娅又相遇了！

以后我们偶尔见面，偶尔在江边一起散步。她再也不是从前那个天真的小姑娘了。

十　打大马哈鱼

打大马哈鱼的战役开始了。四个捕鱼队摆开了阵势。我跟菲基索夫仍在一队，我被大家推举为副队长。菲基索夫负责指挥、协调四个队，所以一队实际的队长就是我了。因为斯基班被调到二队去当队长，而伊格尔又不得人心，所以只好让我这个年纪轻，又没什么经验的“基代岳茨”当头了。

我们四个队支起了各自的帐篷。里面住上二十个人很宽松，地上铺了很厚的干草，也很舒服。衣服、干粮挂在衣架上，很方便。在这里每人都丰衣足食，没有被偷、被抢的危险。

我们的船在新渔场做了首次试航。收获不错，捕到了十几条肥大、青背白肚皮的大马哈鱼。它们是刚刚进入内河的，身体圆圆的，头部闪着金黄的光亮，皮下的脂肪特别厚。我们送给菲基索夫两条，还有两条按菲基索夫教我们的方法腌了起来。方法很简单：把鱼从背部剖开，每隔二寸把鱼肉横割到鱼肚附近，撒上细盐，用胶布包好，几天后再挂到树枝上，经过风吹日晒，鱼的皮下脂肪就渗透到鱼肉里。这种微咸的腌鱼，非常好吃。

剩下的鱼，我们把它与土豆一起放在锅里煮，香气诱人。其他队的人都跑过来分享，大家说说笑笑非常热闹。

我们把一盘鱼端给斯基班老头儿。他没有吃，不高兴地走开了，不服气地说：

“好汉不吃讨来的饭！想吃我们自己去打。打鱼嘛，谁有多大本事还得走着瞧呢！”

依高尔听了这话，接茬说道：“吹牛当不了饭吃，更当不了大马哈吃！”

第二天早晨刚六点，非基索夫就叫大家赶紧上船去帮助二队打捞渔网。原来是斯基班头天晚上回去后，向伙计们说了些刺激话，大意是一队的“基代岳茨”牛气起来了，看不起我们俄罗斯人，说我们打不到大马哈，谁想吃，到他们那里去吃。他们还拍马屁，给非基索夫送去两条……最后说：“他们看不起我们，我们能咽下这口气吗？明天一早我们下江去，一网打上它千百条，给他们看看！”

哪知道出了事。在昏暗的晨雾中渔网撒下去，被急流卷走了。他们赶紧去追，结果一条船搁浅在江中间的沙滩上，另一条则不知下落。

非基索夫带领一队和三队的四条船顺流而下，在距渔场三十公里江边的一片柳树林下，发现了搅作一团的渔网。只好把上千米的大网割成几段，收了上来。斯基班的另一条船在几十公里以外的村落停下了，没有找到渔网，累得筋疲力尽，最后求一条货船把他们拖回渔场。斯基班被驻劳动营的代表监督处传讯，并且拘留起来。非基索夫受到警告处分。他苦恼地说：

“我绝对没有想到会出这种事，今后各队只能按规定计划行动。绝对不准私自行动！”

非基索夫制定了一个严格的规章制度，排出了每天每条船出航的时间、次序，并对发现鱼群后如何通报以及互相支援等都作了决定。他在渔场竖起了一根大旗杆，用来挂信号灯和信号旗。按要求，第一个队出发的信号一发出，第二个队必须立即登船做出发的准备，当第一个队的网已大致进入岸边的缓水后，下一个队才能跟踪前进，以免冲突，撞车。如果前面一个队出了事故，根据信号后面那个队必须立即出动去求援。

一天半夜里，我们一队接到预备起航的灯光信号后，十个人留在岸上，拉住缆绳的一端，其他十人登船各就各位。我们正在等待出发的信号时，菲基索夫气喘吁吁地跑上船来，他接过我手中的舵说："你站在船中间照顾好渔网下水的情况！现在起航！"在这浓雾弥漫的茫茫黑夜里，我只能看见船尾上下摇曳的灯光和伫立在那里的菲基索夫的高大身影，其他的就什么也看不见了，真是伸手不见五指。我心里非常紧张，如果迷了航，或者跑了网，那就出大乱子了。

我们的船斜顶着水向上游前进。不久他问道："网撒到中间网箱地方没有？"

我说："快了，还有几米。"

"好！大家先做好准备，我们先顺流漂上五分钟，然后奔向信号灯方向！"我朝着岸边望去，寻找红色的信号灯，什么也没有看到。我赶紧叫道："菲基索夫！看不见信号灯，你迷失方向了！"

"你向船头方向看！看见红色的光点了吗？哎呀，你这书呆子，眼力不行啊！活像个老太婆！"

船飞快地行进，网撒完了，网索也随着船的行进落进水里。我心想，如果船不到岸边绳索就抛完了，网会被水冲走的。我叫道："有危险！绳索剩下的不多了！"就在这时，船却突然靠岸了！我们赶紧扯起缆绳努力向岸上拉着。紧接着又向下一批船队发出了信号。

这场战斗，终于在浅水区把网纲首尾拉成一个环形时结束了！在黑暗的夜里我们听到鱼的冲撞声，手提起网纲就感到震颤！菲基索夫叫道："你们都跳下水，把网纲提起来，不要叫鱼逃出去！"

我们跳了下去，九月的江水刺骨的凉，加上大马哈鱼拼命地冲撞，很快我们的腿脚都麻木了，直到鱼都被赶入网箱我们才上岸。

菲基索夫喊道："快！快点起火来，千万不要叫二队迷失方向！你们也赶快烤烤火！"

几天来，不分昼夜地连续战斗，大家都非常疲倦。但胜利的喜悦压倒了一切！大家把菲基索夫扔到夜空里，把我推到火堆旁，给我披上件皮大衣。大家呼喊着：

“乌拉！菲基索夫！乌拉！基代茨·辽瓦！”

接着二队、三队、四队也相继在我们旁边的岸上登陆了。从呼米基地又增派了几条拖船运鱼。我们来不及把衣裤烤干，又开始忙着装船。这个工作可并不轻松。大马哈鱼个头大，不能用剿网，也不能用钩子扎，只能用手捉住它的尾部猛地一下子把它抛上船。一个队二十个人，要把几吨鱼抛上船，工作量也是很大的。鱼装完了，我们把网收上船，上千米的网和两千米缆绳都要在船上一层层有次序地放好，如果发现渔网有破洞，必须马上补好。一切准备就绪，又出发去撒网捕鱼。

大马哈战役首战告捷，消息传到了呼米基地，又传到了共青团城。报纸的头版头条写道：“黑龙江上共青团城的青年建设者们，响应党的号召，在捕大马哈鱼的战斗中首战大捷。四个共青团的捕鱼队，一夜之间捕获大马哈鱼五十余吨！第一批三十吨鲜鱼已送到共青团城供给第一线青年工人食用。其余的正在进行处理：剖洗、腌制、装瓶、外运等。特别是对珍贵的红鱼子，已派专家前往现场指导腌制。”虽然报道的消息说了些谎话，但那又算得了什么呢！“泽克”们的功劳是磨灭不了的！

劳动营总负责人米留金坐着小汽艇来了。他像检阅似的在我们中间走过，他举手高声喊道：“同志们好！”他立刻发现了自己的错误，将囚犯称做了同志，于是又改口喊道：“弟兄们好！”大家呼喊着：“首长好！”他更关心更感兴趣的当然是大马哈鱼了。他提起一条大鱼，不停地点头：“好样的！好样的！”当然谁也不知道他所说的“好样的”是鱼还是人。他这次光临最值得大家高兴的，是在寒冷季节打鱼，为了保证“泽克”们的身体健康，每人每天发给五十克纯饮用酒精！

这件大喜事立刻让所有的渔夫们手舞足蹈，笑逐颜开。吃晚饭的时候，菲基索夫亲自掌握分配酒精的任务。犯人们有一个自制的量面包用的天平；那是一根约三十公分长的木棍，中间拴一根绳，木棍两头各悬挂一个方形的三合板当秤盘。菲基索夫提起棍子中间的绳索。取得两端秤盘的平衡后，把一块恰好一公斤的石块和一个空瓶放在一端的秤盘上，另一端相同的瓶子里装满酒精，天平平了。这一公斤酒恰好分给二十个人，分配的时候同样是准确、公平无误。

喝这五十克酒，每个人的喝法、表情、姿势各异，但“表演”却都很生动。有的只用鼻子嗅啊，嗅啊，然后揣进怀里说：“叫它贴着心肝暖和暖和!”有的则先倒一杯凉开水，然后把五十克酒精兑进去，慢慢品尝。有的则先摸摸嘴，晃晃头，用鼻子嗅一嗅一块黑面包，然后少少地喝一口酒精，吧嗒着嘴说：“好酒！好酒!”还有的人是先喝一杯水，然后喝一小口酒，再装模作样地喝口水，再喝一小口酒……

菲基索夫把酒摆在面前，又拿了半杯水摆在旁边。他看见我无所谓地看着大家却一动也没动自己的杯子，说道：

“辽瓦！为你的健康，为你的幸福，为你的自由，为你未来的妻子儿女，干杯!”他把五十克酒精一口气喝下去。我看他张了下嘴，呼出口气，然后把半杯水喝下去。他的脸红了，高兴地笑着。他用手抚摸着自己的下巴，拧了下上翘的两撇胡须说：“辽瓦！快喝吧！热一下身子，松弛一下神经，酒这东西的好处就在这里!”

“那你把我这五十克也喝了，再松弛一下!”我把酒倒在他的杯里，规规矩矩地站起来说：“菲佳老爹，我作为一个中国孩子敬你这杯酒。感谢你对我的教育和帮助!”

他尽管百般推辞，我还是把五十克酒精给他倒在嘴里。我随手把凉开水递给他，他却摆了下手说：“酒劲不大，正好，正好!”

然后他把手搭在我的肩上，唱起一首悲凉的囚徒之歌：“囚徒啊，囚徒！干粮背在肩上，沿着西伯利亚的大路走着……”

其他的人，也都跟着唱起来。那浑厚、悲壮的歌声震撼着我的心。我忍不住掉下泪来。我悄悄走出帐篷。歌声在夜空中回荡，它与秋风、波涛声融为一体，有时像哭泣，有时像呜咽，有时又像呐喊，人们在倾诉着自己的悲凉与渴望……

十一　洛孜姑娘

捕大马哈鱼的旺季不过二十几天，很快就过去了。以后每个队每天只下一两次网，工作轻松多了。一天下午，从呼米来的运鱼船靠岸了。一位穿着水兵宽领衬衫和紧腰宽腿水兵裤的姑娘走下船来，她还挽着一个穿黄色皮夹克的女孩。

我一眼就认出来了，那女孩不是别人，正是瓦莉娅！

我跑过去迎接她们："瓦莉娅！瓦莉娅！你怎么来了？"我边跑边喊。

"我是来向你告别的！因为减刑，我已刑满释放。"瓦莉娅带来的这一好消息，意味着我们又一次的离别。

同来的另一个女孩是菲基索夫的女儿，叫洛孜。

九月底天气突然变化，冰冻来临了。瓦莉娅急于在封江前去新西伯利亚看望母亲。晚上我们坐在江边，岸边已结了薄冰的江水在脚下流过，落了叶的光秃秃的柳树枝在风中摇曳。我们紧紧地握着手，依偎在一起。我低声说："瓦莉娅，这次分离不知什么时候才能再见面了！"瓦莉娅说："无论你在劳改营里待多久，我都等着你，等着你！你一出来，我和妈妈就跟你回中国去！那也是我的祖国！”

第二天送瓦莉娅走的时候，菲基索夫和她的女儿给她打点了一个足有二三十公斤的口袋，里面有大马哈鱼干，有红鱼子酱，还有酒精。菲基索夫对瓦莉娅说：“如果有了你爸爸的下落，可以往塞瓦斯道坡尔我家里去信。不要挂念辽瓦，我们会照看他的！他释放后会立即去新西伯利亚看你们！”菲基索夫紧紧地拥抱了瓦莉娅。

我们又回到了呼米基地。菲基索夫立即率领大家对呼米湖出口的阻塞工程进行检查。潜水员下到水里检查了木桩和铁丝网以后，菲基索夫笑着对大家说：“我是个老水手，最喜欢潜水，我也要下去看看。”他穿上了铅底鞋，穿上了胶皮潜水衣，穿上了铁片夹心的背心，戴上了潜水帽，背上了工具袋，然后顺着船梯走进水里。他这样年纪的老人，真叫人担心！我不安地站在船上看着通氧气的管子和通信联系用的绳子往远处移动着，时间分分秒秒地过去，大家都紧张极了。最后，他终于回来了，刚刚踏上甲板就倒了下去。大家给他解开潜水服，脱下潜水靴，摘下帽子。他坐了起来，脸色苍白，他说：

“下边的工程还好，只是铁丝网埋得浅了些，还得再加固。另外，我想在深水区再设一道铁丝网，埋得深些。在铁丝网的上部再挂一张大网，跳出的鱼可以落到网上。今天晚上每个队派五个人到我的帐篷里开个会，好好讨论研究一下。”

晚上，从共青团城劳改营总部派来了三位专家也出席了会议。

菲基索夫把一张呼米湖渔场的地形图挂在墙上，他指着地图对大家说：“大家看，这是我们场部的这座山，两座山之间的这条河流进群山环抱的呼米湖里。冬季黑龙江水下落，湖里的鱼要是来不及跑进大江里，就会进入这条河里。这条河就是我们打鱼的主战场。现在因为湖水平稳，湖面已经结了冰，而呼米河水流急，现在还没有封冻。

“往年打完大马哈鱼要等封冻后才开始在河上打鱼，今年我想学学中国人的办法，设个像迷魂阵的‘鱼屯子’，把要逃进大江的鱼先捞他一大批，免得像往年那样，大批的鱼因为河中缺氧而死掉。关于中国人自古以来的打鱼方法，我的女儿在渔业专门学院做过专门的研究。如果有兴趣可以叫她给大家讲讲，也许对我们今后打鱼的工作有所帮助。”

“我们还是长话短说吧！我认为我们应该学习中国人挡鱼亮子的办法。中国人是怎么做的呢？他们在河水快要结冰时用密密的竹枝和树条把河道挡住，在水比较深捉鱼又方便的地方伏设一个迷魂阵或一个套笼；因为水下非常黑，在那里点上明亮的灯，鱼为了寻找亮光成群地游来，沿着树枝墙找出路，便钻进了迷魂阵或套笼里！”洛孜认真地说着。

“明天我们就开始两项大的工程！”菲基索夫打断了洛孜的话。他手里拿着一个长杆，头上钉着一个倒钩向上的篼子状的东西：

“第一项工程，要把湖出口铁丝网前面的冰凿成一条五十公分宽的水沟。我们四个队的八十个人，就可以拿着像我手中的这件工具去钩鱼。冰凿开后，鱼见亮光游过来，沿着铁丝网找出口，你们把钩杆伸到水底往上一提，准会钩上一条大鱼！

“第二个工程：要在河道西岸打木桩架起一座离水面两三米高的工作台，在河底铺上大网并固定在木桩上，入口处有手动的闸门可以控制，出口处有个巨大的装鱼的网袋藏在深水里。闸门打开，把鱼群放进来。然后关上闸门。站在高台上的小伙子们排成一行，每人用个带钩的长杆把网拉上来，踩在脚下，把网中的鱼一步步驱向出口，进入大网袋，这样反复操作大网袋里就会装满几十吨鱼，然后用个带起重机的拖船把网袋中的鱼运走。这个办法是洛孜想出来的，如果试验成功，将作为她毕业论文的答卷。”

大家认为这个办法很好，都愿意采纳。最后大家热烈鼓掌，对洛孜的这个合理化建议表示感谢。

一夜北风过后，呼米湖完全变了个景色。湖面冻得像镜子一样，在朝阳中闪射出耀眼的光亮。吃过早饭我跑到湖边，看见湖的出口处，挂着铁丝网的一排木桩下站着一位姑娘，她穿着米黄色羊皮大衣，戴着红色的毛线帽，手里拿着一根锋利的铁镩，正在凿开冰层，量着冰的厚度。

“洛孜！洛孜！你吃过早饭了吗?”我朝洛孜走过去。

“我不饿。今天就要开始试验在湖上捕鱼了。我很担心，我怕人多，再加上打捞出来的鱼会把冰压坏的。”

这时走过来的菲基索夫接茬说道：

“傻丫头，看来你还很不了解黑龙江啊！这是条黑龙啊！它姓李，别号叫秃尾巴老李！黑龙江有个特点，初冬只要结了冰，哪怕冰层只有五六厘米厚，走上去颤颤巍巍地叫你发抖，也不会让你掉下去!”

“洛孜，你看看这水下世界多么美丽!”我拉着洛孜让她透过薄薄的冰层往下看：绿色的水草在浮动，在水草丛中隐藏着黑斑狗鱼，等待机会追逐和吞食小鱼；还有那又肥又胖又白，体形像小飞机一样的鲟鳇鱼，躲在水草深处，缓慢地游着，然后把突然出现在身边的鲤鱼、白鱼、狗鱼吞进肚里，再慢慢游去，真是有趣极了。我们正看得出神，打鱼的伙计们先后都来上工了。

在菲基索夫的指挥下，我们很快凿开了冰，打出一道水沟。冰块运走了，现场收拾干净了。洛孜把一个三叉挠钩伸进水里。过了一会儿她冲我叫道：

“你快来帮我一把!”只见她把带倒刺的三叉挠钩往旁边一挥，往上一提，这时一条大鳇鱼露出了水面，又立即回头拼命向水下钻去。我们两个再次用力向上一拉，把它拖出水面拉到冰上。大家都围上来，高兴地叫着：“这个办法太妙了，这比用网打鱼还省事!”

二十个人站成一横排，每个人负责一段。大家很快就掌握了方法。不久，每个人身后都堆起了一座小山，钩上来的鱼各种各样，除了鲤鱼、鳇鱼外还有金头大王赶条鱼和又粗又大的豹头太敏鱼。当鱼上钩的少了，不太忙的时候，就把身后半冻僵的鱼拉直，一行行摆好。这时菲基索夫突然喊起来：

“孩子们，你们看水纹动得很厉害，可能是大鱼群来了!”

大家赶快拿起挠钩伸到水下，钩上来一条又一条清一色的阿木尔草鱼，每条鱼的重量都有十来公斤。

抛在冰面上的鱼跳着，蹦着，逐渐冻僵了不动了。后勤服务的“女兵们”开来了，她们叫着笑着把一筐筐的鱼抬走。

大家谁也不愿意回去吃午饭或午休，都发狂似的从水里往外捞鱼。有些人为了不让里面的衣裤和毡靴湿透，就在外面刷上层水，冻成薄冰，这样落上去的水滴就能立即滑脱下来。

午饭送到了现场，每人奖给一个小白面包，每人给一块鱼油煎烧的足有半公斤的肥鲤鱼。最令人兴奋的是，每人加发了二十五克食用酒精来取暖。菲基索夫把他、洛孜和我三个人的七十五克酒精喝下去，又喝了半盆冰凉的江水，咬了一口小面包，说道：“发明酒的神仙是哪国人呢？这种液体食粮，虽然曾毁掉不少俄罗斯人的幸福家庭，但在严寒中，在极端痛苦和绝望中又救了多少俄罗斯人？”

下午，草鱼渐渐少了。胖头鱼“马克松”上来了。这种昏头涨脑的鱼，除了繁殖快，生长快，还是跳高能手。有时它们会突然成群地从水里飞跃出来，不管下面是什么地方，就从天上掉下来。如果渔船在江上或湖里碰上这样的鱼群，就像下雨一样，会把船砸沉到水底的。打捞胖头鱼带上来的水把冰面都淹了，人们的毡靴都湿透了。拖爬犁拉鱼的、抬鱼的妇女们直不起腰来了，她们再也不为鱼的丰收又说又笑了。她们哼哼唧唧地抱怨着。

冬天北方日照时间短，五点多钟天就黑下来了。菲基索夫叫大伙收拾好工具，特别是要把冻在冰上的鱼堆好，用席子、篷布苫好。因为成群的乌鸦在渔场上空盘旋，低飞，要吃掉这些鲜美的鱼！

吃晚饭时，洛孜说：“今天晚上我们应该接着干，比较一下是夜间捕获多些，还是白天多些。”菲基索夫看看大家，征求大家的意见。

“我赞成洛孜的意思，今天晚上我们一半人还继续在湖面上往上钩鱼，另一半人到河边的高台上去试试那个新发明的迷魂阵！”浩浩勒叫道。

吃过晚饭二十多人登上了高架台。落水后的呼米湖几乎干枯了，出口处只剩下二十几米深，十几米宽的小河了。这里是鱼群回到黑龙江的要路。在这高台上挂起的大网几乎与河面一样宽与河水一样深，所以鱼群到这里是难以逃脱的。大家先把朝向湖内入口处的网墙用手动提网机提出来，闸门一打开，鱼群就进入了“走廊”，再把闸门关上。然后人们排成一个横队，同时把网钩起来踏在脚下，然后再钩起前边的网，把这个大“走廊”的通道一步步缩小。最后鱼被赶进了一个巨大的网袋里。

菲基索夫派人找来了潜水员，他说：“需要下去看看鱼群的种类、鱼群的多少，好有个估计。”洛孜叫道：“我先下去，我要在水下看看自己的设计还有什么地方需要改进。”菲基索夫却坚持着要亲自下去。潜水员却不同意任何人下去，他说：“现在是晚上，在水下把防水灯打开后鱼群会冲撞过来，会有生命危险！”

洛孜执意要下去，最后菲基索夫只好同意她和潜水员一同下去。穿好潜水服他们下去了。一分钟、又一分钟过去了，没有任何动静。大家都不敢出声，不敢走动，停下手里的工作等待着。十分钟过去了，还是没有动静。这时伊格尔和谁也没有商量，脱下衣服扑通跳进水去！

“浩浩勒！不要命了吗？浑蛋！”

“快救人！快救人！”接着又有两三个人穿着棉衣就跳下去了。

人们抛下一个又一个救生圈，几个人一会儿扎下去，一会儿又钻出来。

“我命令你们都给我爬上来！逞什么英雄！弄不好要冻死人的！在高台上的人不要停下来，继续工作！”菲基索夫怒吼着。他的声音和他的目光一样，叫人不寒而栗。

伊格尔被拉上来了，披上毯子后坐在火堆边换衣服。另外三个人也拉着救生圈上岸了。由于寒冷，由于惊慌，他们不停地哆嗦着，比画着，上下牙齿打着战，断断续续说着：

“唉哎！鱼就像疯了似的往人身上撞，一层层密密麻麻地看不到边，都向着河口方向游去。”

“看见潜水员和洛孜了吗？”大家焦急地询问着。

“除了鱼以外什么也看不见。”

“我好像看见水的最深处有两个亮点，大概他们在河底爬行呢！”

菲基索夫回到高台上拼命地向上拉网，大家也都默默地跟着他低头干活。

夜晚江上的风吹在脸上，把人的表情都能凝固住，手也冻得麻木不听使唤。为了洛孜和潜水员，我的心紧紧地揪在一起，觉得从心里往外冷。我的身体也开始颤抖。

二十多分钟过去了，通信绳终于有了信号。他们还活着！心里的石头总算落地了！

刚刚脱下潜水帽，洛孜就尖声喊道：

“成功了，胜利了！鱼层深度足有五六米，我们只能在他们下面行走！走也走不到头，我估计怎么也得有一公里！”

太阳出来了，她把温暖透过冻僵的空气传到了人们身上。人们活跃起来，开始说笑，开始骂人。开始打闹。“泽克”们又迎来了新的一天。夜战已经结束了，但是大家还是不愿离开高台。因为拖船已经开来了，他们要亲眼看着那装满鱼的大网袋被吊车吊出水面。那丰收的喜悦可以让他们像喝了沃特加一样陶醉！

十二　菲基索夫的眼泪

西伯利亚冬季的严寒终于来临了。在我们东北老家，冬季到来时冷风夹着鹅毛大雪纷纷扬扬洒落下来。轻柔的雪片落到手掌上，可以看到奇妙的千变万化的六角形，那美丽的图案，精细的花纹会在你面前展现一个洁白的童话世界。

在远东，大雪随着怒吼、嚎叫的狂风来到人间。它们降临时，随之而来的还有令人毛骨悚然的可怕的轰雷声，尖啸声，撞击声。人们被震慑在昏暗的埋在雪中的小屋里，不敢点火，不敢做饭。这暴风雪就像戈壁滩上的沙暴那样横扫一切，掩埋一切，无视一切。它把人们没有来得及收起的筐子、罐子、小农具卷到空中，卷向洼地。它驱赶家畜在无边的雪原里奔跑，互相践踏、吼叫。更令人惊惧恐怖的是，狂风把冻结的坚硬的冰雪、小河边残存的冰凌都掘出来，挖出来，抠出来，然后百般揉搓、摔打成细小的坚硬的颗粒，再把它们搅拌成铺天盖地的烟雾，笼罩着、迷漫着整个天空和大地。这种冰雪的烟雾、风暴是旋转着奔驰前进的，谁也不知道它从何处来，又要向何处去。它们像魔鬼一样从宽阔的江面、从低矮的沼泽地带、从密密的丛林、从原始的浩瀚的森林中呼啸着冲破一切阻力跑出来，又像一群脱缰的野马急驰而去。有多少行人在那昏天昏地的狂风大雪中迷失方向，被卷进江心的雪山，被卷进沼泽地带的丛林，活活冻死，直到第二年冰雪融化时才被发现。

大风雪来临了，警钟叮叮咚咚地敲响了。一夜间河水冻上了厚厚的冰层。高台作业只好停止了。

洛孜的试验结束了，她带着自己出色的论文报告和巨大的收获跟我们告别了。

我们四个队近百人，每个队两三个大爬犁，拖着我们的帐篷、网具、炊具、行李、粮食出发了。我们踩着厚厚的积雪在白茫茫的大地上走着，离开了呼米渔场基地，到冬季渔场安营扎寨。我们把帐篷支起来，然后把河岸边坚硬的大雪块像砌墙似地垛在帐篷周围。帐篷里大生铁炉子烧得通红，铸铁管的大烟囱冒出缕缕的青烟。老厨师伊利斯特拉托夫给我们煮汤、煎鱼。外面是冰天雪地，帐篷里倒是暖融融的。

我们每个队又分成了两个小队。每个小队在所划分的河道的两端，各凿开一个下网和收网的大方洞，然后每隔五公尺凿一个专为在冰下拉网用的半公尺直径的圆孔。为了在冰下传递网绳，将网绳拴在扁形的木棍上，渔夫用一个顶端有个能调整方向的铁叉拨动水下的扁木棍。菲基索夫在雪地上画着图，详细地给大家讲解这种捕鱼方法。伊格尔不满意地摇着头说：

“这不是脱了裤子放屁，自找麻烦！为什么不把网从这边方孔放下去，从那边方洞拉出来，还要凿这么多圆孔？要把人累死吗？”

“伊格尔，伊格尔！你真聪明，从今天起你最好是把领来的面包不用嘴嚼，也不用你的肠胃去消化，直截了当地扔到厕所里去多省事！”我这句话逗得大家哈哈大笑起来。

“你们笑什么呀！难道我说的办法不对？不更省事吗？现在满江打洞，胡折腾！这都是跟‘基代岳茨’学的！他们人多没事干啊！”

“伊格尔！伊格尔！你真聪明！我们‘基代岳茨’真笨！可是

请问你们俄罗斯河里的鱼像劳改犯一样吗？规规矩矩排成长队，两名看守押着，没有人跑掉，也没有人敢出队？一个大网两头一起在东边下水，从西边拉上来，难道河里的鱼都会像'泽克'们一样老老实实地钻进你伊格尔设计的聪明的渔网里吗？"我的话又惹得大家笑个不停。

这次可惹怒了我的朋友、好人伊格尔。他皱着眉头，噘着嘴巴，摔东西，踢脚下的冰块。吃饭时，我们围坐在一根粗树墩周围，树墩子上放着面包和一把切面包用的剖鱼刀。

"好好一个远东来了多少'基代岳茨''发赞'，在街上每走三步就能踩上两只！这些'发赞'在本国找不到吃的跑到苏联来，他们开的小饭馆专卖俄国人的人肉包子！"

我生气了，放下饭盆站起身来要走。

"伊格尔！你这浑蛋！想干什么！你为什么欺负人，骂人？"菲基索夫说。

"我说的都是实话！他们来当烟贩子、走私、开赌场、开妓院，我们都可以忍受，我就是不能忍受他们当间谍特务！还装模作样说什么自己是共产党员，是来革命的，是来抗日的！"

"伊格尔闭起你的狗嘴，先吃饭，回头我有话跟你说！"菲基索夫站起来，举起拳头威胁着伊格尔。

"菲佳老爹！你坐下，叫伊格尔把话说完嘛！"我压住怒火，放低声音说。我的眼睛紧紧盯着那把锋利的剖鱼刀。

"别着急，这就说完了！就拿我们的辽瓦来说吧！多聪明，多能干，多能讨人喜欢！特别是讨俄国姑娘的喜欢！而他就是日本特务，真正的日本特务！给你个五八六，给你五年是太太宽大了！"

"浑蛋！伊格尔！你想干什么？你疯了！你无缘无故欺负一个孩子干什么？"菲基索夫叫道。

我忽地站起来："我是什么样人，我自己知道！现在我也叫你这个俄罗斯的反革命富农知道什么是中国人，什么是中国共产党党员！"我的声音让所有的人感到震惊。他们从来没有看到过一向温顺谦让的我如此暴怒。我抓过刀子，直直地向伊格尔的心脏刺去。

但刀子刚刚挑破他身上厚厚的帆布工作服，就被菲基索夫把我的手臂打开了。

“辽瓦！浑蛋！你干什么？你想再加上十年吗？你给我刀子！你给我坐下！听见没有？放下刀子！”菲基索夫叫着。当他看到我毫不理会他的喊叫，继续奔向伊格尔时，他狠狠地给了伊格尔后背一拳叫道：“你还愣在这里干什么?！你等着这疯子开你的膛，扯出你的狼心狗肺来吗?”

吓昏了的大汉子醒悟了，撒腿就跑。我举着刀子飞也似的跟在后边。刀子有几次几乎就要刺到他的背上了，但是就在我举手猛刺而稍微放慢脚步的时候，他却逃脱了。以后是他逃，我追，周围的人高声喊叫：

“伊格尔快跑！往左，再往左！”

“伊格尔绕着树跑，绕着树跑！”

伊格尔绕着树跑，我狠狠一刀刺过去，把他拖在后面的衣襟扎进树干里。不知是我用力太猛还是老桦树树皮太软，刀子再也拔不出来了。伊格尔反过右手托住了我的下巴。这时菲基索夫跑了上来。他狠狠地把我摔倒在地，然后揪着头发把我拉起来：“跟我来！听我的话！浑小子！”我被他拖进帐篷。

伊格尔被吓坏了。他浑身发抖。他的臂膀被我刺伤了，衣服上都是血。他哭道：

“我活不成了，心脏扎出血了，回不了家了！辽瓦太狠了，他要把我活活扎死呢！”

“你死不了！”菲基索夫用愤怒的可怕的蓝眼睛斜着看了一眼伊格尔，“现在我菲基索夫叫你好好清醒一下，让你知道你还活着！”

谁也没有料到菲基索夫走上前去左右开弓，乒乒乓乓抽得伊格尔鼻口流血，然后愤怒地大声叫道：

“你们听着！以大欺小，以强欺弱犯在我手里是绝对不能饶恕的！辽瓦在这里干活好，对人好！有什么地方对不住你?！你不会补网他帮你补好！你喝醉酒，睡懒觉不起床，是他为你打来饭，为你顶班！你说你还有良心吗？我们这里每个人都有这样那样的罪名，其中一半是反革命犯。比如你吧，你是什么东西？讽刺揭短，指桑骂槐，挑逗侮辱人的人没有好东西！今天你就给我滚，我们队不要你这个坏蛋！”

几天过去了，虽然我和伊格尔已经互相道过歉，承认了自己的过错，但我们两人总是互相躲着，互不搭腔。

一天，我们正在把打出的鱼封垛，呼米基地来人宣布菲基索夫已经刑满释放。

下工后，我和菲基索夫坐在江边的雪地上，我紧紧地握着菲基索夫的大手。伊格尔走过来挨着我坐下。

我眼前的这双大手的每个老茧、每条粗糙的纹路都可以向你讲述一个个不平凡的、传奇的故事。这是一双黑海老水手长的大手。当我听到宣判结果时，是这双手给我力量，让我挺直了腰杆没有倒下去；是这双手教我在黑龙江的风浪中摇桨，在黑暗中掌舵；是这双手教我织渔网，教我缝补衣衫；也是这双手曾经多少次爱抚地抚摸着我的黑发；在我生病卧床的时候，又是这双手给我端来了滚热的鱼汤……这是一双像父亲一样温暖而有力的大手！我像孩子一样紧紧地握着他。我舍不得松开，也不敢松开，我害怕在我松开手的时候他会离我而去。

菲基索夫说：

“辽瓦，这几个月你长大了许多，变得强壮了，也坚强了，像个男子汉了！我很喜欢你这个中国孩子，本想把洛孜嫁给你，但你心里已有了瓦莉娅。虽然你当不了我的女婿，却永远是我的好儿子！你刑满后一定来看看我们！”

我含着泪看着菲基索夫，点了点头。我发现他正用手擦去流到胡须上的眼泪。他的充满泪水的让人望而生畏的蓝眼睛是那么亲切、慈祥。他有着高大魁梧的身躯，同时又有着那么细腻、炽热的儿女情长。我想，是黑海的汹涌波涛练就了他如此强悍的体魄，是俄罗斯富饶、辽阔的大地赋予他那宽广仁慈的胸怀……

他是我的朋友、老师和父亲。人如果走过许多坎坷之后，就会明白，人生最大的痛苦，莫过于“分离”——生离或者死别。在这严寒的冬天，在这冰天雪地的黑龙江畔，我又一次体验着与亲人的分离。

在那西伯利亚的寒流和狂风暴雪之后，黑龙江穿上了“冬装”，被冰雪覆盖着。那一个个波涛凝固在江上，但在冰雪之下，滚滚流动的江水仍然充满了生机。只要春天来临，江水又会掀起波涛。不管是冬天还是春天，江水永远向东流去……

十三 冰上筑路

一九三三年过去了。我们冬季冰下捕鱼在正月底也结束了。呼米河岸的十几公里地带，堆起了数不清的鱼垛。鱼垛周围都是用手锯把坚硬像石头似的冻雪，锯成大雪砖后堆砌起来的。每个鱼垛简直就是一座雄伟的汉白玉砌成的方形的宫殿。看着这些渗透着自己的生命、血与泪的建筑物，谁能不产生一种神圣感、光荣感呢？又有谁会去怀疑：“劳动创造世界，劳动者最光荣”这一伟大的真理呢！

我们又搬回了呼米渔业基地那几所半地下室的又长又暗的宿舍。最让人感到难过的是，我们这些在一起打过鱼的弟兄们都分散开了。我的好友伊格尔带队到“泰阿”森林里去采伐木头了，还有几个人去了制桶队。老伊利斯特拉托夫分配到厨房当厨师去了。

我和其余五六百人被派往黑龙江上修筑冰路。每百人分成一个中队，我也当上了一百个人的“骆驼”队长。

每个中队要负责二十到三十公里路段的保养与畅通。凡是夏季用轮船运往共青团城的物资，到了冬季都要通过冰上公路运输。

四五公里宽阔的黑龙江水，横躺竖卧地堆积着大冰排。这些冰排是江水结冰后又被上游的急流冲开，冰块随江水而下，再一次冻结在江面上的。这些冰排有的堆挤成很高的冰山，在阳光下晶莹透澈，奇形怪状。有的冰山又经过狂风不停地吹打，形成许多高低不平的沟壑，十分壮观。年轻的工程师们以修筑山地公路的办法，在这里插旗、打桩、测量，勾画着美好的蓝图！

我们按着坐标，按着蓝图开始了冰路的修筑工程。修冰路毕竟比修土石公路容易得多。我们每人领了一把锋利的军用铁镐，一把又宽又大的铁锹，开始了工作。每人每天的定额是整平二十米长十米宽的冰丘，并把冰送到二十米以外。

我们的连队是有名的突击队，打大马哈鱼时出了名，冰下打鱼又出了名，我们这些人都上过红榜。我和菲基索夫几个人还作为著名突击手、先进工作者、捕鱼专家，得到过九十天的减刑，每星期加发过半公斤糖果、半公斤肉和五十克食用酒精。我们的队已名声在外，能不干出个样子给人们看看吗？于是第一天在十个小时中，完成了工作量的百分之三百。我们每人发给一公斤面包，还有一大块煮鱼和马克松鱼汤。而其他的队，多半是违犯“八月七日”法令新来的农民①他们多数完不成定额，只能领到六百克或四百克面包。我的队员们很得意，坐在一起吃晚饭，又说又笑。

这时我们队新来的毕佳站起来，把自己的汤和面包拿起来送到大宿舍的另一头。好半天他回来了，长长叹了口气，躺在床上，把两手垫在头下，不说话，也不吃东西。

“累了吧？”我问道。

“不！”他的话简单而生硬。

“队长，辽瓦！你是老‘泽克’了吧？听说你是突击手，你打过鱼，其他什么活都干过？”他突然接着问。

“最初也是什么都不会，慢慢跟俄国朋友们学习呗！”

---

① 苏联在三十年代发布了八月法令，凡偷盗国家或集体财物的判处十年以上徒刑。被判刑的多半是集体农民。

“我们的队干得好，完成了百分之三百，你说，因为什么？因为你们被大马哈和马克松喂得肥肥的，胖胖的，又会干活，又有力气，大家心又齐。其他的队呢？那些‘八月七日’分子只完成了百分之五十，领到四百克面包和一勺清汤，他们肚子饿没有力气，有人又不会干活，你说吧，不吃饱没有力气，完不成定额更加少给面包，然后就更没有力气，直到倒毙。这样对吗？”

“这些事我们有什么办法呢？再说，又与我们有什么关系呢？”

“你们出风头，完成百分之三百，上头那些浑蛋会说：你们看‘基代岳茨’领头的队完成了百分之三百，难道你们连百分之百也完不成？你们这些懒汉‘劳得尔’！只有饿着你们，才能多干活！你们做了个极不人道的、极端坏的坏榜样，这就是与你们的关系！”

“我不能同意你的指责！我是中共党员，无论什么时候，都要作表率。在劳改队也是如此！”

“哈哈！我也曾是个苏共党员！可是从判刑之日就被开除了！现在我是犯人，谋杀犯！十年！你呢？是十年还是五年？现在的‘泽克’已升价一倍，最少是十年到枪毙！便宜了你！如果是今年进来，也许是个整数，而且少不了个‘五八六’罪名吧？”

“你这个人真莫名其妙！你跟我说这些干什么？我的任务是干活！干活！还是干活！也就是建设、建设、再建设——建设新的社会主义社会！”

“死脑袋，简直是具僵尸！去你妈的，不懂人话的牲畜！中国人没有好东西，在外面当特务，当吸血鬼，到里面也是这种货色！”他愤怒地走了。

第二天早晨宣布了新的规定：冰路工程每人每天的定额由二十米增加到三十米！大家听到这个消息都泄气了。我们一百人要完成三公里刨冰、运冰、平整、除雪等工作，很困难。大家生气了，开始骂娘，最后竟骂起我来：

“辽瓦！辽瓦！你这个‘都拉克’（傻子、浑蛋），你害了我们大家，也害了别的队！看来，你的建设共产主义的信念，有些那个了！是个破烂女人的破烂货！”叫我还能说什么呢？天哪！

毕佳，那个新来的小伙子走过来，坐在我身边，卷了棵烟递给我说："抽支烟吧！消消火！"

我摆了下手说："谢谢！我从来不抽烟！"

"那太好了！你知道昨天吃饭的时候，我把一半汤和面包送给了一个一同当兵的好朋友了！他病了，每天只能领到二百克面包，快饿死了！他是被人陷害的，我帮他说了几句话，就把我们连在一起扣上图谋煽动叛乱的罪名送进来的，各判了十年徒刑！我不能看着他饿死呀，他是我的朋友，他可是个好人啊！"

"毕佳，好伙伴，我可以帮你那位兄弟一点点忙！"我打开了自己的干粮袋，拿出来大约一公斤面包干和半条干大马哈鱼。"毕佳，这些东西你留下一些自己用，再分给你的朋友一些。一次少吃一些，挨饿的时间太长吃了硬东西很容易出毛病。我就有过这样的经验，一次在平整一个大运动场时，吃了块面包干，又吃了块带骨头的咸鱼，把胃刺破了，出了好多血，没有死算便宜了我！"

他睁大眼睛看着我。他好像不敢相信眼前的事是真的！他像孩子似的激动地握着我的手说："谢谢你，太谢谢你了。"

"毕佳，不必谢。我还有许多，需要时再来拿嘛！有东西的时候大家分着吃，没有东西的时候大家开个谈笑会，来个精神聚餐也满有意思呢！"

"我就是总想睡觉，也害怕躺下就'聚餐'，梦里也'聚餐'！但每次总是差那么一点点吃不到嘴里！"毕佳笑了，笑得那么天真。

"毕佳！你多大了？"

"差二十天就二十岁了！我爸爸妈妈还不知道我当了'泽克'被送到了这里。他们还盼着我将来当将军呢！"

工程完不成任务，没有人用鞭子抽你，社会主义国家的劳改犯毕竟比修巴拿马运河的黑奴和华工要好得多。顶多监工不停地叫着"大歪！大歪！"（快）或是"毕"（日你）、"毕"地骂几句。但是到收工时他们用脚步、皮尺丈量，然后是监工员、定额员、食堂管理员、总监工员等在完工单子上算来算去。我们到'卡普交拉'（食品发放处）去领面包，那里的工作人员拿下耳朵上夹着的铅笔，计算出一百个人应领的总数，一次称给你，回来后再用我们自己的"天平"来量，来分。因为大家多数完不成定额，队长只能领取平均数，所以我有时只能领到四百克面包。如果分面包分到最后少了，那么也只好我这个队长吃亏倒霉了。

一天晚上，毕佳扶着他的好朋友滨涅尔过来了。他瘦得像一副骨头架子，弓着腰，身材足有一米九高。他脸上没有一点儿俄罗斯青年人的粉白颜色，又黑又黄还有许多伤疤。他很正规地给我行了个军礼：

"可以进来吗？"

我笑了，点点头。

"可以坐下吗？"

我哈哈笑起来，说："你怎么还保留这么多礼节啊？"

他沉默了一会儿说："在我生死关头你给了我物质上的特别是精神上的支持，我表示感谢。现在我明白了，最难以忍受的刑罚就是饥饿。一个人要他一天又一天，一月又一月，一年又一年地吃二百克面包，一碗清汤，他的毅力，他的理想，他的品德，他的理智能忍受多少分分秒秒构筑成的十年！我爱自己的祖国，在这样一个伟大的时代我却突然变成反革命！为什么服苦役？因为我是反革命！为什么吃二百克，因为我是反革命！朋友，我的好辽瓦队长，你说吧，人能够这样活下去吗？这样屈辱地活下去吗？"

我笑了笑说：

"我们中国有句老话，'好死不如赖活着'；有句名言：宁死不做贼，饿死不做娼，屈死不卖国，冤死不背叛！我们中国有个民族英雄叫岳飞，在国家危难时他离开老母亲去抵抗入侵的金兵，就像今天中国人抗日一样。他母亲在他的背上刺了四个大字'精忠报国'！后来他被奸臣出卖，说他是叛徒，说他里通外国，他受的酷刑不只是挨鞭打，上大架，还被活活地剥皮。你知道怎么剥法吗？把薄竹板用胶黏在身上，晾干后，他不承认是奸细就一张又一张揭皮！最后揭到他母亲刺字的那块皮上，因为老母亲太爱自己的祖国，又对儿子寄托着太大的希望，所以字刺得很深，结果揭下来一张是‘精忠报国’，再揭下来一张还是‘精忠报国’！”

滨涅尔听了很受感动，他对我说：“我有个请求，到你的队来干活，行吗？”

“当然可以，就看你那个队放不放你！”

“我是个等死的病号，他们早就想把我踢出来了！”

“那好，叫毕佳找你们队长去说，只要他们同意今天就可以过来！”

滨涅尔来到我们队，引起不少人对我的非议：把一个不能干活，快要病死饿死的人弄来，只会拉低我们队的平均成绩，影响到奖励、减刑、荣誉等。我只好耐心地说服大家。

我们队的集体荣誉感受到菲基索夫的教育，打下了好的基础，留下了好的传统，既能容忍人，又能谅解人，更能在遇到困难时帮助人。

伯力直通共青团城的冰上公路通车了。我们这些修路的“泽克”们，又被谎称为优秀共青团员，登遍了大报小报和黑板报。五百辆大卡车装着共青团城的急需食品和建筑材料在我们呼米渔业基地前开过。为了欢迎这个车队，我们奉命在公路边上堆起高大的鱼垛，这是向乘车来的首长、工程师、专家等炫耀我们的成绩：“看，我们的阿木尔鱼可以堆成山啊！”此外还给每辆卡车赠送大个的胖头马克松五条，叫他们尝尝它的美味。

车队的热闹劲只持续了两个昼夜，就刮起铺天盖地的龙卷风来。所有的锅灶炉子都不能点火，因为在这暴风雪天气一旦失火，就会把城镇、村落、森林烧成一片黑色的焦土。气温下降到零下四十五度，人们不能出去工作，甚至到饭厅去领点冷食也要手抓着拴在树桩上的粗绳走路，否则就会被风雪吹走。

“这下子我们的劳动完完全全地报销了！”二队的斯维佳叹息着说，“我们的劲白使了，汗白出了，一切都得从头干起呀！”

“你说得太玄了！”“哪儿能呢？”我们都不信。

“等风停了去看看吧，黑龙江这个秃尾巴老李是个狠心肠的‘基代岳茨’呀！它一回来过年，准会带来这种冒烟的大风雪！”

大风雪还未停，气温还在零下四十多度，半夜里上工的钟声敲得震天炸响，“泽克”的宿舍里也吹响了哨子。

“紧急集合！赶紧起床，快！”

这时总监工走进来了。这是个黑熊一样的人，不但没有人样，也没有人的同情心。他直着嗓子叫道：

“磨蹭什么！快点快点！十五分钟后谁不出去，光着身子拉出去，叫他活活冻死！”他一面威胁着，一面从上层铺上往下拖人。有的人还在梦中被拖下来，大声呼喊起“格拉乌，格拉乌！”（救命）

十五分钟以后集合了！人们站在风雪中，一个个抱着肩膀，哆嗦着，像筛糠一样。

“听着！现在有几百辆车阻塞在冰雪公路上不能前进，上级命令全体出动，各修各的路段，天亮前完不成任务的，一律以破坏活动论罪！明白了吗？开步走！”呼米基地的营长喊叫着。他自己扛着一把大铁锹走在前头。

人啊！真是一种最了不起的物种！无论多么险恶的环境，人都能忍受，都能挺过去，也都能坚持下来。在这样的暴风雪夜晚，“泽克”们列队走上了战场。我们是走去的？爬去的？滚去的？互相拖去的？谁也记不清了。但是如果不是五六百人列队前进，肯定是谁也走不到黑龙江心工地的！

我们眼前出现的是另一个世界。昨天笔直的冰上公路无影无踪了！昨天的高高的江岸、岸边的树木、远处的山丘、森林，全都笼罩在白色的冰雪之下，眼前只有一个银白色的世界。尽管是在半夜里，这银色的世界照样放出灰白色的光彩。真是普天之下一律平等，普天之下一片白色恐怖。过去堆积在公路两边像小山似的冰堆雪块被埋没了，看不见了！过去的公路变成了一道高高的山冈，看上去比黑龙江岸还要高。

“在原来的地方找到公路遗址，边找边挖，谁也不能停，也不准跑，更不能装病装死！谁装死就埋在这雪里！这是战争，这是拯救几百辆大卡车，车上还有上千名的共青团城的建设者，车上还装着机器、粮食和衣服，谁要是怠工、罢工、进行反革命宣传活动等，都一律按军法惩办！记住，军法！”

我们一帮一伙的“泽克”终于在冰堆中找到了被风雪埋葬的公路。万事开头难。找到头，开始一锹锹挖起来。紧接着我们队发明了切割法，就是打个洞掘进路边的硬雪堆里，然后从上到下把大雪块切开，用撬杠等推出去立在路边。我们的总监工非常自豪，大声吹嘘着：“你们看我这个发明怎么样？不是一锹一镐地干活，而是排山倒海呀！”

风终于渐渐小了，人们开凿出的公路延长着，不停地传来消息，车队距我们还有六十公里、四十公里……看来卡车可以在我们这里顺利通过了。大家坐在雪墙、雪洞中间喘口气，吸支烟，啃几口作为奖励送来的已冻成冰块的稀粥，冻成石头的面包，只有小咸青鱼是最不怕冻的。

快晌午时，一张由十一只狗拉着的雪爬犁由共青团城方向飞驰而来。狗爬犁是很奇特的，它的样子很像两端翘起的小船，它的宽度不到一米，而长度却有两三米。据说在雪里这样的狗爬犁可以载重一吨。赶爬犁的是个廼廼茨族人，他手里拿着一根一米多长的棍子，棍子头上有个尖尖的矛头，他不停地叫着：“盖、盖、盖！唔、唔！唔！”领头的狗是最主要的，它可以按照主人的命令转弯，放慢或者加快，其余十只狗分成五对，拴在一条绳子上。狗在跑起来以后，是处于一种求生求食的疯狂状态，因为只有到了一定的村站，它们才能得到一块干鱼或干灰鼠肉来充饥。所以行人如果看见狗爬犁得赶紧躲开，特别是十一只、九只、七只狗的爬犁是最危险的。

十一只狗的爬犁在我们队前停下了。从爬犁上下来一个大人物，他穿着又肥又厚又大的熊皮面、狐皮领子的大头篷，老远向我叫道：

“老爹！你好！太辛苦了！听说你们在零下四十度的大风雪中干了一夜，太难为你们了！共青团城的人民要大大地谢谢你们，也要奖励你们！”我走到他跟前，把帽子往脑后压了一下。他笑着说：

“噢！原来是个小伙子呀！过来，过来！你多大了！”

我告诉了他我的岁数，他继续说道：

“你是中国人，叫辽瓦吧？我们在打大马哈鱼时见过面，你们的队长是菲佳！他呢？”

“他刑满释放了，回黑海老家了！”

“哦！那也好！他为什么不在远东就地就业呢？把这样的人放走了，真可惜！”

他坐上了狗爬犁，继续前进。

“你知道这老家伙是谁吗？”斯基班凑过来问我。我摇摇头。

“他呀，过去他是远东有名的大地主、大资本家，有几千公顷土地，有好几个大渔场！革命时没枪毙他，现在你看他多神气，他是共青团城的高级渔业顾问，还是咱们总头目米留金的好朋友！你看这家伙的脑子真有能水，还记得你和菲佳大叔呢！”

几百辆卡车的庞大车队终于开过来了，在那两道长城似的雪墙夹缝中开过去了。车上的人都挤在一起，凡是人们能找到的东西全都用来御寒，人们身上盖着破麻袋，头上缠着破布，脖子上绕着草绳……简直像一堆堆没有生命的塑像，他们都冻僵了。车上的货物都罩着厚厚的雪，冻成厚厚的冰，分辨不出来是什么东西。

我们拖着冻僵的腿，疲惫地回到我们那个半地下的又黑又冷的“家里”。风停了。锅灶点起了火。伊利斯特拉托夫为大家煮了热汤，烧了开水，以暖和那被冻僵了的身心。

十四　好朋友滨涅尔

滨涅尔的身体逐渐恢复了。我们打过渔的“泽克”们都是比较富有的。我们在打渔时省下不少面包干，还有打渔时晒的干咸鱼，因此我们可以拿出来一些帮助他们俩。人熟了，谈话多了，建立了互相信任和理解。

有一天，天气很晴朗，又补放一天假，大家洗澡，洗衣服，有的写家信，有的睡大觉。

滨涅尔端坐在那里拣看一叠旧信。他的脸色阴沉，夹在信里的一张相片落在地上。我拾起来递给他。他又递给我说：

“你看看这相片上的两个人吧！”我接过来一看：那是一对年轻美貌的人儿。一位穿着少尉级的军服，高个儿，直直的鼻子，一双圆圆的露出可爱笑容的眼睛。另一位是个美丽的少女，穿着学生的制服。她有一头卷发，宽宽的饱满的额头，最惹人注意的是那又细又长的眉毛下的一双有点儿顽皮的眼睛。她的胸部高高隆起，这是一位刚刚成熟的美丽的俄罗斯姑娘！

“这漂亮的小伙子是你吗?”

“不像吗？那是两年前照的呀！这是我和玛夏订婚时照的。”

“嗬！你真幸福。看，你的未婚妻有多漂亮啊！真正的俄罗斯美女。”我信口说着，心里却拿她与我心爱的人儿作比较，谁能够把两个伟大民族的美融为一体？我多么想念我的瓦莉娅呀！

滨涅尔看着我，默默地一言不发，把相片接过去，放进信封里，然后又用一张牛皮纸仔细地包好，又把纸包放进一个袋子里，袋子里装着许多信和相片。

“她一定很惦念你吧？等着住在劳改营的亲人的滋味是很难过的。”

“你看看这封信，没有什么秘密，现在看来那是一封非常正常的信。”

我接过信刚要读，他又把信抢过去说：“我念给你听。”

“我尊敬的朋友：我们的分别是令人悲痛的！十年的分别等于牺牲我们整个青春时代。想得开阔些，想得实际些，如果你真爱过我，你就会谅解我的决定。我请求你可怜我、同情我的处境。我已经决定最近和一位很爱我的人结婚。祝你平安！玛夏！”“如果你当年心里只有我，你也许不会得个十年徒刑，我也不会如此伤心和感到内疚！又及。”

念完信，他悲愤地说：“一个受尽痛苦折磨的人，越痛苦越愿意回想过去的甜蜜。过去的甜蜜想得越多，越感到生活的失望，越感到人们的虚伪，越感到未来的虚幻！一种失落感，无依无靠的感觉，我认为什么也没有比活着更苦的事情！这个世界在我看来就像个大妓院。来到人间的都是些娼妓！女的，是些涂脂抹粉、描眉画眼的娼妓。那些男的呢，好家伙！装扮得多像个骑士、英雄、顶天立地的男子汉、指导人类前进的圣人！但实际上呢，他们是些男娼。男娼比女娼更坏！女娼在黑暗的角落里出卖自己，男娼却在光天化日之下出卖人民的骨和肉。”

我狠狠地瞪了滨涅尔一眼，非常生气地问道：

“你为什么会有这么悲观厌世的想法？不要因为个人的不幸就怀疑一切，谩骂一切，否定一切。你说人间是个大妓院的刻薄话，是什么意思呢？是不是包括了生养你的父母和兄弟姊妹，是不是也包括了你的好老师和好朋友在内？凭你现在的思想，值得玛夏来委以终身作伴侣，委以生命和感情做夫妻吗？”

他什么也没说，默默地坐了好久。

看着他眼中的泪水，我几乎也要哭出声来。我说：“中国有句话：‘同病相怜’。同样的病，同样的灾难更容易相互理解。中国还有句话：‘患难之交’。”

“好！好！我们是真正的‘患难之交’！”

在这以后，他和毕佳断断续续地向我述说了他们的遭遇。

滨涅尔和毕佳同在一个骑兵连共事，滨涅尔是少尉连长，毕佳是班长。他们相处得很好，简直像亲兄弟一样。他们两个人都非常敬重自己的团长瓦西连克，认为他的马术精湛，他劈刀，使标枪都是一流的，枪法也很好，百发百中。他很少说话。但每句话都是短、精、快。他对人，上中下分得清，有节制有礼貌。

他们这个骑兵团驻守在边界上。团长受过高等教育，是军事学院毕业的。他对士兵的管理非常严厉，他自豪地说：“你到我团当兵，准备每天脱层皮，每天换一副骨头，三年后我把你改造成一个地地道道的百分之百的骑兵战士！”

瓦西连克团长有句口头禅：“我是团长！我叫你们做什么你们只能够做什么！我是团长！我能够做到的事，你们都应当做到！我是团长！时时刻刻不要忘掉，我的命令就是一切！”团长还经常对战士说：“我告诉你们什么是军人，军人就是杀人狂！你手中的刀、手中的矛，你的步枪，就是为了杀！杀！杀！只有杀死敌人才能保住自己，保住你的身家性命，保住大俄罗斯的光荣！才能叫世界知道，在地球上有一个最最可怕的大国，苏联！”

毕佳聪明伶俐，被团长看中，叫到团长家里当了勤务兵。毕佳勤勤恳恳地工作。早晨团长起床前，他已经把擦得锃亮的皮靴、刷干净的衣服、烫平的裤子，都在客厅外走廊里摆好。首长出来，他先敬礼问声早安，双手捧上帽子，帮他穿上大衣送出门去，然后把小庭院、小客厅、小办公室、厕所、过厅、厨房都打扫得干干净净。

几年前团长夫人失去了前夫和唯一的儿子。毕佳和她的儿子正好同岁。毕佳又勤快又懂事，夫人把他当成自己的儿子一样看待，非常疼爱和关心。团长多疑而且嫉妒，硬是说夫人与毕佳有私情。毕佳又被调到骑兵团，团长时时处处刁难他。

一天，毕佳训练新兵跨越障碍。一匹新从马场调来的马不停地跳，新兵围着马转。这时团长骑着高大的阿拉伯种马走到跟前，骂那位新兵：

"你这种人也配来我的骑兵团，你狗蛋只配留在家里围着那些骚女人转来转去！当然啦，那些母马是很好骑吧？"他一边说些难听话来刺激毕佳，一边对毕佳说："你这个班长越来越不像话了，看你把这些懒货、胆小鬼惯成什么样子了！你亲自给我骑上这匹马，作个样子给他看看！"

毕佳跃上马背，差一点儿没有把他摔下来。他狠狠地拉动马嚼子，又狠狠地用刺马针踢马的肚皮，马在跳，前蹄离地竖立起来，然后向右躲，又向左一躲，又把后腿高高踢向天空。

"毕佳，小心！控制住缰绳，赶紧下来！"滨涅尔骑着马跑过来，叫喊着。

"滨涅尔！你算什么骑兵连长！竟带出来这样一群熊种，不会骑马，不会跳障碍，只能像条公狗似的围着娘们转！"

滨涅尔看看团长，瞪起眼睛什么也没有说。毕佳气急了，火不打一处来，冰冻三尺非一日之寒。他左手控住那匹烈性马，右手把战刀抽了出来，直向团长奔去。忽然，他骑的这匹烈性马，却又在原地竖立起它的前蹄！团长抽出战刀高高地举起。

"你这只杂种狗！看我怎样砍掉你的脑袋！你竟敢在光天化日之下用战刀劈你的团长！你要造反吗？来呀！"团长两眼露出杀气，发出疯狂的奸笑。

当团长的战刀正向毕佳的头顶劈过去的时候，骑马冲上来的滨涅尔却用他高举起的战刀背狠狠地打在团长胳臂上。团长手中的战刀掉到地上。

这天晚饭前，师保卫部的部长带着特种保安部队进驻到这个骑兵团。团长的胳臂被严重砍伤送进了医院。滨涅尔和毕佳作为反革命叛乱分子被戴上手铐押往师部。全团的官兵议论纷纷，都为滨涅尔和毕佳鸣冤叫屈，这更增加了他们的罪行。师部认为这次冲突是有预谋的，是富农子弟骑兵连长与毕佳策划的。

保卫部门、格伯乌的首长们都动员起来了，他们收集到了各种罪证，就这样军事法庭宣布：少尉连长滨涅尔为报私人仇恨，砍伤团长，判刑十年。上士班长毕佳违反军纪，杀人未遂，判刑十年。把他们二人送进了劳动营改造。尽管连队里知道事情真相的人不平，感到愤恨，但还是庆幸没有把他们与反革命阴谋煽动部队造反等罪行联系起来，虽然判了十年，但性命总算保住了。

在我和毕佳、滨涅尔变成知己朋友时，我们不分彼此，共同享受我在打鱼时积累下来的财富。因为我挨过饿，对于挨饿的哥们儿总是愿意慷慨相助，正像在自己挨饿时又有多少人帮助过自己一样。所以我并没有按着苏老爹当年的忠告：有吃时防备挨饿，吃今天，想明天，更不能忘后天，总要留一手。我的储备很快就耗尽了。完成定额最好的情况下可分得八百克面包，汤是清水煮少量的冻土豆和冻白菜。我渐渐瘦下来，但我的两个好朋友滨涅尔和毕佳却逐渐适应了环境，恢复了健康。

如果夜间没有风雪，气温在零下三十度，在这里就算是好天气了。相对来说“泽克”们的工作也就很轻松了，只需扫扫公路上的冰霜就行了。这天我们正在干着活，大家说笑着，那个十一只狗拉着的大狗爬犁又来了。没等爬犁停稳，米留金和另一个人跳了下来。

“瓦尼亚！是你吗？好吧！老天爷、上帝可怜我们给个好天气，公路畅通，可解决大问题了，这里有你们一份功劳！”

“是吗？”毕佳插嘴反问了一句。

“当然喽！你有疑问吗？不同意？”

“我的肚子告诉我，赞歌和光荣只属于上帝，我们‘泽克’只知道六百克面包的滋味。”

“哦！有道理！但是我们的国家处境很困难，富农反抗，农民偷盗，‘施卡拉’又偷又抢！忍耐，忍耐！寒冬过去就是夏天呀！”他们上了爬犁，示意叫赶狗爬犁的廼廼茨人起程。我抢上一步叫道：

“我有个意见，是不是可以向你报告一下！”

“什么意见？增加口粮吗？”他摇着头。

“不是！是关于如何管理冰上公路、多运粮食多运器材的意见！”

“嗬！你还有这方面的意见？”他嘲笑似的看着我。

我不停地述说着我的意见。告诉他在黑龙江上十天总会有七八天大风雪。风雪一来把本来修得很好的路都给埋起来。而且越是艰苦的地段，结果成了风障。哪里有冰雪筑成的墙壁，哪里的积雪就越深。为此，是不是可以派给我们一辆大卡车，载上二三十人和工具，在接到运输队开出来的通知后立即出动，作为先行军，遇雪开路，遇冰凿平，车队随后行进。我们这些“泽克”不必整夜在风雪中死守着，挖一米雪被风埋上二米，结果是车队受阻人员挨冻，死伤及病人增加。是不是可以从我们呼米段试起，也可以先从我这个“骆驼”试起。但最最重要的是要有一辆载重汽车，可以像冲锋队一样，一有信号立即提前出动。

“好意见，看不出你这个‘基代岳茨’还肯用这个脑筋！”米留金是夸奖还是讽刺，我也弄不清楚。

他的狗爬犁飞也似的跑走了。我的建议却把我们自己害苦了！呼米段成了全公路上的主要抢险队。“基代岳茨”“骆驼”成了模范突击队，只要有风雪，有车队受阻，警报一来，我们立即出动。对于我们要求的载重汽车，只答复一句“那是‘基代岳茨’的胡思乱想，汽车只能运粮，运人，运建筑材料。‘泽克’又不是大首长，连米留金那样的人物，也只能坐一张狗爬犁。”

接着天气骤然变了脸，温度又降到了零下四十五度，狂风卷起铺天盖地的雪暴来了。一条冰上公路只要半个小时就给盖得与两旁的冰墙一样高了。两小时后顺着西北风势，在黑龙江上叠起高高低低、弯弯曲曲的冰山雪岭来。

钟不停地敲响着，声音随着旋风在空中回荡着。一会儿声音洪亮，一会儿又像蚊蝇在乱叫。

“嗨！倒死霉了！都是辽瓦出的好主意！叫他带着咱们去抢险去送死吧！这哪是什么建议，这是破坏！这是叫咱们集体去当路倒，当冻僵干尸！”

“不能怪他，他的主意是派一辆大卡车载着咱们去抢险啊！”

“你别忘了，一头牲口死了，左来一批人检查，右来一批专家化验，要搞清楚是不是‘泽克’们的暗害行为。前些天，一夜冻死了三十八位‘泽克’兄弟，谁去调查过，有谁怀疑这是谋杀或者暗害吗？不是把什么都推给了老天爷吗？要知道在俄国上帝从来都不是‘泽克’的救星呀！”

骂呀，叫呀，吵呀，最后风雪的力量还是把人们的嘴堵上了。我们扛着铁锹、铁镐走上了冰路。

没干半小时，带头的监工员、巡视员、政治教员，一个个找个理由走光了。滨涅尔出了个逃避冻死的好主意。他说前几天他看准了江北岸有一片柳林，夏天泡在江水里，周围都是柳树须根，根子一半扎进岸上，一半悬在半空。雪把那一代封闭了，但根下有一片很宽、很长、很深的洞。他曾见一群獾子在那里出没。

“我们藏到那里，北风吹不着，雪暴钻不进；等风息了，天暖和些再出去干吧！”

“我同意！这是唯一的救命方法！”我说。

“不！不！不能说你同意！大家都要说：你当‘骆驼’的不同意，是大家各自跑的，各自找到的！不然再给咱们‘基代岳茨’加上个破坏生产罪怎么办？大家同意我的意见，我带你们去，不同意，咱们一起冻死，责任可不能扣在辽瓦一个人头上！”滨涅尔喊着，带领我们终于找到了避风港。我们还架起了几个小小的火堆来烤手脚。

天终于亮了，风也小了。走出洞穴一看，眼前的世界完全变样了！天上地下，山林树木一片银色。连走在路上的人都像是用白雪塑造的，满身挂着霜雪。多美丽的河山啊！正是这严冬的风雪哺育着这北方的大地。如果没有雪，哪会有千百条小溪从山上流下，从春到夏到秋流啊流啊！是那些清澈的、在林间石上流过的小溪，汇集成那涛涛的黑龙江啊！我们明白了，秃尾巴老李啊！每逢新春佳节，你为什么给家乡带来的礼物是铺天盖地的白雪！你做了好事，挨人咒骂，你不愿忘掉自己的父母、家乡，尽管那里的人不理解你，斩断了你的尾巴！

十五　抢险

黑龙江上的暴风雪是有节奏的乐章，它有低低的情歌，它有暖洋洋的在零下三十度的阳光与微风的旋律，它有开江的奔腾的激流冲撞着几米厚的坚冰的轰隆声！但它更有动人的歌啊！那是“泽克”们唱着的古老的囚徒之歌。在风暴呼啸中，“泽克”们拖着沉重的脚步，吟唱着发自内心的凄凉悲壮的歌！

一天夜里，又一场更大的苦难落到了我们这些“泽克”身上。我们出发前只有微微的西北风和一轮隐在云雾后面的苍白的月亮。我们要步行七公里去抢险。一个有十五辆载重汽车的车队误入歧途，开进了一条冰上公路旁的冰雪死胡同里，前进不得，后退不成。车上载着粮食和一百多人。人命是关天的大事，我们顶着北风跑步前进。大家知道，如果不及时把车和人抢救出来，风暴一来，人、汽车、粮食都会被埋在雪里。车上的人可能是“泽克”弟兄，也可能是来建设共青团城的青年们。这些车的司机绝大多数是退伍军人，而且多半都没有在黑龙江上开过车。如果车一停，水箱一冻，人们再不知道下车活动取暖，那一场大惨案将是不可避免的。

虽然人们可以归罪于老天爷，但我们这些人是不能见死不救的，因为我们自己就随时随地站在死亡的边缘。正是这种不必言说的崇高的人性觉悟，逼着我们奔跑了七公里，然后又是呼叫，又是晃动手提灯，又是点起火堆，总算在一个大雪堆的后边找到了车队。一看这个车队的情况，真是让人又气又急。司机坐在驾驶室里，车上果然是“泽克”弟兄们，是从高加索方面解送来的。他们蹲挤在车上，身上披着破羊皮袄、毛毯、棉大衣、破麻袋、干草把子、篷布，总之，只要能挡风的都披在身上。这时风越刮越大了，雪暴的前锋已经降临了。

我们的勇士滨涅尔首先对司机开了火：

“日你娘的！你们是些死人吗？你们是在等死吗？你们蹲在车里，水箱冻了，我们就是给你们开出路来，你们能推着车爬雪山！浑蛋们！毕你们的祖宗！毕你们的亲娘！你们这些杀人犯！再不下来，我叫人把你们砸成肉酱！”他叫着，举起铁镐钉钉咚咚砸着驾驶室。

“车上的懒蛋们！都给我滚下来！你们挤在一起想一块儿冻死吗？下车干活，暖和一下身子！下来！下来！来几个人把他们身上的破烂全扯下来，他们就会下来了！”毕佳和另外四、五个帮手真的跳上车，往车下扔东西，扔人。车上的冻僵的人除了微弱的挣扎和不停地骂娘外，也只好滚下车来。

我们这时顺着车的来路去找出路，没走几步已经是一座座雪山挡住了去路。大风雪只需十几分钟就会把这个雪的世界改观的。往前开也是雪山，没有一条路可闯了！凭着我们抢险的经验，只有开辟一条新的冰路；那就是要挖开车队前面的雪山冰墙，然后把车队开进黑龙江心的那些冰山群里，最后再一步步往前闯。

率领车队的“干把特”（营长）起先还指手画脚地批评冰上公路修得不好，抢救不及时，以及他高超的见解。

“你这个浑蛋懂什么，给我闭上你的狗嘴！这里没有你的发言权，你唯一的事情是把你带来的一百多人组织起来，准备搬运冰块、雪块！否则你们只有冻死！从现在开始听我们‘骆驼’‘基代岳茨'指挥!"毕佳叫着。

真正的保卫生命的战斗开始了。每开凿二三十米冰雪路，车队就往前移动二三十米。就这样，我们开路，高加索"泽克"运冰，三公里的路开通了。十五辆车开到了江心的冰山中。以后的事就容易多了，冰用镐打成大块，人群像蚂蚁搬家似的把冰块搬开，车队行进的速度逐渐加快了。

车队开走后，我们已经累得走不动路了。已是清晨四点钟了，风越刮越大，雪粒打在人的脸上、身上、脚上，缠着人寸步难行。

"我们救了他们，现在谁来救我们呀?"

"我们搀扶着走，谁也不准掉队！不准丢掉一个人!"滨涅尔喊着，"'骆驼'！你在后边压阵，我当个带头羊，毕佳你当巡逻员，防备有人昏了头，迷失方向!"

每走一公里的路就如同走上几百公里一样艰难。人和大自然的搏斗，人显得那么渺小，同时也显得那么伟大。特别困难的是爬雪坡，爬上去一不小心又滑下来。还有，本来看上去一块不大的冰，迈一大步就过去了，但自己的腿却偏偏抬得不像你想的那样高，绊倒在地上。

"看见前面的灯光了，那是咱们的呼米。伊利斯特拉托夫老爹正在给咱们做早饭哪!"我鼓舞着大家，却不知不觉地渐渐落在了队伍的后边，我追不上了，我掉队了!

我不觉得疲乏，不觉得冷，不觉得饿，不觉得需要什么，我只想躺下，伸直腿躺一会儿，只想把眼睛闭上一会儿。我躺下了，好像当年躺在老祖母身边，她给我盖上了一条厚厚的软软的被子，真舒服！真暖和！我睁开眼，很困难的睁开眼，想看看多年不见的老祖母。可是没有祖母，只有白色的、迷迷茫茫的天地在旋转，那云中的昏黄色的月亮也在一起一落东摇西晃。许是风吹月动吧，我低声地念起诗来："风吹月动腊月天，茫茫白雪苦无边；今夜祖母思孙泪，化作早霞照笑颜!"这时，一阵阵雪把我的腿、我的腰、我的脸都埋上了！哎呀！我会冻死的！会冻死的！我挣扎着，却站不起来。我只好向前爬，向前爬！“我不能死在这里，背着个五八六的罪名在这黑龙江上被雪埋葬！我不能让我们的白山黑水被日本鬼子占领，不能看着我的老祖母、父母、兄弟姊妹当亡国奴！不，不能！我不能死，我要活下去！我要活下去！！！”我张开嘴大声喊叫：“滨涅尔，毕佳等等我！”可我的声音好像卡在喉咙里，怎么也喊不出来。难道声音也能冻僵？

我醒来时已是第三天早晨了。我听见有人叫道：“睁开眼睛了！睁开了！”

我心想，我这是在哪里？哦，是我们半地下室的宿舍。坐在我身边的是我的好朋友们。他们都笑了。笑得最开心的是滨涅尔和毕佳。还有那个叫米留金的，我对他并没有多少好感的劳动营的总头子。

“我的‘基代岳茨’！这次又是你的好主意救出了一百五十多人的性命。为此我特地给你们带来一份奖赏，一个十公斤重的大面包！”面包摆在我们面前。我真的饿了。

事后我才知道，是毕佳巡逻时发现我掉队了。他和全队的人，凡是还能走动的都出来寻找。最后在雪堆里找到了我，把我抬了回来。他们用雪一遍遍摩擦我的全身，让我的血液一点点开始流通，让我的体温渐渐恢复正常。他们日夜轮流守护着我。他们给我喂水，灌米汤。是他们把我从死神手里抢了回来。我没有冻死，没有冻残，在冰路上都被称为奇迹呢！

劳动营让我休息，还给我开了营养灶。一天夜里，伊利斯特拉托夫悄悄给我送来一大块煎鱼！

“鱼是哪里来的，也是病号饭吗？”

“傻孩子，你就吃吧！不要问了。吃饱了，病好了，冻不死活下来就是胜利！”

过了几天，我的身体逐渐恢复了。我拿着一根铅笔在小本子上写下了一首诗：

只有我一个人！躺在黑龙江上！

前面是茫茫白雪，后边是白雪茫茫。

天上没有云彩和月亮，
更看不见半点星光、灯光和火光。
灰白比黑暗的夜更可怕呀，
我寻遍夜空，哪里是北斗星座，
指引我前进的方向？
北风在为谁怒吼？
冰山在为谁筑成路障？
囚徒之歌，凄切又悲凉。
我抚摸着自己赤诚的心，
我不能呐喊，但我没有彷徨！
走啊，走啊，走啊！
走出这银白色打扮起来的坟场。
爬呀，爬呀！爬呀！
爬过这无法说出的屈辱，
爬过这没有对手的战场！
哪怕我的脸冻成锅底般黑色，
哪怕我的手脚冻木、冻麻、冻僵！
但我的耳朵里，还在响着母亲的呼唤，
我的眼睛里，还看得见红星在闪光！
我满腔的热血呀，还在融化着这坚硬的冰川。
黑龙江啊，阿木尔江！
你不会吞食你的儿女，
你的风雪也不忍心把我埋上！
我还有成千上万件事要去做，
还有成千上万句话要去讲！
我还有多少虔诚的爱呀，
要献给我的祖国、我的亲人、我的故乡！
风雪啊，你尽管可以旋转着大地，
却不能叫一个热血青年向你投降！
风雪啊，你尽管可以毁灭着一切生灵，

如果我挺立在你的面前，
你能把我怎样？是活吞还是活葬？
尽管这里只有我一个人啊，
可我的身后，是铁壁铜墙！
站在你面前的尽管是一个人啊！
但他有几亿人的灵魂，几亿人的胆量！
这里不是一个普普通通的中国人呀，
他敢于向死亡挑战，
他有勇气把死亡，驱赶向死亡！
这里只是一个普普通通的中国人呀，
他有着黑头发、黄皮肤、中国人格
和中国人的——硬脊梁！

十六　共青团城

春天缓缓地到来了，气温天天在回升。黑龙江岸边的积雪开始融化。在冰屑上渗积着浅浅的水流。江上的冰路开始发黑，雪堆、雪墙、冰山都在微风中悄悄地萎缩，冬季冰路运输的任务结束了。

呼米渔业基地的“泽克”们先是被派到太阿山里，在冰雪和泥泞的路上用绳索往山下拖运木材。每个人都弄得一身泥浆，一身汗。一天下来，住进单薄的临时帐篷里，饥寒交迫，生活十分艰苦。但春天并没有遗弃“泽克”们，它也把一缕缕温暖的阳光照在他们身上。在向阳处，埋在雪下的顽强的野草，会在一夜间顶破霜雪露出地面，把绿色——生命的颜色带到人间。乘着春风飞来的各种各样的山雀，为“泽克”们唱着美丽动听的春之歌。

呼米渔业基地得到上级命令，调所有健壮的“泽克”到共青团城去支援那里的建设。就在这时，我的好朋友滨涅尔和毕佳也被提前释放了。

在呼米，化冻前是不能捕鱼了。在渔场这段时期本应该抓紧时间做好夏季的捕鱼准备工作：修补大批鱼船，制作和修补大量的渔网、渔具。此外快要坍塌的倾斜的半地下室宿舍、腌制咸鱼熏鱼的场房，以及提炼鱼油、制作贵重的鱼子酱的作坊，都需要人来修缮。但上级机关却令人不解地把“泽克”们赶出渔场，叫他们在冰雪融化的公路上、崎岖泥泞的山路中去行军：从一个递解站转到另一个递解站，从一个劳改营转到另一个劳改营。“泽克”们每次递解前，都要被莫明其妙地搜查行装，搜查全身，脱衣检查身体。出发前“泽克”们还得用沉重的、很钝的理发推子，像剪羊毛一样剪掉男人们所有的头发，然后被押送到停在铁路线上的专用的洗澡车去洗澡。那里的水有时热得可以烫掉皮，有时又冷得冻死人。人们经过这种种关口刚刚上路不久，又奇怪地走回头路，回到原来的递解站，甚至又回到原来住过的劳改营。在这种解送中，通常只有一位押解的看守兵。虽然他不停地吆喝、下命令，但他并不比“泽克”们轻松多少。在行进途中，“泽克”们每天只有四百克面包，如果在哪里休息一两天，每天则只发二百克。理由是：不劳动、不行军的人是不需要四百克面包的热量的。

这种瞎指挥美其名曰“有计划调配劳动力”，“实行计划经济”等。在苏联劳改营里，“泽克”们的职业、工种不断地变动，集体不断拆散、组合、再拆散再组合，结果使人没有专长、集体没有专业，领导者更没有长远规划。人与人之间好不容易建立起来的相互信任和友谊随时可能遭到破坏。领导与被领导之间，虽然都是“泽克种族”，却很少有同情、互助、安慰与理解。本来“泽克”们在劳改营里学上很好的手艺，受到好的教育，是可以在刑满时回到社会上做个好工人的。但在饥饿与死亡威胁着每个人，都不知明天会发生什么事情的情况下，再老实的人也不能安心劳动。而那些号称“阶级弟兄”的三十五条刑事犯们却得到了相互“串联”，互相“学艺”的好机会，甚至与管理人员、看守人员、格伯乌的代表们勾结在一起，为非作歹。何况这其中有些人本来就是特派人员的秘密眼线和特务呢！通过劳动改造罪犯是个很好的办法，但执行不当，就会成为罪犯的培养所、教学所、联系所，成为罪犯的大本营。

四月底，我们又转回到共青团城。在一年多的时间里，它真的大大变样了！过去这个叫做下丹波夫斯克的小镇，唯一的标志是立在黑龙江岸边的那所东正教堂，现在它已被淹没在许许多多商店、机关、学校、旅店、停车场、码头之间了。一年前还是太阿原始森林，现在出现了又宽又直的马路，有的铺上石渣，有的还铺上水泥或沥青。来这里参观的人哪个不为献身社会主义建设的共青团唱赞歌呢？其实为这里的建设付出劳动最多的，除了正在这里安家落户的被流放的反动富农分子们，就是“泽克”了。“泽克”中间有一大批是遵照一九三二年八月七日法令被判刑的农民，他们的罪行是盗窃国家和集体的财物。而被盗窃的财物又是什么呢？在饥饿时偷了一口袋青玉米棒子，在集体的菜地里偷了几棵白菜或掘了半口袋土豆，还有的是为了喂自己的奶牛，偷了几抱公家的羊草。当然也有的是偷了集体或国家的木料、钢丝、电线、砖瓦等。遵照八月七日法令，审判程序是极为简单的，只要被检举或被发现有盗窃活动，首先是村苏维埃派个干部来做个记录，记录的内容是千篇一律的：“某年、某月、某日、某时，我们签字的几个人，看到某人盗取集体农庄的喂牛干草一捆，属实！证明人签字……”也许事隔几天或几星期，巡回法庭来了：一个法官，一个检察员、一个民警，俗称执法三大员。他们在集体农庄院子里或学校里召开审判会。受审的，作证的，村领导及居民老少到齐后，检察官念了证人的证词，问受审的人证词是否属实。这些老实的农民会说：“都对，都对，反正是集体的、大家的，我也有份，困难时顺手捎上点，这能叫偷吗？就好比我到我爹妈家里，顺手拿走了几公斤土豆，就这么回事！”这种回答开始时还有点戏剧性，惹得大家哄堂大笑；但紧接着宣判了：“根据八月七日法令，盗窃集体和国家财物的判处有期徒刑十年，送劳动营改造！”全场先是一片沉寂，接着是妇女的啼哭，然后给罪犯戴上手铐，押往拘留所，最后按国家需要递解到远离家乡的劳动营。

“泽克”中间还有另一大批人，是政治犯。他们中间有军人、官员，有工程师、教员、教授、牧师、神父，有从中苏边境地带、土耳其苏联边境地带、外高加索地带、波罗地海地带抓到的间谍、特务、反革命以及进行反革命宣传活动者，对他们一般的判十年，有极少数认为可疑，但没有实据，则被判五年。在“泽克”中间还有一批人是刑事犯。这些人自称为是“被优待者”或“阶级弟兄”，他们是些小偷、骗子、流氓、赌棍、吸毒者等，而在妇女中间最多的是娼妓、暗娼加小偷等。以上这些人多半遵照三十五条判刑，因此统称做三十五号人物。他们的刑期一般是三年，最多也没有超过五年的。他们住劳动营像住旅店一样，今天放了，明天又回来了；有的则是放了不走，赖在劳动营中住些时候。他们绝大多数在劳动营中是不放弃自己的旧职业的，相反地提高了自己的犯罪技艺，结识了新的伙伴，广开了活动的门路。

这支劳动大军，尽管罪行各有不同，技能各有专长，但他们的确在吃饱以后，在兴奋高涨时，是能够自我牺牲地工作的。其中包括那些流氓成性的小偷和野妓。但最普遍的是：他们的劳动热情波动性很大，总是好一阵坏一阵，应该承认改造的结果是失败多于成功。唯一的收获是无代价的劳动，可以在最艰苦的被迫条件下，干出令人钦佩的事业来。

共青团城是远东太阿森林中人工创造的城，是个比女人怀孕还要短的时间里生长起来的城！你看看那里的森林，那里的大树，那里的池沼和丛林，怎样变成城市的过程，你大概就会承认只有万里长城能与它媲美了！

苏联人，特别是俄罗斯人，他们在高兴时干起活来，真是令人钦佩，甚至令人崇拜。就拿共青团城一年间突然出现的纵横交叉的大街道来说吧，那是从密密的粗大的松树、橡树林中开辟出来的！在原始森林中锯伐一棵树是十分容易的，但若是为了修筑街道，不但要锯掉树，砍尽丛林棘荆，还要把那盘根错节的大树根拔掉，谈何容易！先要在树根周围五六米远的地方放火烧化冰冻，砍断每根犬牙交错的粗树根，然后在根的一侧拴上绳子，喊着号子：“拉呀！再使一把劲呀！再出点力呀！再换口气呀！再放个屁呀！”树平铺和扎进泥土中的根是大得难以想象的，当你把它掘出来，那简直像一面耸立的大墙啊！然后大家再用锹呀、镐呀、锯呀，把它啃碎后堆在路旁。每条街都是这样一根又一根，一段又一段地啃出来的。对于共青团城的建设尽管有这样或那样的指责，但是不能不承认这种建设的成果是惊人的！不能不承认在这个劳动大军中，有一种劳动创造世界的真理在起作用，也不能不承认即使是不自由的挨饿的囚犯，也同样有一种向往真理、为后代幸福生活而牺牲的精神在指导他们的行动。

这次回到共青团城的劳动营中，最刺激人的、最难接受的是中国老乡的突然增多。其中有许多人是长期居住在远东的，如在海参崴、伯力、海兰泡（黑河）、庙街、赤塔等大城市，他们多数是来自山东、河北、河南的，也有的来自吉林、黑龙江、辽宁、热河等省；有的在俄罗斯境内与俄罗斯女人结了婚，有的已是第二代或第三代了。他们有自己的房屋、自己的菜园，有自己开的小餐馆、洗衣房、理发馆，特别多的是开小铺子的，出售各种小用具、小玩具、小摆设。在十月革命初期，日本人进占远东时，他们是坚决站在穷党方面反对白党和小鬼子的。远东解放后，苏联政府特别优待他们，参加过游击抗日的人受到了特别的优待，给予了特别的荣誉。那时为了提高华侨的文化，伯力、海兰泡（黑河）、海参崴都在小学办了教授华侨孩子的中文班；在这些城市设立了东方工人俱乐部，而且俱乐部都是以李大钊、向忠发等人的名字命名的；还为中国人办了报纸，如黑河出的《东方工人报》，伯力出的《工人之路》报，海参崴出的《码头工人》报。中国工人可以领到俄国人领不到的大米、白面、黄豆、玉米面等。中国的春节、五月节、八月节，作为民族节日还专门卖给一份节日食品。但这样的日子却逐渐地发生了变化。

十七　黑把头孙九爷

一九三四年六月，劳动营要派二百多名“泽克”去修伯力到共青团城的铁路路基。一天早晨宣布了名单，其中只有少数是像我这样的老“泽克”，其余的都是最近一个时期从各地送进劳动营的中国人。他们绝大多数在四五十岁以上，有的出生在远东，一般则是在二十几岁时漂洋过海，来到远东“发洋财”的。这些人中有种菜园子的、下煤窑的、伐木材的、当矿工苦力的，也有极少数走进黑社会与民警、格伯乌勾结在一起，开个半公开的走私窝点、大烟馆、赌场、半掩门妓院等。这些踏进黑社会的中国人，一旦当了眼线，不但陷害了中国人，而且整了一些与中国人有关系的俄国人。正因为这样，中国人在俄国人眼中的卑下、肮脏的坏形象，总是难以改变。

从伯力到共青团城的铁路线分成若干施工段，每段大约三十到五十公里。我们被分在第七段工地。这里的营地修得好，共有八栋宿舍，每栋能住一百多人。宿舍有集中的取暖设备，有室内厕所，有公共的洗澡间，据说原来是为共青团建设者们修的。后来各地来的共青团员们许多人受不了这里严寒的天气和艰苦的生活环境，都走了。这些宿舍就转给修铁路的“泽克”们了。我们“七段”的任务是要穿过小山洞和劈开两座石山，并且还附带一个半机械化的采石场。原来采石场有一百多名女“泽克”在那里干活，后来因为男女调情、斗殴以及怀孕生孩子的事情经常发生，于是把各段的女“泽克”都集中到“八段”去了。她们原来住过的两个宿舍转让给了我们。

这两栋房子分成“A”字号和“B”字号。住在“B”字号的是一帮老苏联通，他们的头头是在远东颇有名气的孙九爷。住在“A”字号的多半是从中国跑过来的抗日军人、宣传抗日的学生，也有些不满日本鬼子跑到苏联来的小官吏、乡镇保卫团的官兵，还有的是在莫斯科上过大学的工人出身的知识分子。

我们住进来的第一件事就是打扫卫生。女“泽克”们遗留下的破烂和脏东西实在太多了。

卫生打扫完了，孙九爷忽然来到了“A”字号，看了看说：“你们这些有学问的、识字的、抗日的真能干啊！总比我们这些墨水没喝过一口，大字不识半斗的大老粗强！是不是请你们到我们那边去看看，指点指点啊！”我们很高兴地答应了。我带着一伙人去了。一进门，我们惊奇地发现已有三四个年轻人在给孙九爷收拾地盘。

“多弄几条被给我铺厚点，多拿几个枕头给我头垫高点！你们是废物啊！在家时没学会侍候你们的狗爹狗娘，到了这里什么都不会！要眼快、手快！看，这不又来了一伙人给你们帮忙的！人家还是知识分子，识文断字的！”孙九爷说着给四条手执木棍的大汉使了个眼色，那四个人不由分说乒乒乓乓对三四个小伙子大打出手。

“你们还站在那里干什么？来帮忙的就赶快下手干活呀！你们爬进铺底下捡出破烂！我们的棍子可是连亲爹亲娘都不认的，还管你们什么狗屁抗日的、念书的！你们瞧什么？还敢瞪眼睛？”

“有话好说嘛，孙九爷叫我们过来帮忙，大家一起干吧！”

“要是大家一起干，孙九爷的大驾还去请你们干屁？跟你们说清楚了，咱们孙九爷，是谁人不知谁人不晓的人物，公私两项，文武全才，多少好汉都败在他手里！有名的隋老爹，丁雪才，还有那个大名鼎鼎的黑鬼子哪个不是他手下败将！现在我正式告诉你们，孙九爷是咱们中国人的老把头、总头目、总司令，今后大家要听他的话，自有好处无穷！不听话的，另干一套的，顶着干的，就小心你们的狗命！”孙九爷身边的一个威风凛凛的大汉，蛮横地对我们说。

这些年我也学会了忍耐，也学了点江湖规矩和义气。我笑着拱了拱手，对孙九爷说：

“久仰！久仰！请老把头、老前辈多多指教、多多栽培！有什么活要干的，您尽管吩咐，这些孩子们哪个敢不听您老的呀！”我边上前拱手作揖，边对孙九爷毕恭毕敬地说。

孙九爷哈哈大笑，大声说：“好说，好说！看来你很懂事，那‘A’字号我指派你当个头吧！有谁不听吩咐，告诉我孙某人，我给你教训教训！咱们中国人都是乡亲，抬头不见低头见，几百年前或许是一家人呢！讲交情、讲义气！有什么事你跟我老哥说！我能够提拔你做一番事业，创个天下！不然，大家翻了脸，就不好了！就给老毛子看笑话了呀！”

我们憋着气，帮他们把‘B’字号打扫干净了，回到宿舍后，先是抗日军向我开了火：

“咱们都把你当老大哥，可你呢？给我们作脸吗？叫我们给那老毛子的狗腿子二毛子当三孙子！要当你自己去当！我们连小鬼子都不怕，还怕他这个狗腿子?!”

我只好赔个笑，请他们原谅：

“我们都是中国人，才到一起就闹内乱，你们说这好吗？来日方长，咱们向前走着瞧嘛！他们是些久闯江湖的大流氓，咱们这些人也不是好欺负的。咱们慢慢来！”

晚饭后，大家就寝了。但是谁也睡不着，每个人都全身发痒！最后有人叫道：

“大家快看！排成队，红糊糊的一片爬出来了！”在暗淡的灯光下，我们看到上铺、下铺、墙上、墙下到处都爬行着足有黑豆大小的臭虫！大家爬起来，用手往床上、墙上、地上又捏又摸，弄死了一大批臭虫！

第二天孙九爷派一条大汉过来了。他说，

“孙九爷一宿没睡，臭虫多得很哪，简直可以把每个人的血都吸干了呢！”

“真的吗?”在抗日联军当过班长的张学明走上前去，“啊?那你怎么还是那么胖乎乎的。我看你的血一点儿也没少啊?你说吧，孙九爷——老把头、老当家的又有什么吩咐了吧?”

“嗬！你小子怎么连人话也不会说呀?你是浑蛋狗养的呀?孙九爷也是你叫的呀?浑蛋，滚开！我要找九爷昨天派的那个头头儿说话！”

这时我刚走进屋来，只听见：

“你嘴干净点不好吗?咱们哥们儿都是初次见面，谁也不欠谁的，有话好说嘛！”我心里想，糟了，要打起来了。

那大汉又向前走了一步说：

“臭小子，谁是你哥们儿啊?你狗崽子给我老实点！快点叫那个小子去见九爷！”

这时只见小张往前迈了一步，把大汉的手一下子拧向背后，随后一脚踢在那小子的夹裆里。他“哇”地叫了一声，立即仰面朝天地倒在地下，然后“哎呀，妈呀！”地叫个不停。

这时小张从怀里掏出一把匕首来。我赶紧叫道：“小张，不要胡来，有话慢慢说。叫咱们帮助抓臭虫，不就帮帮他们嘛！不去的话，也可以好好商量嘛！”

“跟这群牲口，还有工夫讲人话！现在我要你告诉我：昨天你说有许多好汉都败在孙九手里！你说隋老爹、丁雪才，还有黑鬼子，都是他手下的败将！你把孙九怎么整治这些人交代清楚了，保你一条狗命。不然现在我就开你的膛，破你的肚，扒你的皮，抽你的筋！我们抗日打鬼子的人说到做到！你先尝尝匕首的滋味吧！”

他把匕首狠狠地刺进了他的屁股。

“饶命啊！哎呀，妈哎！饶命呀！我说，我说！”这个大汉连哭带嚎地捂着屁股在求饶。

这个大汉叫米滑舌，是孙九爷的心腹。我们几个人商量了一下对策，决心要把孙九爷的罪行弄个水落石出。

“米滑舌！你这个人帮助孙九干过许多坏事，陷害过很多好人。现在有两条路让你选。一条：我们现在就把孙九擒来，你们当场对证，如属实免你不死；如果说谎，叫孙九治你！第二，你把孙九在什么时候，什么地方，害了哪些人，有谁为证，特别要详细写明陷害隋老爹、黑鬼子和丁雪才等人的真相！要不然，我们抗日游击队只好为同志报仇，先挖出你的心，再挖孙九的心！”

“好，好！我一定都给你写清楚，但是求你们在治孙九前，不要叫他先把我害了！”

李福说：“我倒有个计策，叫老米向孙九提供假情报，就说咱们抗日游击队有一大批从日本人手中得到的黄金珠宝。为了探听虚实，孙九就会让米滑舌搬过来住。”

关于这次谈话，我们大家做了特别的保密工作。凡是听到这件事的人，谁透露出去一点儿就割谁的舌头，要谁的命。我们都发了誓。

果然第二天米滑舌搬进来了。我叫小滑头、吗啡鬼李福陪伴着他，一边监视着他写材料，一边编造着这批金银财宝的来龙去脉，说这笔钱是万福麟逃走时交给马占山让他带进关里去，后来这笔钱落到马占山的一个副官手里，副官被日本人擒获，拿出这笔财宝买了条命。日本人把这笔财宝运往长春前，保存在哈尔滨银行保险库时被我们抗日联军的秘密工作人员发现了，在押运途中游击队抢到了手，并作为军费藏在双鸭山的一个矿洞里。这事只有几个人知道，李福是其中之一。并且让米滑舌告诉孙九，让他想办法逃出去，只要成功了，取到财宝，李福答应一定分一半给他。

孙九爷打这以后与张学明忽然变成了“好朋友”，对李福也特别好，经常把自己的食品、糖果等送给他们。全体“泽克”们也都平静下来，全力以赴对臭虫作战了。

我们住的这些宿舍都是用松木盖成的。垛木房子时过急，树皮没有去干净，特别是房顶上的板皮根本就没有剥掉树皮。太阿山中野臭虫都寄生在树皮里层，平时以松树的皮下水分为营养，一旦它们被搬进宿舍，繁殖起来，就以吸取人血为生，由野臭虫变种为家臭虫了。这种臭虫比普通臭虫个儿大，钻进墙缝和木板铺的缝隙里繁殖后代。白天可以看见每条板缝里都有无数的臭虫，头向外，伏在那里。天一黑，它们就大胆地爬出来。它们成群结队地向着人体爬去。人睡着了，被咬得半醒时用手一拍，就可以拍得满手是血。人们用铁丝拼命地从板缝里往外钩它们，用蜡烛火烧它们，用手搓死它们！最后除了弄得人们筋疲力尽，两手是血，浑身臭虫味而外，还是照样挨咬。大家向营教导员、营长、连长诉苦，可是他们说："我们也一样挨咬啊！我们有什么办法呢？臭虫可不怕死，我们也不能用枪毙来吓唬它们！"一次点名时，我提出来用开水烫的办法消灭臭虫！先从我们A字号做起！

这个建议被批准了。我们从库房里找到五口大锅，弄来大批木柴，把大锅架起来，装满水烧开，然后把所有的铺板、木架，甚至窗台、窗户都卸下来了。拿到外面用开水煮、烫。五口大锅的水都变成了红色，上面漂浮着厚厚的一层臭虫。经过两天两夜的苦战，总算搞完了。大家可以安安静静地睡觉了。人啊，是最容易满足的，只要从痛苦中走出一小步，就像升上天堂一样！我们又主动帮助"B"字号的灭臭虫，如法炮制。中国老乡都高兴极了，都称赞抗日军讲交情，讲义气，不记仇，是些好人啊！

好景并不长。两星期以后新一代臭虫又造起反来，它们带着为"父辈报仇"的情绪狠狠地咬我们。其他的宿舍也跟我们这里一样。

有一天来了一位首长检查工作，没想到又是那位我不怎么喜欢的米留金。他一见面，老远认出我来：

"辽瓦老弟，你好！我们有缘分，在冰路上交了朋友，又在铁路工程上见面了。上次冰路运输如果不是你提出的抢险突击办法，冬运工作是完不成的！你现在又有什么好建议告诉我？"

“但是为此我们有些人付出了生命的代价冻死在冰路上，我只差一点点，是弟兄们把我拖回来的！那时如果你们发善心给我们派一辆大卡车，情况就会好得多。”我说。

“你说得对，太对了！我们只好记取这个教训吧！这代人不能原谅我们，叫后代来理解吧！但是载重汽车不属于我支配呀！”

“那么现在有件事，不知你能否有权支配？”

“什么事？说吧！”

“我们这里的人都快叫臭虫咬死了！多极了，真凶啊！我们用开水煮，没过两个星期又出来了！我看唯一的办法是用毒气熏，只要把门窗缝糊好，不透气，在屋里放个小瓦斯弹，什么问题都解决了。”

“好主意！我找一下驻军，叫他们到我们这里进行毒气试验，我们提供现成的试验场地！”

米留金的许诺兑现得很快。他找到防化兵团的一位老朋友，还是老下级，拿我们的八栋宿舍作了试验场。我们按照防化兵团的要求，把门窗缝隙堵死，抹严。防化兵戴着防毒面具，在宿舍里点起毒气弹。我们“泽克”们被赶到山洞里住了几天。当我们回来的时候，士兵们已把封闭的门窗打开了。我们走进屋里，看见满地、满窗、满床到处是象荞麦皮一样的死臭虫。我们扫啊，扫啊，谁会相信臭虫皮可以用铁簸箕装呢！

在这个铁路干线上，我们终于战胜了第一个暗藏的敌人——臭虫！紧接着，空中成群的又飞又叫的蚊虫开始出现了！但是它们怕烟，怕火堆，也怕大风，还是可以对付的。

在米滑舌把他答应的材料写出来以后，他向李福、张学明提出了一个条件：“尽快把孙九爷干掉，不留后患！我有罪，罪该万死，只求饶我一命，给我个重新做人的机会！”

张学明给他的答复是：

“国有国法，抗日军有抗日军的军法！凡是出卖、陷害人民、同志、乡亲、朋友的一律处以死刑。这件事由我来办，你们二位可以帮忙，也可以躲开，出了事我一人担当。千万千万不要叫辽瓦队长知道！因为隋老爹是他的干爹，他的女儿是他的未婚妻。他要是参与，好似公报私仇，所以无论如何不能让他知道，一切由我一个人承担责任！”

他们商量好了，在采石山洞里找到一块地方，由米滑舌约来孙九一块研究如何找回金银珠宝的事。

他这个人很狡猾。他先是东看看，西瞧瞧，看没什么外人，也没什么可疑的情况，才开始说话：

“我们长话短说。我同意与你们一同出去，金银珠宝一半归我，一半归你们。不是我贪财，因为我路熟，我有办法！但是有个条件，财产到手，咱们各奔他乡，再也不要互相往来，重提这件事！”

他正在说这些话的时候，张学明乘他不备忽地把他的胳膊拧向背后，“不许喊叫，要不然一刀子宰了你！”李福立即用绳子把他狠狠捆起来。

“你们想干什么？你们不要命了吗？敢这样对待你们的孙九爷？”

“九爷，对不起，咱们过去陷害了很多好人，也出卖了不少中国人，现在是算总账的时候了，我把咱们干的坏事都记下来了，你听听有错没有？”米滑舌说着。孙九破口大骂：“你这个叛徒、奸细，你出卖了我九爷，我要……”九爷挣扎着，喊叫着。张学明拔出匕首，立刻割下他的一个耳朵说道：“留下一个耳朵你听着，因为你是条狗，吃中国人肉喝中国人血的狗，你的鼻子到处嗅啊，嗅啊，然后出卖了多少好人，多少无辜的人被你冤枉，多少有功的人被你陷害！你这个鼻子不能要了！”他一刀把他的鼻子割下个尖儿来，血在满脸流着。“你这个坏蛋长了张狗嘴，还有一个狗舌头，只要格伯乌给你做坏事的机会，开烟馆啦，开妓院啦，开赌场啦，你的亲爹亲娘你都能出卖。按照我们抗日游击队入队时的宣誓：对于出卖同志、朋友给敌人的人，对于造谣陷害人的人，要割掉舌头，挖掉眼睛，现在让你睁着眼睛看看我们是怎样割舌头的！你看到我手里这个钩子了吗？它专门是钩舌头的，是我昨晚赶造出来的！张嘴！不张，那咱们试试看！”小张把左手拇指和另外四个指头往他嘴上一捏，他的嘴张开了。他恐怖地瞪大了眼睛。小张把右手的钩子拿到他的眼前说："你好好看看！就这样一钩，一拧，然后一刀，你的舌头再也不会陷害人了！现在只剩下最后的刑法，把你的黑心挖出来！"

所有这一切结束后，张学明说："事情都是我干的，出事我负责。谁敢告密，孙九就是下场！咱们把他埋在乱石坑里，明天一放炮上面又盖上一厚层，等几年后谁发现了，一定说是叫开山炮崩死的！"

他们三人默默地埋了孙九，悄悄地回到宿舍。当我问他们半宿半夜到哪里去了，他们笑了笑说，到外面逛逛，看看夜景。第二天大家都在传说孙老九逃跑了。人们说：这条狗也逃跑了！人、臭虫和狗一同住在一起，总是不太好的！

十八　包达利渔场

我们七段的中国“泽克”们完成任务最好，提前十天开通了小山洞，不但完成了外部和内部的水泥注浆等工作，而且把碎石、建筑废料都运走了。小山洞完工那天，米留金带来一群领导人，其中有铁路上的首长、总工程师等一些人。米留金讲话时说道：“这些我们经常取笑叫做‘发赞’或‘基代岳茨’‘伙计’的东方工人们，一贯表现是好的，在呼米渔场出名的有辽瓦生产队，在冰路上出名的又有辽瓦生产队，只要在他率领下无坚不克，吃苦耐劳，忍饥受冻，从无怨言。这些“泽克”不愧是工人阶级政党改造、教育出来的新一代建设者。特别是在冰路工程中，”这时他特别加重了“冰路工程”这句话，“辽瓦生产队，在我的直接领导下，”他特别加重了“我的直接”这几个字，并且又重复了一遍：“在我的直接领导下，关心与爱护下，他们克服冰雪阻隔，救出十五辆大卡车，救出几百人的生命！”他又特别加重了“几百人的生命”几个字，“‘基代岳茨’辽瓦，咱们可爱的辽瓦，却宁愿牺牲自己，冻死不下火线！冻死不下火线的有几个人呀？为了他的功绩，给他和他的队员们减刑九十天！这次又立功了，再给他们减刑九十天！并对他们出色的劳动，提前完成修建任务，作为好榜样，劳改总队将特别予以物质奖励：肥猪一口，肉牛一头！”接着是欢呼声，掌声，并且有几位穿着很长的军大衣的头头来跟我握手，这些人显然不是“泽克”，而是真正的格伯乌的头头啊！

我们队受到表扬，大家非常高兴。我带着全队又回到山洞所在的峡谷，欣赏我们的劳动成果，品尝劳动的喜悦时，忽然传话说要紧急集合。我们跑到集合地点，管理员严厉地训斥我们：

“吆波妈的！你们到哪里去了？去看那个山洞？那个山洞与你们有什么关系？工程已移交了，你们的事完了。现在接受新的任务！组成两个一百五十人的队伍，到打渔基地包达利去开展工作。任命辽瓦为一队队长，立即出发！”

渔船停在临时码头上，拨给我们一个队三只渔船，每只船上坐五十人加上行李。我立即对劳动营长说：“渔船只能载二三十人，现在五十人再加上行李等物品，大大超重了，太危险了！”

“就是你意见多！不要自满，要记住：你不要听到奖励几句就自以为了不起！‘发赞’还是‘发赞’！‘基代岳茨’还是‘基代岳茨’！‘泽克’还是‘泽克’！你的任务是听命令，叫你们怎么干就怎么干！明白吗？你们在磨蹭什么！你看二队，早已人马齐全，这才像个劳动队伍。”劳动营长本人也是个“泽克”，但他处处表现与众不同。

“二队长，伊万诺夫！”营长叫道。

“有！”伊万诺夫看来是个典型的俄罗斯军人。他以正规的姿势跑过来，先敬礼，然后报告说：

“包达利渔场二队队长报到！来听营长的命令！”

“好！你的队伍整理好了吗？再检查一下，立即先开船，前往包达利！”

“是！是！我们已准备齐备，可以立即开船，前往包达利！”

每只船坐上五十人，加上行李，船的吃水已大大超过限度，水面距船舷只有二十公分，就是不遇风浪，也有翻船的危险。

“营长！报告营长！你看船舷离水面只有二十公分，太危险了！”我报告说。

“猫里气！少废话！就你事多，奖励你们几句，看把你们娇气的！不是还奖给肥猪一口，大牛一头吗？你们都吃得太饱了！”营长喊道。

“队长，少管闲事！他不会听你的，叫他们先去试试吧！”一位叫菲佳的俄国渔民说。

“不行就是不行！这不是拿人命开玩笑吗？”伊格尔站了出来，他是二队的副队长。

“伊格尔！你这小子，就知道拍‘基代岳茨’的马屁！辽瓦差一点一刀把你捅死！”一个小‘施卡拉’嘲笑说，惹得营长和伊万诺夫都大笑起来。

第二队开走了。我叫一队的人把重东西装在船的下部，轻的放在上面，大衣披在身上不要扣扣子，遇险时便于脱下游泳。然后又问清楚谁会游泳，谁不会，安排好万一出事谁帮助谁。“行船中如果遇到水急和滩浅的地方最容易翻船。遇事不要惊慌。会水的可以先下水，不会水的人有人救援你时，不要死抓住别人的手臂，那样两个人都活不成了！”我正在布置行船的事宜时，那位营长又来了：

“浑蛋，你们这群怕死鬼，还拖什么呀？是不是等那头肥猪和那头牛啊？那是开给你们的空头支票！这种支票不知开过多少呢！开船！我命令立即开船！”

我们的船离开码头不到半小时，坐在船边的人就大声叫道：

“起风了，船倾斜得很厉害，怎么办？”

“风大浪急，还是先找个地方靠岸，避避风！不知前面二队的船怎么样？他们如果遇险我们还得去求援。游泳好的先做准备！”我这样说着，船缓缓离开中游，靠近岸边。

西北风越刮越大，黑龙江上卷起的波浪越来越高。

“又到咱们的秃尾巴老李回家过五月节的时候了呀！”李福叫道。他脱下身上多余的衣服和鞋子：“我和秃尾巴是本家子，他会认亲的。”他的话音未落，一头扎进江中。

“李福！李福！你要干什么？”我叫着。

“你们看江心那边！”我这时才发现江中漂着许多箱子、袋子，还有不少游泳的人头在攒动。

“赶紧靠岸，扔下所有的破烂。不会水的年老的有病的都下船去！我们空船去救人！快！快！”大家呼喊着。我们四五个人跳上第一只空船，我掌着舵向江心驶去。

这时，在波涛起伏的大江中，只见李福拉着一个人的头发游过来，他喊道：

“先把这个浑蛋拉上船，他总往水下拖我！真是活也不像个人样，死也不像个鬼样！说来说去黄头发蓝眼睛的老毛子，看上去膀大腰圆，其实净是些熊包！”那个被救的俄国人上了船，还在不停地吐着灌进肚子里的水。

“李福！李福！你浑蛋别自己逞能！给你救生圈和绳子，救了人叫他们抓住救生圈，我们往船上拉，不然这些吓傻了的笨蛋，会把你给活活淹死的！”船上的人喊着。紧接着又有几个人跳下水去，帮助李福救人。

我们的第二只、第三只船也划到江心了，已经让水冲走的人是追不上了。后来的落水者绝大多数得救了。我们在岸边点起火堆烤干衣服，烧了开水。人们用木棍插着冷面包在火上烤着，细细地品味着生命的意义！大家都在骂着营长不听劝告，拿大家的生命开玩笑。这时那位叫做伊万诺夫的队长，坐在那里一言不发。

“伊万诺夫！你怎么没话了？你不是会像个军人似的听指挥吗？你说吧！人家一队一百五十人和东西都没有损失！我们呢，破烂丢光了算我们命苦！可是淹死的那五十多个弟兄怎么说呢？是谁送了他们的命？你说吧！他们家里都有爹娘和老婆孩子的！你这个王八蛋，充积极，拿人命换荣誉。你说吧，我们应该怎样处置你呢？多亏李福这个小吗啡鬼给了你这个绳头救了你一命。好，你说吧！怎么办？是你自己跳进黑龙江里去，还是我们大家把你扔进去？”

伊万诺夫全身哆嗦着，口吃地说：“我该死，该死！大家说怎么办，我都接受！”

大家沉默着，愤怒地看着伊万诺夫。

“浑蛋李福！李福！你也跟这条狗一起跳江！叫你救人，你却把狗救上来了！我们的命差一点儿死在他手里。李福！李福他逃到哪里去了？”人们喊着。

“李福来了！领罪来了！”李福从小树林中跑了出来，手里挥动着草把，“我救人命二十条，有功吧？救出一条该死的狗，有罪吧？那么将功补过，你们还欠我十九条人命呢！”他又看了看伊万诺夫说：“你还不给大家跪下请罪。我还为你采了把荨麻草来犒赏你呢！”

“跪下！扒下衣服来！用荨麻抽死他，再把他的尸首扔到江里！这种坏蛋留下也是祸害！”人们喊着。

我坐在火堆边，突然发生的如此惨痛的事情让我的心情十分沉重。面对悲伤愤怒沮丧的“泽克”们，我心里真不知如何是好：不处置这个伊万诺夫吧？大家通不过。把他弄死了，又是犯法，又有什么好处呢？现在我要说不准淹死他，一定会有人立即把他扔到江里。如果我说不要打死他，那么多人正在扒他的衣服。叫我怎么办呢？我默默地坐着，不做声。喊叫的愤怒的人们逐渐地安静了，他们都看着我，意思是叫我作决定。如果退回去二三年，我一定会说把他扔到江里淹死！可最近这两年经历的事太多了，我知道人死了是再也不会复生了。活着就是希望，就有希望！死了，完了，什么是非没有了，也没有什么好坏了！因为，是非好坏都属于活着的人！

“好吧！你们不必为难了，也不要再让辽瓦为难了！我自己处置我自己，为五十多人的死亡赔罪！”伊万诺夫站起来，走向江边。他真的要投江自尽了！

人们的心是多么善良啊！立刻大家把愤怒变成怜悯。虽然没有人去用手拉住他，却站在他的前边，挡住了他投江的去路。有的站在岸边，有的站在水里，时间一分钟一分钟的过去，双方僵持着，都不退步。本来已是从死亡线上回来的人们，又在同死亡作着斗争。

“我看他认罪了！其实过错在营长那里，伊万只是想出个风头，买个好罢了！伊万也是个有老婆和孩子的人，还有位老母亲！他死了，一家人将来谁照看呀！”伊格尔叫道。

“我有个建议，叫他脱光了站在树下，每人抽一下，谁不解恨就多抽他几下，用荨麻草抽！叫他从今往后记住：人命关天！众怒难抗！”李福说。

伊万诺夫走回来，脱光了衣服，准备挨荨麻鞭打。但是每个走过去的人都学着我的做法，向他唾了一口，说：

“今后学着当个人吧！”

上级劳动营知道了我们遇难的情况以后，派来了调查组；营长已交给法院审处，给我们派来了一只载货船，把我们送到了包达利渔场。

包达利渔场建在小山环抱的包达利湖泊旁。据说过去这里是硒硒茨族人的小渔村。以后这里建了渔场，又成为供应修筑铁路器材的码头，把土著也迁走了。包达利湖的面积比呼米大得多，有十几公里长，四五公里宽。我们搭起临时的大帐篷，两个队的人分住在四个帐篷里。这里除了生活条件艰苦外，最令人头疼的是这里的蚊子多得惊人。傍晚的时候，结成雾状的蚊群，嗡嗡叫着，在头顶上盘旋着，叮咬你露在外面的部分。尽管你用树枝不停地驱赶，它们不但不怕，还会成团地袭击你。晚上大伙不敢钻到帐篷里挨咬，只好坐在火堆旁，烟和火可以帮助驱赶蚊虫。

第二天，除了留下少数的后勤人员外，开始下湖捕鱼了。我们这些“泽克”们为了生活下去，只有打渔，有了鱼我们就会有一切。面包会多发些，油、糖、烟等也会发给些。劳动营的生活是严格按照“不劳动不得食，多劳多得”的原则办事的。

第一天打渔不算顺利，打了几百公斤的胖头马克松。大家吃饱了，有了精神。下面一步我们必须一面捕鱼，一面摸清包达利湖的水文情况，鱼的种类和数量，只有掌握了这些情况，才能制订出秋季捕鱼和冬季捕鱼的计划。我们逐步摸清了，这里与呼米湖的情况十分类似。这里南岸地势比较低，夏天雨季或山洪暴发时经常是湖水与黑龙江水连成一片。秋季，江水水位降低，要阻止湖里的鱼群游回黑龙江，就需要采取重大措施。采取的措施有两个，一是加高南岸的高度，也就是说要在长一公里的岸边筑堤。第二个办法是，在这一公里的岸边打桩挂上铁丝网，以防秋季时鱼群逃回江里，但夏季必须撤下铁丝网，叫鱼群进到湖里生养和繁殖。另外，包达利湖有个很狭窄的出口，两岸土质坚硬，这里是高台架网捕鱼的好地方。

包达利湖水草确实很丰盛，鱼群也很多。我们的打鱼队在湖中的浅水区行进时，忽然发现眼前的湖水泛起激动的波纹来，有些鲤鱼和胖头鱼跳出水面。我们正在准备下网时，鱼群像下雨似的往船上跳跃，一下子就弄到几吨胖头马克松。以后又在这里围网拉上来十几吨。这批鱼送到呼米渔场，消息传到共青团城，我们的头头米留金立即坐着小汽艇来了，还带来了五名专家。他们用汽艇带上我和伊格尔巡视了湖区。我们把初步考察的结果和渔场的设计方案向他们作了汇报。专家也把我们的草图照抄一份拿走了。临别时，他们对我们在南岸低洼地带筑堤或打桩的建议持否定态度。米留金和专家都认为工程太大，不值得这样干。再则秋季水落岸高了，鱼从那里跑不了，还是在湖口处打桩设网，作冬季高架捕鱼和冬季冰下捕鱼的准备工作为好。我和伊格尔仍然坚持我们的意见，我们说："如果秋季鱼都从湖里回到江里了，在湖出口打桩设网等于白费。"

"你们懂什么？你们打过几年渔？你'基代岳茨'到咱们阿木尔江以后才第一次见到胖头马克松和鲤鱼吧？你们的任务是服从命令！叫你们怎样干，就怎样干。你们是犯人，当然喽，我们几个也是犯人，犯人就是犯人！要服从命令听指挥，上面按计划指挥我们，我们按计划指挥你们，这就是一切！明白吗？两位队长先生？"他连说带嘲笑，否定了我们的意见。

伊格尔不服气地说：

"如果上边的计划是个主观想出来的违反实际情况的计划呢？再如果这计划是有人故意破坏社会主义建设呢？"

"伊格尔队长！闭上你的狗嘴！你要造反吗？你为什么毫无根

据地胡说八道？如果下次再这样，我撤你的职，把你弄回共青团城总部蹲禁闭！明白吗？不要给你脸，你偏不要脸，忘掉你自己是个‘泽克’了？”

“首长！我不会忘掉！我想任何‘泽克’，不论他地位有多高还是‘泽克’，咱们都不要忘乎所以！”

“好吧！你们的意见我们再仔细研究一下！”一位老专家圆了场，才算把这场争论结束了。

秋天到了。河口打桩的工程也完工了。我和伊格尔私下商量，看守好南岸低地，不让湖鱼跑掉。紧接着下了几场秋雨，山洪暴发，湖岸被水淹没与大江连成一片。一天半夜里，伊格尔把我叫醒。他说：“我刚从南岸回来，情况有些不妙！那浅水区水纹波动很大，有许多鲤鱼和胖头跳出水面。我们是不是叫起大家，试打几网，看看情况！”

我们当即把所有打鱼的人们叫起来，驾着六只船，分成六个小区在南岸浅水区撒网。这一夜的收获是很大的，满载而归。而在湖出口的高台捕鱼区却捕了很少的鱼。

“糟了！糟了！”伊格尔在宿舍里大叫着。伊万诺夫也在跺脚说：“完了！完了！一年白干了！减刑泡汤了！冬季等着挨饿吧！”

“伊万诺夫！你赶快给共青团城劳改总部的米留金打电话，报告紧急情况！”伊格尔说，“这次又是你出风头的时候了！”

电话打通了，伊万诺夫挨了米留金的帮办一顿臭骂。

“你算什么东西，半宿半夜给首长打电话！鱼跑了，你们下水抓呀！给首长打电话干什么？“

“阿喽！阿喽！我说不清楚！叫‘基代岳茨’辽瓦跟你说吧！”伊万诺夫把电话交给了我。

“‘发赞’！你有什么屁快放！”

“浑蛋！你叫什么名字？我们要控告你和首长有组织、有计划地破坏包达利渔场！你叫什么名字？你说，为什么你不把米留金那个老浑蛋叫起来？”

隔了一会儿，米留金接了电话。他不耐烦地说：“你有话快讲！

说吧！什么事？”

“包达利南岸被江水淹没，湖鱼大批逃到江里去了！”

“你是怎么知道的？”

“我们捕到了几十吨鱼！在南岸浅水区。”

“啊？真有这种事？那高台捕鱼的结果呢？”

“什么也没有捕到。”我把电话放下了。

这年秋季的包达利不是捕鱼，而是捕人。先是捕了伊格尔和伊万诺夫，以后又捕了李福。问题很简单，是要通过他们的嘴，来收集日本特务“基代岳茨”辽瓦是如何破坏渔场的。可是这些人都说了实话，并且拿出我们最初的考察结果和设计方案，以及米留金带专家来时大家谈的看法。后来米留金亲自出马，他到包达利把我拘禁起来，说我和伊万诺夫等人勾结，放水破坏包达利湖的堤岸等。他当着全体“泽克”宣布这些“事实”以后，叫大家检举发言。但出乎他意料的是竟没有一个人发言，大家沉默不语。最后一位老渔民说话了：“我知道一件破坏渔场的大案子！把我们一百五十人连带行李装上小渔船，结果淹死了五十多人！我的命是‘基代岳茨’救的！”

紧接着是一片哄叫声：“放出辽瓦！他没有罪！他没有罪！有罪的是你们那些专家！”

包达利的守卫队长也出场了，本来叫他镇压“泽克暴动”，但他也表示：

“淹死五十名‘泽克’是个大事故。一定是有破坏嫌疑犯，但不在这里，而是在总部那里！”

以后我们的命运是每天吃二百克面包，今天关禁闭，几天后又放出来，隔几天又关起来，没完没了地审查。最后来了一个巡回法庭，是从伯力来的。

法庭的判决是：“‘泽克’米留金原为反革命组织的首领，被捕改造后仍继续反革命破坏活动，致使包达利渔场遭受巨大损失。为了激起‘泽克’不满，制造惨案淹死‘泽克’五十二人。经检察员调查取证无误，罪犯也承认部分所犯罪行，依法判处死刑。同谋犯渔业专家某某、某某，包达利渔场营长某某，各判处十年徒刑，与以前犯罪刑期合并计算。过去对他们的减刑一律作废……”

最后大家心里清楚：米留金和专家们被判刑，也只是用来堵住人们的议论和死难者家属的嘴。更重要的是要“泽克”们提高警惕：破坏分子、暗害分子就在你身边！对谁也不要轻易信任，对人的行为不论对错都要加个问号！在那个非常时期，“提高警惕”这根棍子，是没有人不怕的！

十九　伯力递解站

由于包达利渔场的失败，致使我们这些“泽克”在这年的秋冬生活过得很惨。好在老天给了我们一条出路，我们渔场附近的仓库发生了鼠灾！野外的耗子纷纷搬进码头上存放面粉的粮库，从大堆的面袋缝隙里钻到里面做窝。它们在那里吃面粉，生育后代。在冬季到来前由于要往铁路工地发送粮食，才发现几乎所有的面袋都被糟蹋得一塌糊涂。因此动员了住在就近的“泽克”们来干这种臭气难闻的清理工作。能吃的面粉重新装袋运走了，余下的掺有老鼠粪便、死耗子和泥土的面粉交给“泽克”们处理。人在挨饿的时候，只要达到极限，人会吃人，人会吃耗子，当然也可以吃掺杂老鼠死尸、粪便的“面粉”。方法还得靠“基代岳茨”来想。因为中国人不但有五千年值得骄傲的文明史，而且有与文明紧密联系在一起的求生本领。

“谁说这些东西不能吃，这比吃野菜好多了！想法吃下去，吃饱才能活过来！”

我们终于想出了办法。先是过筛子，把成块的坏东西筛出去，然后像东北老家做澄沙那样，用水把筛出来的东西搅拌得稀稀的，再用粗眼纱布过滤，然后沉淀，把脏水从上面抽出去，脏东西沉淀在铺在底下的细铁丝网上。再把中间的稀稀的面粉溶液放进一个大槽子里，叫它再沉淀。这项工作虽然很麻烦，工作量也很大，但是为了生存，这是唯一的选择。我们终于弄出了比较干净的面粉，烤成发面饼，填补了冬季每人每天只给五百克面包的饥饿的肚子。

在这个严峻的冬季，我接到了两封带来温暖的信。一封是瓦莉娅从新西伯利亚的布洛高坡煤矿寄来的。她们母女现在煤矿干活，生活还过得去。隋老爹也有了消息，他被送到索洛维茨基岛，在一修道院旧址的劳动营里干苦工。另一封信是菲基索夫和洛孜寄来的。问我何时能获得释放，并且嘱咐我释放后立即到他们那里去作客。

在一九三五年的三月间，所有在共青团城的上千名中国“泽克”被装上载重的大汽车。在凛冽的寒风中我们被又一次送到伯力近郊的递解站。一路上的看守是很严的，这和以往大不相同。这几年在共青团城的劳改营中，所有“泽克”都在做修路、伐木、打渔、运输等户外工作。绝大多数是无人看守的，都是组成营、连、队，自己选出领导干部，按上级的计划和指示干活。在那里除了太阿森林，就是纵横交错的大河小溪和沼泽地带，是无处可跑的，即使跑出去，也找不到吃食。就是跑出去，不久也会被抓回来。因为在所有的要路上都设有很严密的关卡。俄国人从沙俄时期直到革命成功后，对于发配囚犯到西伯利亚和远东是很有经验的，随着时代的变迁总结和完善了一套有效的办法。

这次来到伯力近郊的递解站，发现这里只有一个大帐篷住着少年犯和犯有三十五条的黑社会流氓，其余的几个帐篷住的都是中国人，好像这个递解站是专为集中中国人用的。这里的中国老乡告诉了我们许多新的消息。他们说在远东几个大城市和一些村镇和矿区，都大批地捉拿华侨。最初还加上“五九九”、“五八六”等罪名，后来就以“越境犯”、“间谍嫌疑犯”、“走私嫌疑犯”、“倒卖黄金外币嫌疑犯”、“投机商嫌疑犯”等罪名拘捕。即没有引用刑法典任何条款，也不经过审问、拘捕等手续。民警、内务部队有时夜袭华侨住宅，把家里的男人抓走直接送到拘留所，再成批地送到递解站。有时则是在市场上只要见到黑头发、黄皮肤的中国人、高丽人就像打围一样抓走。有的只问问姓名，填张表，扣上个罪名，判上三到五年甚至十年劳改。

另一个叫人不解的是，那些从莫斯科派到远东作党、政和格伯乌工作的，给边防民警、内务部门当翻译的，都先后失踪。著名的人物多半直接送到北极圈内的新地岛、沃尔库塔、索洛维茨基，他们的罪名除有前案所谓托匪、布哈林匪帮，又加上与“五八六”“五九九”罪行连在一起的日本特务、国民党特务等；有的则直接给了“坡施”（间谍嫌疑）；他们的刑期多半是五年、十年不等。

还有令人不解的是，过去常与华侨、高丽人等有关系的俄国人，以及那些早已加入苏联国籍的朝鲜人学者、教师、文艺工作者也都先后失踪了。在远东已经公开进行着史无前例的不为外人所知的排华活动。在远东的一些城市里的老华侨，有的被迫移居到中亚细亚。在新西伯利亚市，几十家华侨就动员带着老婆孩子去中亚，到了民警办公室以后，妇女和孩子们被安排上楼去休息，男人们则在楼下等待。楼上的妇女和孩子等了许久没有听到楼下面的动静，下楼一看，所有的中国男人早已被无声无息地弄走了。他们被送到正需要“泽克”的卡里干达、包拉哈什、矛音特等地。他们的财物被没收了，房屋被没收了，弄得家败人亡，妻离子散。

我们来到这个递解站之后，先来的华侨“泽克”就警告说：“这个地方的流氓小偷很多，简直和红胡子一样。出去上工时，千万留下身强力壮的人看家，否则你们的东西就会被抢光。”我们照办了，留下了几位强壮的打过游击和当过胡子的小伙子看家。在我们去干活不久，真的来了十几个施卡拉，他们进宿舍以后就登床上铺抢东西。留下的那几个人用早已准备好的棍棒把他们打走了。随后又来了几十个小施卡拉，每人手里拿着木棍铁棍，用最难听的话骂人、挑衅。凡是在远东久已形成的骂中国人的最难听的词儿都用上了。留守的几位小伙子紧把着门，进来一个打出去一个。正打得起劲的时候，我们许多人从工地回来了，于是初次交锋开始了。他们用尽了骂人的话，我们也使尽了打人的手段，最后还是我们胜利了。但是在开午饭时，派到食堂领集体饭菜的六个人，却遭到抢劫和殴打。大家想要拿上棍棒去找小偷拼命，最后一些有经验的人出了好主意；选派几个人去找递解站站长请求保护，如果他们拒绝或无力保护，我们再提出来要求自卫。大家选了三名代表，并叫我带头。因为我算是个老“泽克”，又会讲俄国话。

递解站站长接见了我们三个人。这是个年近四十岁的俄罗斯人。当他听完我们的控诉后，只耸耸肩膀说：

“我有什么办法？我还不是和你们一样！我的东西他们都敢抢，管理人员他们也敢打。他们都是少年犯，小的只有八九岁，大的也不过十四五岁。他们天不怕，地不怕！他们背后有大流氓操纵着。小流氓还是些孩子，不能判刑，不能给他们戴刑具，更不可能动用警卫力量！你们还是加强防范，不要和他们正面冲突。好在你们在这里住不了多久就会被调走的。”

正在这位站长说服我们的时候，进来一位穿着白大褂的妇女。她头发乱披在肩上，脸上淌着血，衣服也被撕碎了。她痛哭流涕地说：

“我遭到了侮辱！扒裤子，轮奸，殴打！我请求保护！否则我只有去死！派我到这个递解站来，说是给孩子们治病的，但却遭到他们禽兽般的侮辱！我控告！我用生命向党和政府控告这些畜牲们！”

站长不停地耸动着肩膀，深皱着眉头。半天他对那位医生说：“医生！您先坐下，有事慢慢说。您看这三位中国人，也是来告状的！这群小流氓无法无天，什么也不怕！我去过他们的宿舍，他们把下铺的木板都拆下来烧火取暖，谁进去制止，他们就从上铺往下泼开水，泼尿，掷砖头！您来报到的时候我就对您说过，不要单人独身去那个宿舍，也怪我没和您详细讲清楚！”站长不停地向这位女医生道歉。

“事情是这样，我刚从食堂检查卫生走出来，一个八九岁的孩子过来说：‘妈妈奇卡！求求您到我们宿舍给小哥哥看看病！他忽然发烧，说胡话，喊爸爸叫妈妈，太可怜了！’我跟他走进那个地狱，哎呀！我正像个傻子似的问：‘病人在哪里？’可在二层铺上站着十来个孩子，光着腚，面对着我叫喊着：‘过来看看我们的家伙中不中意！’我刚要转身出去，门口不知什么时候已站了十五六个小伙子！他们动手撕扯我的衣服，开始打我……遭到难以想象的侮辱！”女医生泣不成声。

我们听了女医生的话，心里更是火上浇油：

“请保护我们！我们虽然是囚犯，可我们也是人，要像人一样活着！如果没有人能保护我们时，我们只有自卫！不过站长您对后果也应当为我们承担一些责任吧？不要在出现不幸的结果时，再给我们每人一个十年啊！我们来了三个人，还有这位医生，都在听您的指示！我们能，还是不能自卫？如果一群小流氓或大流氓在官方纵容下不叫我们好好活下去，您说，我们是集体逃跑，集体绝食，集体上诉，还是集体横在伯力的街道上向人民求援？”

这位首长又耸耸肩膀：“所有这些，做不做，如何做，是你们自己的事情，不用我这个首长批准！我充其量也同样是与你们吃一锅饭的‘泽克’！”

“啊！小伙子们，个个像个男子汉！是的，应该教训他们！但是不要闹出人命来呀！”那位医生非常镇静地、充满信任地看着我们，并且把手伸给我们：“在需要医生帮助时，我随时准备服务！”

这时那位文明的有教养的无能为力的首长又在不停地耸动着他的肩膀，脸上露出了啼笑皆非的、惧怕什么灾祸降临的无可奈何的神色。

晚餐之后，所有的“基代岳茨”都集合在一起，听了我们与首长的谈判经过，大家一致同意在不打死人、不使人受重伤的情况下，准备自卫战斗。

在我们走后，害怕出事的站长把几个大流氓头儿找到办公室，嘱咐他们不要闹事，不要欺负女大夫，不要欺负“基代岳茨”等。因此，在以后的两天里，是相对平静的。在这期间我们开始了武器的准备工作。每次出工回来，我们都把砖头、石块、钢筋、木棍等藏在衣下，带回宿舍。另一方面，我们也有计划地布置了战场。在宿舍入口处的铁炉子上烧了两大桶开水，并派了四个人专管这两大桶开水，有必要时往流氓身上浇。

在上层铺上，我们布置了手持木棒、铁棍的打手，和一些把石块、砖头藏在行李下面随时准备进行远距离攻打敌人的“射手”。

在下层铺，我们把所有的灯光取掉，把衣物、行李堆成防卫工事，在工事后面隐藏着主要的打手——二十位大罗汉！

一切都布置好了，敌人也送上门来了。看来他们也是有准备的。第一批进来的是十几个十五六岁的壮小伙子！他们高叫着：

“‘基代岳茨’——‘伙计’——‘发赞’——‘施必翁’！我们是来教训你们的。快把你们的破烂都拿出来，交给我们！不然，我们活扒你们的皮！你们这些浑蛋有什么了不起，还不是让小日本打得连滚带爬地跑到我们这里找吃的！”然后他们十几个人轮流地用“吆波”这个动词与中国人的祖宗、父母、儿女、姊妹等联结起来！然后又是各种各样的与民族联系起来的“吆波”！最后则是指点着坐在二层铺上的每个人的脑袋、鼻子、眼睛以至所有的器官，“吆波”个没完。他们的挑衅没有得到回答。开始有几个小子往二层铺上爬。有一个刚刚爬上来，就被一脚踢下去。摔得不住地号叫。也就在这时，忽地从外面冲进来四五十个大大小小的流氓，有的拿着棍子，有的挥动着匕首。

“快把你们的破烂都拿出来，不然把你们的生殖器，你们的舌头，你们的脚丫子，你们的脑袋，都割下来拿去喂狗！”

他们往二层铺上爬，往一层铺里钻。忽然大家愤怒地喊道：

“打！打！打！狠狠打！打那个带头的！岁数大的！打断他们的大腿、胳臂！打！打！”

砖头、石块砸向集中在宿舍中间过道的大群施卡拉身上。他们抱着头往外跑。站在紧靠门口二层铺上的四位突击手，用茶缸取出桶里的开水往下泼。这一着是最厉害的。开水一旦浇到光头上，就听到一片哭叫声。

“打！打！用棒子狠狠打！别打头，打肩膀！打胳膊！打！打！打！”在二层铺上的棒子队抡起棍子自上而下的开始反击。虽然不准打头，但是站在铺下的那些流氓首先挨打的还是脑袋。门被堵住了，那里在浇开水，只有往下层铺的底下钻了。许多小流氓钻进铺板下面，他们是只顾保护头，却把屁股露在外面。这时潜伏在一层铺里的大罗汉队出场了。他们抡起棍子狠狠地打呀！这次是认真地执行了不打死人的决定的。受伤的小流氓大腿和屁股流着血。他们喊着：

“‘基代岳茨’老爷们，饶了我们的狗命吧！我们再也不敢惹你们了！饶命啊！我们的好朋友，好老爷，好祖宗，好先人！饶命啊！”

“现在你们趴在地上‘吆波’吧！非把你们都打死在这里！”不知是谁喊叫着，举起大棍向一位流氓头子的肩上打去，他手中明晃晃的匕首落在地上。当他挣扎着要去拾匕首时，他的另一只手刚好放在一层铺板边上。我听到啪啪的两声响，随着飞溅起血花来，一条胳臂被打断了，连在臂上的手指、手掌流着血，低垂下来。他像一摊烂泥一样倒下了。

当我们的帐篷里发生大战时，其他几个帐篷里的中国人、高丽人都拥出来，拿着棍子来支援，但他们被站在我们帐篷外面的守卫兵们挡回去了。

“不准进去！战争快结束了！你们走吧！巴绍啦！巴绍啦！”

躲在铺底下的小流氓们，想办法从下面割开篷布爬走了，在地上留下一行行的血渍！

这场大战的结果首先是为女医生报了仇，雪了恨。她向我们致谢时说：

“谢谢中国兄弟！替我们俄罗斯教育了后代，教训了这群小流氓！”然后她又说，“虽然一个大头目的手被打断了，另一个头目的眼打瞎了，烫伤了二十来个人，但都没有生命危险！”显然她是在安慰我们。

第二天早晨，我们打扫完战场，把石头、砖块、棍棒都扔出去了，地也清扫了。递解站的站长来了。他看着我们不停地耸动肩膀，终于说出了自己的意见：

“教训一下这些无法无天的小坏蛋是应该的。但流血太多了，太狠心了呀！”

二十　卡里干达奇遇

我们在伯力的递解站只住了两个星期，就被装进运牲口的棚车送往中亚的卡里干达。棚车里没有铺位，大家睡在肮脏的、满是牲畜粪便气味的地板上。天气还比较冷，大家挤在一起盖上大衣，天天躺着睡大觉。这种运牲口的货车，必须让所有定点客货车先行，本来只需要四五天的路程，却走走停停磨蹭了十几天。

到了卡里干达，我们一部分人被分配到工业园艺中心去干活。先是脱制土坯，盖简易的住所。在这期间，大家住在露天地里，没有帐篷也没有可避风的地方。好在这里是中亚，天气是风多雨少，气候干燥，白天热，晚上凉，在露天地里是可以对付过去的。经过一个多月，我们盖起的土坯房子却没有住上。因为有些移民到了这里，他们有家属有孩子，只好转给他们。后来为了避风寒，只好在坚实的中亚黄土地上，挖掘地窖栖身。这种地窖很像埋葬死人的坟坑，有两米多宽、十二米长，晚上大家进到坑里，人挨人躺下，然后在坑上盖上苇廉子来挡风寒。每个这样的坑里住十几个人，总有人夜间起来便溺，互相干扰，因此有时睡到半夜，打起架来。好在住在一起的没有外国人，都是自己的老乡，话是可以讲通的。起初，都是中国人住在一起颇有一种亲切的像回到祖国的感觉，但住的日子久了，中国人的老毛病犯了：只要没有外敌，很快就闹起内乱来。他们把帮会、同乡、同宗、同学等关系利用起来，搞成了三五成群的小集团，互相闹摩擦，互相造谣，互相指责。有些人没有活干，专门搬弄是非。

人的生活总是悲喜交错，好坏交织在一起的。在我正在为自己的同胞不和闹内乱伤脑筋时，却突然遇见了长期怀念的亲人！我带着十几个瓦工去给新来的移民修漏雨的房子时，走出来迎接我们的却是一位白发的慈祥的老妈妈。

"辽瓦！辽瓦！是你吗？我不是做梦吧？"原来她就是我日夜想念的索妮娅妈妈。

"索妮娅妈妈！你怎么搬到这里来了？真没想到我们会在这里见面！"

"来，到屋里坐下我们慢慢谈吧！"

我们走进屋里。这是一座简陋的土坯房子，但布置得却很朴素，优雅。我刚坐下，索妮娅已从橱柜里拿出来面包、果子酱、熟牛肉。

"你放开肚皮吃吧！我现在的日子好过了！"

我吃着东西，喝着茶，听她叙述她来到中亚的原因。同时她也讲了她一生的不幸遭遇。

"在远东集中营的时候，我的丈夫宣布和我离婚，理由是他不能与我这个现行反革命犯在一起生活。其实他早已和另外的女人同居了。我唯一的儿子也和我断绝了联系。他不愿因为有个反革命的母亲毁了他的前途！"

"什么？你是反革命，是五十八条吗？"

"是啊！奇怪吗？因为那时候普遍供应不好，有些当权的人又肥吃肥喝，我和朋友谈论腐败现象时，曾指名骂过一些人，像当时的州委书记等人。这事叫我的好朋友和同事传出去了，就被认为是进行反革命宣传。我们被抓进监狱。有的判了三年，我被判处五年！因为在劳动营表现好，减了刑，提前释放了。我不愿在原来的地方继续生活下去，报名来到中亚。这个园艺中心聘请我做总农艺师，还给了我这套房子。”她滔滔不绝地说着，几乎不让我插话。她由于兴奋，眼睛那么明亮。她激动地一次又一次地拥抱我，吻我。忽然她竟委屈得像个小姑娘似的哭了。

“辽瓦，你知道在远东我一看见你，就产生了一种特殊的情感！觉得你是一个善良、温和、有修养的孩子。如果我的儿子像你一样该多好啊！”她默默地看着我，用手抚摸我的手、我的肩膀、我的头发。

当天晚上我们很高兴地分手了。以后她经常来看我。后来她成立了一个蔬菜队，在中国人中挑出五十个人到她那里去干活。从此我带领这个队便在索妮娅妈妈的指导下工作。我们干得很出色，得到了管理人员的表扬，当然也引起了一些人的嫉妒。有些人当着索妮娅妈妈的面议论她，故意让她听见，说她老不要脸，把一个“五八六泽克”认作儿子，勾引他，与她私通。她听到这些不但没有发脾气，反而哈哈大笑。

“世界上还从来没有那样的傻子，肯用儿子来换情人的！即便我是那种女人，难道辽瓦是那种男子汉吗？他尊重我像母亲，我爱他像儿子，这有什么好奇怪的？”

“你们不知底细还是少胡说吧！他的未婚妻是我的外甥女，名叫瓦莉娅。现在住在新西伯利亚的布洛高坡矿区。等我收完了这季蔬菜，还要到那里去看看姐姐和外甥女。”

不久，索妮娅真的请假到新西伯利亚去了。出乎我的意料是，她回来时竟把瓦莉娅带来探我。这件事立即在劳动营里引起了轰动。

“隋老爹的女儿来了，来看她的未婚夫辽瓦来了！”

瓦莉娅来后住在索妮娅家里，中国老乡中间有许多人是隋老爹的朋友，知道她来了，都跑去看望她。

瓦莉娅来了我非常高兴。在异域他乡，在艰苦的劳改队里，谁有我这样的好运气，能有个心上人来看望啊！我们想尽办法，每天可以在索妮娅家里见一次面，时间不超过半个小时。虽然索妮娅可以利用各种机会叫我去她那里，以谈生产布置等问题为名，给我和瓦莉娅会面的时间，但按照劳动营的规矩，早晚点名必须在场，否则便以逃跑论罪。晚点名后，不能再出劳改住所。早饭后必须出工，不能请假。所以我每次与瓦莉娅的会面时间十分宝贵。她向我诉说了他们母女两人的一些遭遇，我也向她谈了我今后的打算，刑满释放后立即回中国去抗日。她跟我讲了许多关于索洛维茨基劳动营的情况。据从那里出来的人讲，那里是白党的天下，实行的是白色恐怖！那里许多上层的管理人员都是些与共产党有血仇的白党军官和黑社会流氓头子。有一位中国人，是个有名的人物，叫什么……道夫斯基，他穿了一双很好的皮靴，叫管理人员看上了，要他的靴子他没有给。这个管理人员罚他扛一块大木板，送到一个建筑在高坡上的修道院去。木板上写了一行粉笔字，限定某时某刻送到。这个"泽克"先是在雪地上走，后来在雪地上爬，最后倒在雪地里。那个管理人员知道他在限定时间是到不了的，立即报告说这个"泽克"正在背着木板逃跑，要横穿冻冰的海峡。他报了案，敲起警钟，追捕逃犯。他在雪地里"追上"了逃犯，因"拒捕"逃犯已当场击毙。这位立了功的流氓，第二天就穿了那双他需要的、看中了的靴子。据说这类事情发生了很多，已引起莫斯科的重视。国外也在造谣攻击索洛维茨基是"死囚营"。我和瓦莉娅都为隋老爹在那里的境况担忧。

瓦莉娅和我详细地谈了她和母亲在新西伯利亚的生活情况。起初姨妈对他们还挺亲热，后来姨妈的两个儿子不怀好意经常对瓦莉娅动手动脚，被瓦莉娅疼打一顿，从此以后姨妈翻脸不认人，经常在饭桌上指桑骂槐。他们母女两人只好卖掉所有值钱的东西买了一所小土坯房子，妈妈在煤矿办公室当清洁工，瓦莉娅在矿上的小学教书，日子还算过得去。只是酒鬼遍地横行，夜间来敲她们的窗户，经常做些下流轻浮的动作纠缠她。我听了以后难过极了，一位革命者的一家人竟落到这样的下场。但我更怕的是与瓦莉娅的分别。

我所担心的事终于发生了。一天早点名时宣布把蔬菜园艺中心和其他队的中国人全都调到铁路建设第一线去。这时，以卡里干达为起点到包勒哈什湖岸边的铁路路基已经完成，到这条路线的中间大站矛音特已经铺上了铁轨，但是沿线的车站、供水站、机车库和车辆修理厂以及工人住宅，还没有开始动工。这下把索妮娅总农艺师费尽心血建立起来的园艺中心冲垮了！

二十一　书呆子范家撰

和瓦莉娅及索妮娅分别后，我们又坐上了那种牲口车。这次比上次更拥挤，每个人连坐着的地方都不能保证。车走走停停，因为沿路还在施工，每小时走不出三四十公里。每次停车挤得难受的“泽克”们纷纷跳下车厢，舒展腿脚，吸一口新鲜空气或在车厢外大小便。每次都被看守推搡、辱骂、殴打，有的甚至大便未完拉到裤子里。于是上了车的中国人又喊又叫，用各种最难听的话骂看守人员，骂老毛子，骂任何对面开过来的车上的乘客。连看不起“基代岳茨”的老毛子也不能不承认中国人学俄国人的流氓语言、低级下流动作并不比他们差。在“呟波”这个词下可以添上任何生物和非生物的名词。

最艰难的是饮水问题。沿路没有供水设施，不但找不到河水、井水，连沟里的脏水也找不到。“泽克”们几天几夜得不到充分的饮水，简直都要发疯了。我们派人去哀求火车司机，给我们从水箱里弄点水，来救济重病人。有好心的司机打开水龙头给一桶水，但条件是：“只许这一回，下不为例。”因为渴得要死，先是在车里咒骂，后来口渴无力，就在停车时纷纷下车躺在轨道上：“不给水喝，车轮轧死也不起来！”这一招很厉害。吆喝、殴打、威胁、枪毙都不管用。“我们就是请你们老毛子大发慈悲，把这车中国人都枪毙了吧！免得受这种只有穷党才能发明出来的‘洋罪’！”

临时车站上的工作人员，看押我们的士兵都在劝说着：

“求求你们吧！我们跟你们一样，也是又饥又渴，好几天喝不上水，为了社会主义建设嘛，总是要受些苦的！”

“扯你妈的蛋！你们又渴又饿是你们自己找的！我们可是‘泽克’，被你们半夜里登门请来的，是你们在市场上打围圈来的！你们要吃我们的肉，吃吧！要喝我们的血，喝吧！现在我们是不给水喝不起来，轧死比渴死好过！”

最后，他们答复说：“已通知下站准备好水了！有开水，有凉开水，还有吃的！快上车！”

到了下站什么也没有。大家精疲力竭，像群疯子，把火车机车围住，逼着从水箱里放些水出来，但每人只能分到一小杯水。这一杯水却引起“基代岳莰”的内乱。大家在互相打闹，抱怨，抢夺，火车又向下站开去。

在各节运牲畜车上的中国人由一致对外，变成一场内战。我发现车厢里只有一个青年人一声不响地坐在角落里。他手里拿着一本书，在专心地读着。他的嘴唇干裂了，脸像干菜叶一样枯黄。他有时把书放在膝上，双手抱着头，在沉思，嘴唇翕动着，原来他在背书。

“我的老疙瘩，你还是把那本圣经先放下吧！你不吃喝天天读那本经，自己不烦，叫别人看着也烦啊！”一位老华侨劝说着，“起先我还以为你是装个样子给人看，把你当成读书人高人一等，现在我就不懂了，大家为了一杯水打破头，你还读你那本死书！你要自杀也用不着绝食绝水啊！”

那个小伙子抬起头来笑了笑。

“老爹您知道吗，吃了干面包、咸青鱼更想喝水。喝了水就得上车下车，与其跑来跑去消耗体力得不偿失，还不如安静地坐着背书，养养神好！为争一碗水骂爹骂妈伤和气，值得吗？有骂人的唾沫还不如慢慢地咽下去，润润嗓子眼儿好！”

老大爷笑了，看着他继续读书，继续背书。

“你倒是像个真正的读书人，不像那些卖狗皮膏药的穷党们！嘴上不住地喊着‘同志’，可时时处处都警惕着阶级敌人……”

“老大爷，咱们少说点吧！等有水喝的时候，吃饱了肚子，有了劲再慢慢说吧！现在说多了对您老人家身体没有好处啊！”这个小伙子用躲避的办法来结束这个话题。

火车继续颠簸着，摇摆着，吵累了的人们一个个像死尸一样挤在一起。

“看！看！车外面堆着白菜！这回可以弄点来吃了吧？”坐在车门旁边的人指着车站上的白菜堆大声喊着。车停以后立刻随风飘进来一股腐烂的腥酸的臭味来。

“能给点，解解渴吗？”车上的“泽克”们叫着。

“不行，会中毒的！绝对不能吃！”那个年轻人放下书本叫着，急得直跺脚。

人们下了车，疯子似的抢着烂白菜；吃着，不仅仅是为了解渴，也为了填饱饥饿的肚子。

“不能吃，不能吃！会中毒的！”我也吆喝着，“中毒了，得了虎列拉，就完蛋了！还是忍耐一下吧！”

“你们懂什么？什么叫能吃！什么叫不能吃？真饿极了不但臭白菜可以吃，连死猫死狗都可以吃！吃活人的没见过，可吃死人的见得太多了！两位书呆子，你的‘资本论’上大概没有写上这一条吧？”那个老华侨一边吃一边嘲笑我们两人。他的话惹得吃了烂白菜得到满足的“泽克”们哈哈大笑。笑，是人们互相沟通的最好的办法，它叫本来敌对的人们，为一口水要拼命的人们，和解起来。那个小伙子摇摇头，笑了。我也摇摇头，无奈地笑了。

“你们不听劝告，回头泻起肚子来就晚了！”

“小老弟，这你放心好了，泻不了肚子！我们的肚子现在是空空的，像饿狗饿猪的肚子一样。它们能吃的东西，我们也一样能吃。它们不吃的东西，只要加把火煮煮，我们照样可以吃！你们二位没有吃猪狗食的经验，可我们呢，离乡背井正是为了不再吃猪狗食才跑到海参崴来！你们是例外，你们像唐僧、孙猴子一样是来西天取经的，可是在这火焰山我们却碰到一起了！成了难兄难弟！”

老华侨酸溜溜的嘲讽倒也没有什么恶意，他只是可怜我们这些来取真经的“孙猴子”和“猪八戒”而已。我们也笑了，真所谓“一笑解千愁”啊！

“小兄弟，你们也吃点烂白菜试试，保管你不会泻肚子！为什么？因为咱们肚子里没有油水可泻！如果我们脑满肠肥，吃了肯定要泻肚子！这就叫肚子里的阶级斗争！烂白菜和饿肚子本是同一阶级的好弟兄呀！咱们不是高喊：‘全世界无产者联合起来’嘛，要知道白面包、红菜汤、肥猪肉、牛肉炖土豆与烂白菜碰到一起，就要造反，闹革命……泻肚子！这就是阶级斗争啊！”他的这番对于肚子里的“阶级斗争”的分析，真是精辟，从某种意义上来说，也给我们两位书呆子上了一课。

这位在火车上新认识的小伙子叫范家撰。从此以后，他成了我终生难忘的又一个好朋友。

他原籍是安徽人，在天津念书时加入了中国共产党。九·一八事变后党组织遭到破坏，失掉组织关系，他跑到东北也没有找到党的组织关系，只好从满洲里过界到苏联——全世界无产阶级的祖国，寻找组织关系，寻找学习马列主义的机会。他越境很顺利，随后找到边防哨卡说明了自己的身份和来苏联的目的。边防当局很客气地称赞了他的革命精神，答应帮他找组织关系。没有多久，他就被送到劳动营，作为非法越境犯“坡哥”给判了三年刑，这是最轻的刑期。他抓紧时间学习马列主义，苦苦地学习俄文。后来在劳动营里遇见一位曾是东方大学学生的“泽克”，给了他一本《通俗资本论》的中文本，他就苦苦地读了起来。

我们所乘的列车终于到达了矛音特车站。所有的“泽克”住进了用土坯盖的大房子。每栋房子可以住上一百二十人。我和范家撰住在同一个二层铺上。我们把各自的面包干、食糖，还有每天领到的面包都放在一起保管，一起吃。他读书很勤奋，对自己要求很严格。他常对我说：“人们叫我们‘泽克’，但我们不应该换了个处境，换了人们对自己的称谓，就随波逐流地滑下去。我还是我，我还是共产党员，我还是中国人！只有自己坚强，自己不堕落，才能经得起打击，折磨，困苦。什么叫生活？生活就是要不断吸收新的营养，不断地学习新知识。”

范家撰有许多想法，有许多希望鼓舞着他奋斗不息，也大大鼓舞了我。只要有时间，我们就一起读那本《通俗资本论》。经常是他轻轻地清楚地庄重地读着，我坐在他身边闭上眼睛听着。每读一段以后，他谈谈自己的体会和看法，对不懂的地方绝不放过。他认真读书钻研的态度使我感到惭愧，和他相比，我浪费了许多宝贵的时间。

劳动营开始分连队了，我被任命为队长，也就是大家统称的“骆驼”。范家撰当了副队长。我们的任务是建设供水站的蓄水池，包括一个庞大的方形水池和一个很高的水塔。掘土的工程已由早期的“泽克”干完了，我们的任务一是清理平整工作，二是绑钢筋和灌注水泥。任务非常紧急，因为这条铁路近期就要通车，要运送修路器材，最关键的就是供水，要求我们必须提前完成任务。

劳动营的负责人把我和小范找去作指示。在座的除营长以外还有格伯乌特派员、铁路局工务处长等人。他们对供水的重要性说了不少，最后他们提出了对我们的要求，更确切地说是对我们带恐吓性的警告：

“因为你们‘基代岳茨’队是个出名的能干的队，才调你们来。相信你们会卖力气干好，将会受到最高奖励，直至减刑和立功释放，如果你们不好好干，把工期拖下来，就要从重处分。”

“我们保证一定干好！只是大家的体力支持不住，如果能在生活上给些照顾，每天多干几小时也是可以的。”

“这好说，只要你们能完成定额，我们一定在伙食上给以适当的补助！”

我们按工程师的图纸和具体指导，开始了捆绑钢筋骨架的工程。这种工作的定额很高，我们的连队一开始就陷入困境。这以后开始了灌注混凝土的工作。开始的时候，爬上的高度比较小，运输混凝土的路程比较近，我们竟能超额完成任务。我们除了受到各种表扬外，每人每天可以领到一公斤面包还有肉汤和鱼汤，大家干劲很足。但是随着水塔的不断增高，我们完成任务的百分比却越来越小。工人用铁锹搅拌混凝土，用抬筐沿着脚手架的狭窄梯子上上下下，工作非常吃力，而且也非常危险。有四个抬筐的人被摔伤了。最后有一天完工后，我、范家撰和监工计算连队完成定额时，竟只完成了百分之六十，大家的积极性一下子低落下来。第二天完成的就更少了。第三天大家干脆坐在那里不干了。看见监工的来了，大家喊着："大歪！大歪！快干！快干！"但是筐里装的混凝土却很少，走得很慢，两个人干不了一个人的活。小范心里很着急，他说：

"咱们俩带个头，好好干。乡亲们也许能够跟上来，不然总完不成任务，可要把大家饿垮了啊!"

"我不同意小范的意见!"李福叫道，"按现在的定额神仙也完不成啊！我倒有个想法，让我跟监工头好好谈谈，我李福露两手给你们看看!"

谁也没把李福的话当真。可是第二天完工时，监工员只走了一圈，连皮尺也没拉，就在当天完工的报告表上签了名。我们每人领了一公斤面包，而且也喝到肉汤。大家都说：

"小李福真有办法，把老毛子给说服了!"

吃饱了，工程进度加快了，还不到期限我们就提前完成了灌注任务，验收时也合格。正当我和小范百思不得其解为什么监工员给予我们如此的照顾，我被叫到工地办公室，一位格伯乌特派员说道：

"定额管理员和总监工发现你们在灌注工程中营私舞弊，谎报工程数量，多领定额面包和只供给劳动优异的'泽克'的肉汤！因此你作为队长，罚关禁闭七天!"于是不由分说，把我送到禁闭室去过夜。白天在看守的看押下，叫我打扫厕所，每天只有二百克面包和白开水。但我觉得这七天的禁闭太合算了，全连队的人每天吃饱了，而且提前完成了任务，否则后果是不堪设想的。

在我关禁闭的时候，我们的连队由小范率领去建筑机车车辆修理厂去了。那里主要是砌砖的工作，我们中间有四五个老瓦匠带头干活，定额完成得很好，生活也安定下来。一个星期下来，我从禁闭室出来，走起路来全身晃来晃去，饿得快要瘫了。老乡们把他们节约的面包、食糖送来，给我补充营养。

在我刚出禁闭室的那天半夜里，觉得有人把我推醒。屋里很黑，我问道：

“谁呀？有什么事？”

我的嘴立刻被人用手堵上了：“不要出声！”是个很耳熟的声音。我的嘴被塞进一块甜甜的糕点。我嚼着，真感到从来没有过的美味啊！第二口、第三口又填进嘴里，我迷迷糊糊的好像在做梦。

第二天天亮，我发现在我枕边放着一块用锡纸包着的半磅黄油。我正在发呆的时候，小范从上铺下来说：

“你吃吧！这是小李给你送来的。夜里我看他鬼鬼祟祟来过。他偷偷喂你吃的。把一小包东西给你留下了！”

“糟糕了！这小子又重操旧业了。小范你要跟他好好谈谈，对他进行些教育。他这个人一直生活在最底层，人很聪明，但误入歧途！如果再不学好，他这一生就完了！”

就在这以后的几天里，小范在上工的路上、晚饭后、睡觉前，跟他进行多次谈话。一天夜里，小范带着李福来了。李福突然跪在我床前，抽泣着说：“我李福不是人！不是人！”他打着自己的嘴巴，“我该死，该死！给咱们中国老乡丢人！你打我吧！你该怎么处置，就怎么处置吧！我对不起你！”

“李福，你别激动，许多事我替你慢慢说清楚！你休息去吧！”小范和蔼地拍了一下他的肩膀。

李福走了，小范紧紧地握着我的手说：

“你不要生气，也不要激动！李福是为了大家才干了件坏事。他看见大家那样苦干挨累，却天天完不成定额，天天吃不饱肚子，他心里难过。一天晚上，他从天窗爬进了大仓库里，偷了沃特加酒和一些香肠、糖果等，用这些东西偷偷收买了监工员。因此监工员才每天给我们的劳动打了一百二十分，使大家的身体没有垮下来。他现在已经知道了悔改，你也挨了罚，就算了吧！”小范长叹了一声。

“只有这样了！你跟他说：如果他再犯一次，我决心与他一起再去蹲上十年监狱。他难道不知‘八七’法令的厉害，有的人只为了半麻袋土豆或一捆羊草就判了十年啊！”小范和我紧握着手默默地坐着。

李福是山东黄县人，家里很穷。母亲给东家当牛做马最后被折磨而死。李福十七岁那年杀死了东家，从此离乡背井远走他乡。最后他跑到了苏联远东。那时的远东非常复杂，白党匪军、日本占领军、红党、游击队、中国的红胡子都在这一带活动。李福当上了“老客”，从中国这边往俄国走私各种生活用品。走私要冒很大风险，中国人发现了一个难得的机会，那就是在封江前后，开江前后的时期。那时，在黑龙江上排山倒海滚动着冰排、冰山、冰块，江上的浮冰互相冲撞，发出轰轰隆隆的巨响简直像山崩地裂一样。那些各色各样专吃越界、走私的武装，都待在窝里不出来了。“老客”们出动了。他们穿着棉衣，外面套上刷了桐油的白色雨衣、雨裤，背上几十公斤老白干，抢渡黑龙江。最初李福跟着别人走，照着别人的样子学，看准了哪块冰排比较大，便趴在上面，用长扁担拨动着顺流而下。有时漂过二三公里，有时漂过四五公里才挣扎上岸。上岸后要拼命奔跑，身上的衣服冻得比盔甲还要硬，跑起来咔咔响，只有跑出了边防警戒区域，才算安全。那时可以找个人家，给两瓶酒换些热牛奶和面包吃，烤干衣服再继续前进。到了城镇里，把带过来的东西交给窝点的“大爹”去推销，他们赚大份，卖命的人只给小份。但他绝没有想到这些窝点都是格伯乌的眼线。“老客”们一批又一批被送进了劳动营。当然李福也不例外。李福被拘留了三个月。在这期间他认识了一些强盗、小偷和流氓。他知道了世界上还有比当“老客”更好的营生：溜门、撬锁、爬墙、钻烟囱等——也就是所谓的盗窃。他出狱后不但偷窃，而且学会了吸白面，扎吗啡，他因此又添了个新外号“吗啡鬼小李”。最后他因盗窃被判了三年徒刑，作为“三十五号”罪犯送进了劳动营。劳改队强迫他戒了吸毒扎吗啡的毛病。自从和我们一大批中国人遇到一起，也逐渐改了好吃懒做胡喊乱叫的坏毛病。人们都说老毛子的劳动营害了千人万人，却救活救好了一个人——李福。李福的聪明是超人的。当我和小范一起读书时，他在旁边听着，最后他能给你背出来。一天他能认几十个字。人们都说李福，真有福，碰上了小范这样的好老师。

机车库工程进度很快。在几位老华侨瓦工的带动下，大家很快学会了砌砖、和水泥，勾砖缝。小范和李福干得最起劲，质量简直赶上老师傅了。机车库的厂房砌好之后开始了内部装修。抹墙的平面要求很严，一个新来的小监工员把卡尺横放在墙上，从上面倒下一杯水，如果水从卡尺中部漏下，他就说抹得不平，要求返工再抹。几位老工人和小范天天研究怎样才能合格，改了又改还是不行。小李福又拿出了自己的绝招。他从别人兜里掏出盒白海牌香烟，找了个机会递给了监工员。结果监工员只把卡尺放放就点头说:“好，不错，大有进步!”说实在的，大家抹灰的技术的确是提高了。

抹顶棚的工作可就没那么简单了，这件工作只有一位老华侨干过，他的眼睛已是半盲状态，大家叫他瞎老李。

天花板是用两层木板条钉成的菱形孔洞，工人站在脚手架上左手托着灰板，右手用泥抹子把灰板上的灰泥弹进菱形的方孔内，然后再抹平，压实。由于定额太高，不论怎样卖力气干，也只能完成定额的百分之二十。大家扔下工作，坐着抽烟，吵骂着。

这时一位上了年纪的政治教导员来了。他是劳动营派来了解情况的。他看见大家都坐在那里吵骂定额不合理，只有一个小伙子站在高高的脚手架上，不停地弹甩水泥，试探着抹好顶棚，弄得他满身满脸全是水泥。

“小伙子！请你停停，下来坐一会儿!”政治教导员把小范叫了下来。

随后我和小范向他介绍了大家的情况，谈了我们对定额的看法。

“定额是全国统一的，别人能完成，你们怎么会完不成呢?”

“如果在我们营里您能找到一位高手达到定额，我们情愿挨罚，挨饿!”

那位政治教导员搔了几下脑门，寻思了一会儿说：“你有意见说出来很好，我尽量反映上去。再有，我们要查一查这个定额是在什么施工条件下定出来的。”

教导员虽然也是“泽克”，但他还是很有权威的。第三天就来了个委员会，专门考察这个项目的定额。瞎老李与小范登台表演，大家一致评定干得好，干得麻利。干了两个小时，丈量计算的结果是只完成了定额的百分之二十。然后又挑了两个新手。李福和小孙，他们俩忙了半天，累得精疲力竭，几乎从脚手架上摔下来，结果完成的定额还不到百分之二十。几位委员摇摇头，定额管理员涨红了脸说不出来话。教导员沉默了半天，最后对管理定额的人说：

“你作为定额管理员，我建议你亲临现场各处看看，样样活最好自己干上几天。不然你会害死人的，把我们劳动改造人的政策完全给糟蹋了。”

结果非常好，从那天起，每人每天领到一公斤面包，也喝上了鱼汤、肉汤。

墙和顶棚完工后，开始修地面。我们要砸实一米二十公分厚的地基。砸地基的土里掺杂着砂石浮土，更严重的是掺杂着积雪。小范在施工时向监工员提出来：“土中混杂着至少有三分之一的雪，砸实以后，天气一热积雪融化，工程会出大问题的。”

监工员冷笑着说：“你忘了我是什么人了吧？我是监工，你只能听我的。再则，我也是囚犯，和你一样都是‘泽克’，当‘泽克’只需用手干活，绝对不需要用嘴提意见！叫咱们怎样干，就怎样干！天塌地陷与你我无关!”

第二天，小范写了报告给教导员，报告了地基施工过程中存在严重的隐患。

报告递上去了，没有答复。工程照旧进行着。

到了四月初的一天晚上，把我和小范又叫去蹲了拘留所。理由是我们故意往地基里掺雪，以至造成巨大损失，安装好的机器有的发生倾斜不能使用，又得设法重新安装。这个破坏事故在劳动营里宣布了，造成了很大的影响。许多“泽克”看见中国人就喊：“‘基代岳茨’破坏分子！该杀！该杀！”当大家知道小范曾提出过意见监工不听，而且打了报告给教导员，也没有答复，便横一下条心，“如果不弄清是非，绝不出工！”

这下事情就严重了。说中国“泽克”竟然敢罢工，要造反，于是把我们一百二十多人赶进了隔离营。

隔离营又给我们开了个眼界。那是个用林立的岗楼，用双层两米多高的铁丝网隔离起来的区域。这个大区域又划分成两个小区域，小山岗下是男隔离区，小山岗上是个女隔离区。男隔离区里蹲的是些越狱、打伤人、打死人、拒绝劳动、“装疯装傻”的囚犯。女隔离区里则是些不干活专门勾引男人的小野妓和一些拉皮条的老野妓，还有些天天只念经求超生的女修士。

我们一百多个中国“泽克”在早点名后排队走进了那所地狱。

在门口左右两边已经站着几十名高大粗壮的汉子，他们都是这里称王称霸的头头。我一进门就听见一位满脸大胡子的大汉叫道：“往右边去，到一号！”小范进来了，他要跟在我的后边走，那大汉却踢了他一脚，推了他一把：“往右边去，二号！”再往后是李福：“往左边，带到三号房去！”

我心想：“糟了，他们把我们分开，会一个一个扒光我们的！”

果然不出所料。我进了一号房，那是所土坯盖的破房子。人们都“堆挤”在地上，没有床，没有铺，也没有桌子、凳子。屋里很暗，我还没有辨明方向，就听见一个像公鸡叫似的不男不女的声音喊道：“把破烂放下，我们要彻底检查！你‘基代岳茨’敢吭一声，就给你放血！明白吗？这里是‘三十五条’的天地，都是‘自己的阶级弟兄’。把你的皮扒下来，扒下来！上衣、裤子都扒下来！不要发愁，伙计，我们会可怜你，给你衣服穿的。”于是一个小“施卡拉”把他那身又脏又破又小的衣服扔给我。

我们一百二十个人，都照此给收拾了。我们和这些流氓们每天被赶到山上打炮眼，装火药，炸石头。一天干到晚，只有四百克面包和一碗菜汤。

最让人感到吃惊的是隔离区的女“泽克”们，她们天天站在山坡上叫喊：“好心的小伙子们，给块面包吃吧！我以后白跟你干上三四次！”有的则疯狂地脱下衣服，光着全身进行日光浴。警卫人员叫道：“你们讲点体面，穿上衣服嘛！”但那些赤裸着身子的女人，看上去都不过二十来岁，她们已经疯了，或者已经完全失掉了人性。她们拍着自己的下身叫道：“干沃依尔！（警卫们）你摸摸自己那个物件吧，它已经把你的裤子顶破了！你装什么人模鬼样啊！你只要给我扔来两块水果糖，我和你睡一星期！只怕你小子有这个心思，没这个胆量！”那个被气得毫无办法的警卫人员呸了一口说：“你给咱们俄国人留点脸吧！你太不知羞耻了！”然后一大群女人，穿着衣服的，光着身子的，都大笑大叫起来：

“什么要脸，要羞耻？难道你们像人吗？你们是人吗？你们只是一条狗，白天站岗装个人样。你说吧，昨天晚上你钻到谁的被窝里了？呸！呸！少和老娘讲廉耻！咱们谁不了解谁呀？看吧，往这里看！这就是你要看的那个玩意儿啊！”她们用手拍着自己的下身。

谢天谢地，我们在那个地狱里只待了一个星期就被放出来了。原来小范给教导员写的报告找到了，是秘书给压下了。事情搞清楚了，不是我们的责任。但我们长时间积累的财物，像衣服、帽子、面包干、糖等都被“自己的阶级弟兄”给没收了。

我们又回到了机车车辆厂。大厂房的地面要重新返工。起重机把几部大机床运出去后，立即运来了十个大吊锤。大铁锤系在滑轮上，然后又吊在三根铁柱架起的支架上，每人一根绳子，在号子声中铁锤提起又落下，把我们亲手修的地面砸了个乌烟瘴气；然后清除了垃圾，重新砸地基，重新抹水泥，直至最后完工。

厂房完工后，我们又被调到沙场装火车。沙场距我们住地很远，大约有十公里。我们必须提前吃早饭，提前上工，晚上下工后还要走十公里的路程。

装沙子的定额大得惊人，每人每天要装十立方米沙子，也就是每三个人装一辆高边的大车皮。在我们之前，正有一个哈萨克的突击队在那里干活。装沙子的总监工是位哈萨克人，他很爱护自己的同胞，把那些靠近铁路边容易装车的地带都已分配给他们。我们到后，这个哈萨克的突击队就向我们提出挑战，如果我们能达到他们装车数量的百分之五十，就算是我们胜利。哈萨克不断地嘲笑我们："中国人——伙计——基代岳茨，走私、诈骗，个个是好手，可是装沙子就是些不满月的早产儿了！"

两个队天天互相对骂着，有时动起手来。监工的俄国人最爱看这种热闹，对他们也最有利，因为两个"民族冲突"他们必然成为裁判官了，总会从对方弄到些小收入的。

我们完不成定额，领到的面包少，吃不饱，活又重，逼着大家想办法。最后我们决定每天提前到工地，当车皮没有进入装沙土的备用线时，我们大家就拼命在路旁堆起几乎与车皮同样高的沙岭；当火车头把车皮推过来时，我们居高临下，用像簸箕一样大的铁锹把沙子迅速装上车。哈萨克们装车时是三个人装一车，我们则是十个人同时装一车，装完一车再装一车；其他的人则拼命往路旁运沙子，用大筐抬过来，再用铁锹堆积成小山；这种干法很奏效，大家喊着号子，齐心协力，那种场面有一种震撼人的威力。收工时，监工、队长都目瞪口呆了，开始他们还以为我们在要什么把戏，跳上车用棍子试探，又用铁锹铲，完全满载合格。从此以后，自认为很能干的哈萨克队再也不敢看不起"基代岳茨"了，他们笑着对我说："中国人身体瘦小，可是这里真聪明，有办法！"他们指着脑袋说。

而后我们和哈萨克队又分开了，我们中国队被调去修造矛音特铁路大桥。

二十二　荒漠架桥人

一个人一生中要走过多少桥啊！有许多桥都深深地铭刻着伟大时代的脚印和伟大人物的足迹！比如举世闻名的赵州桥、卢沟桥，苏堤和白堤上的桥，还有那大渡河上的铁索桥，横跨长江黄河的大桥……而我们这些流落在异乡的“泽克”们，却要用自己的血汗在中亚的荒漠上建一座无名的矛音特铁路桥。如果乘火车从我们建筑的桥上通过，你顶多能听到轰轰隆隆车轮与铁轨的撞击声而已，你想象不出那桥的里里外外上上下下渗透着我们多少血和泪！

我带着二百五十人到了矛音特车站南边，支起了两个很大的帐篷住下了。人挤着人，身子底下铺着草，身上盖的也是草。每个人饿得两眼深陷。如果有一辆运粮的卡车开过去，所有的眼睛都会死死地盯着，盯着，直到看不见为止。如果开过来一辆装面包的车，尽管是封锁在木板和铁皮的车厢里，尽管距离我们上百米，我们的鼻子都能闻出面包味来，甚至能分辨出车里装的是小麦粉面包还是黑麦面包。人在饥饿的时候也是最想家的时候，就是在睡梦里也能闻到小米饭、高粱米饭、大糙子、黏豆包和葱酱大咸菜的香味。

为了运输修路和修桥的物资，在干河床里铺设了临时的铁路。如果下场大雨引起山洪暴发，那就要造成很大的损失，所以修建铁路大桥的任务十分紧迫。一天，一个叫拉托夫的总监工程师来检查工作。这个人很有来头，第一，他是修这条铁路的总工程师，他不是“泽克”。第二，他是莫斯科派来检查工作的。他的身后跟着一群大大小小的工程人员、劳改营的管理人员。他不时地站下，指手画脚、骂骂咧咧地批评着。当他走到我们中国“泽克”跟前，老远就招呼我们：“兄弟们好！你们辛苦了！你们修的供水站很好，‘大大地上高’！你们修的机车库很好，特别是你们能及时发现打地基时土里掺雪的事故隐患，你们是好样的！我今天来看你们修铁桥，它非常重要，你们要和洪水斗争！要抢在它的前边，行吗？”有个叫李福祥的小伙子，能讲一口流利的俄语，他拍拍自己的肚子说：“我们被赶进隔离区，衣服、毯子、靴子、吃的都给抢光了！现在挖土没一点劲儿！只要叫我们‘基代岳茨’吃饱，这座大桥我们包下了！如果叫洪水冲了，割我们的头！”他说着用手比画着砍自己的脑袋。那位工程总监笑了，又看了看小范，说道：

“小伙子！给我们写信，检举掺雪那起事故的小伙子就是你吧？”

“啊！好样的！你们活干得好，吃了亏，我想办法补偿你们！”他回过头对一位像是秘书样的人说：“记上！每位受损失的人发一套工作服，一双鞋；再有，每人一条毯子！从今天起，所有中国工人，不，所有修桥的人粮食定量每天一公斤，对那些不干活的懒汉都赶出工地，派其他的活！准备好报告，我签字！”

俄国人也怪，有时办件事拖拖拉拉，落实的事很少，这回却当场解决了问题。但也有些人不相信，在长官走后摇头说：“这些都是屁话，臭屁一放，老爷一走，一切照旧！”但出乎我们意料之外，当天晚饭后大包小包的衣服就发下来了。而且从那天起不再按每天完成定额发给面包，而是按大包干的办法，这座桥要我们两个月打好桥基，三个月完工。如果完不了工，让洪水冲了，要依照“八七”法令从重从严惩处。

我们二百五十人分成三班，夜以继日地干着，先是掘土，打地基，以后是竖钢架捆钢筋。我和小范、李福、李福祥、瞎老李没白没黑地琢磨着、商量着。李福祥从一位工程师那里借来一本关于桥梁施工的技术书，我们边干边学。我们和几位工程师也相处得很好，李福这个交际明星很有办法，隔几天就给他们一包马合拉烟。

钢筋绑完了，灌水泥时遇到了最大的困难。因为存放砂石和水泥的场地离桥基很远，每天几十人去把水泥合好，再把它抬过来，一路上水泥砂灰撒得遍地，浪费很大。工人们抬着很重的水泥砂灰走很远的路，又要从干河床的底部爬上高坡，体力消耗很大，也浪费了许多时间。大家开始抱怨：

“一天三班没白天没黑夜地拼命干，还不如吃他狗蛋的二百克，躺在工棚里等死好！”

“这都是那几个臭知识分子出的坏主意，一条毯子、一块面包把咱们的命给换去了。工程干好他们会放出去的，咱们只好进地狱了！”大家说的是实话，照这样下去不但工程完不了，一个个都得累死，我们心里非常着急。

“走！我们到新路基上去看看有什么办法可想，照这样下去不行！”小范对我和李福说。

我们沿着高高的路基和新铺上的铁轨走着，铁轨已经通到了桥基附近，只要桥修好就可以通车了。小范忽然说：

“我们可以把存放水泥的场地移到新路基上去，再找两三辆运货的平板车，铺上铁板在上面搅拌混凝土，然后把平板车推到桥头，从那里直接灌注，这样既省时又省力，另外，沙石水泥等的存放场地从河套里搬出来，可以避免洪水成灾！”

“好办法！好办法！明天我们就向监工员建议，他要是不答应我们就去找拉托夫那位大人物！”

监工员是个很聪明的人。他把我们的意见变成他自己的意见，给上面写了报告，并抄了一份给拉托夫。拉托夫又来了，他看了我们搅拌混凝土的过程，又看了我们运送的方法，走到我面前说：

“有人想出了新办法，既减轻了劳动强度又提高了效率。这非常好！好好干吧！”

李福这小子，刚要插嘴揭监工员冒功的老底，我赶紧制止住了他。

我们施工的速度加快了。当桥墩灌注到四五米高时，一天夜里下起了大雨，紧急敲响的钟声把所有的“泽克”赶上路基防洪。大家干了三天三夜总算把大桥的基础保住了。我们全队受到表扬，拉托夫总监站在我们搅拌混凝土的一辆平板车上，开始了他的讲话：

“这次洪灾能够避免，要感谢我们的东方工人，中国弟兄们！他们想方设法加快了浇注水泥的工程，为此决定给所有中国兄弟减刑九十天！现在我们一起会餐，庆祝这个胜利！”

这次减刑是真的兑现了，不久发下了减刑通知。

大战山洪之后，我们没有得到休整又投入到大桥的紧张施工中。有好多人病倒了，也有些人受伤了，最后总算完成了整个铁桥的混凝土浇筑工程。总监工在工程验收后走了。他临走时嘱咐管理人员给我们几天假休息一下。可是劳动营营长却对我们说：“劳动营的面包只供给干活的，对休息的、有病的只能发给二百克，我无权改变这个决定。这样吧，我给你们一些轻快活干。”他说的轻快活真累死人了，让我们清理洪水后的淤泥、烂草、垃圾等。因为大桥工程我们提前完成，受到了表扬，又减了刑，又战胜了洪水，所以大家的干劲十足，不但运走了淤泥和垃圾，还把厕所修好了，把工棚内部还有房前屋后都扫得干干净净。劳动营的管理人员看见我们就高兴地叫：“伙计、基代岳茨，‘大大的上高’！”

一天，我们正在干活时管理员跑来了，老远对我叫道：“你的妈妈来看你了！怎么回事，你是个中国人，而她却是黄头发、白皮肤的纯粹俄罗斯人！她还带着老伴来了！按规定是不能随便接见的，可是，你是我们的英雄啊！快，快！跟我来！”

在接待室里等着我的是索妮娅妈妈。她身旁站着一个小老头，个儿不高，满脸微笑。当索妮娅正要拥抱我时，他却先挤上来说：

“让我们认识一下，我叫彼得洛夫·伊万，伊万诺维奇！我在卡里干达煤矿当工程师！我听索妮娅天天念叨你，说你是她亲爱的儿子。就叫我瓦尼亚伯伯吧！”

索妮娅眼中含着泪拥抱着我，倾诉对我的思念并告诉我她建立了新的家庭，还说瓦莉娅有信转给我。

瓦莉娅信上说，她给我写了好多信，都没有收到回信，因此她求索妮娅妈妈把信转给我。信上说隋老爹又从索劳维茨劳动营转到新地岛的一个稀有金属矿上工作，身体还好，生活也比以前强些。老人希望瓦莉娅和妈妈先找个机会回中国去，可以在中国等着我。

也就是在这天晚上，管理员向我透露：这段铁路工程已基本完工，上级决定把所有的中国人调到北方劳动营去。

在索妮娅妈妈走后的第二天，宣布了解送到北方劳动营的名单，除了刑期已满即将释放的以外，全都被列在了名单上。小范留下了。

晚上我和小范在铁路上走着。他嘱咐我要注意身体，他把我们两人积累下来的干粮和几十卢布都交给我，叫我带上，以防难测的灾难。小范说，释放以后他会先找个临时工作，赚了路费一定到莫斯科去看看，他要到红场瞻仰列宁的遗体。

第二天早晨，我背着行李排着队准备上车时，小范抱着我哭了。他说：“我的好同志，好朋友，好哥哥，你对我的帮助太多了，谢谢你。我想不久以后我们会在抗日的队伍中，在革命的战斗中见面的！”我们谁也没有想到，这竟是我们的永别！

二十三　老英雄黑老爹

押解我们的车厢都是特制的。门窗经过改造，特别严密。押解我们的人员也是特殊的部队，他们的领章、肩章都既不同于内务部队，也不同于民警。他们每人一支自动手提式机关枪，一只哨子，手里拿着一个长柄的木锤子，用来敲打车厢的每块木板，甚至钻到车厢底下去敲打车厢的底板。每个车厢角上有个钉着钢板的圆洞，不过二十公分大小，那是大小便的地方。好在每个车厢都有双层的通铺，可以躺着睡觉。还有与过去不同的是很少在站台上停车，甚至正点的客货车都给它让路。车上都是“基代岳茨”，我们可以谈天，玩扑克。瞎老李原来讲过评书，什么《三侠五义》呀，《西游记》呀，都讲得叫人开心。

我们的火车先往西开，再往北，目的地是哪里，谁也不知道。但我们看得出来，我们正从东到西横越整个俄罗斯大地。我站在小小的铁窗前往外看着一路的风光。无边无际的原始森林，那笔直的红松密密地整齐地排列在路的两旁。眼前是一片绿色的树木。在低处长着白桦树林，高一点儿的地方则长着白杨树林，在杨树、桦树和松树之中还常常看到一棵棵又粗又大像个巨伞状的橡树。那一棵棵白桦树像可爱的少女一样纤细和美丽，白杨树又像小伙子一样高大和挺拔，而那老橡树却像个伸出双臂的老祖母。这时我才理解了为什么苏联国徽上绘有橡树叶的图案。森林中间常常能看到清澈的小河流过，流向一个湖泊，那里栖息着成群的野鸭、野雁和优美的白天鹅。火车往往要走很长时间才能看见一个幽雅的小村落，村里的房子都是用一排排圆木垛成的，用红色或绿色的洋铁皮做屋顶。房前屋后是花园，在门前长凳子上坐着漂亮的姑娘和小伙子……就在这美丽富饶的大自然怀抱中，在这温馨宁静的小屋旁，开过了我们“泽克”的囚车，满载着罪恶、痛苦、不幸和冤屈……

火车在一个小站突然停住了。那些一言不发的押解人员端着枪上来了。他们让车上的“泽克”都脸朝着车厢的墙壁站着。然后仔细地搜身，兜里的一个硬币、一个小钉子、一个铅笔头都被搜走，还翻开每个人的行李检查，甚至连大一点儿的面包干也要掰开来看看。在那个大小便的洞口上又钉上了一块铁板，留下了更小的洞。这时有一个高大的驼背的满头灰发的老人被推进了我们的车厢。他的手被捆绑着，他被打得鼻青脸肿。我们给他松开了绳子。他漠然地瞧着大家，嘴张了张又合上了。他坐在铺板边上，两手抱着头一声不响。

“你是谁？为什么把你弄到我们车上？”李福好奇地问他。他默默地坐着没有回答。

“抽烟吧！”李福卷了一支马合拉烟递给他。他吸着烟，还是一言不发。这时李福祥走过来端详着他，晃晃头说：

“好面熟，咱们在哪里见过！”

“您是涅格尔，王大爷！您怎么落到这个地步！这些年谁都不知道你的下落，你到哪里去了？”

“和你一样！现在我们不是都聚在一起，当了‘泽克’了吗？”

他就是在远东和隋老爹一起出生入死打过日本占领军和白党的赫赫有名的“黑鬼子”——王小三。这位得过勋章的老英雄也在劫难逃啊！

“谁把你打成这个样子？为什么？”

“你们不知道咱们列车前天夜里出了什么事吗？我们是最后一节车厢，前天晚上跑了两个人！他们是把那个拉屎的洞撬开了钻出去的。我就睡在那个洞边上。问我，人跑了，为什么不报告，我说睡着了。然后就被弄到警卫车厢里折腾了一天，又把我押到这个车厢！”

火车开了十几天，我们的感觉是白天越来越长，最后连黑夜也没有了。火车终于停下了。这里是阿尔汉格尔斯克站。车站上没有乘客，工作人员也很少，大白天路灯却亮着，我好奇地问：

“怎么大白天的，太阳老高了，还没有人干活？”

“你看钟塔的时间，现在是半夜两点钟呀！这里是在北极圈里，现在正是半年长昼的时候！”李福祥叫道。“你看我们已经到了北方的大港口了。”

“是的，我们横越了俄罗斯的大地！”

我们一千多名中国“泽克”被送进阿尔汉格尔斯克的一个大递解站。

七月的夏天是这里最好的季节。没有风，没有雨，没有火热的太阳，也没有黑夜。初到这里的人是很难弄清东南西北的，更弄不清是早晨、黄昏、晌午还是夜半。因为这里的太阳从早到晚离地平线总是相同的高度，太阳从东转到南再转到西边，这时有些下斜，颜色变成鲜红色，象日出或日落时的样子。

递解站里的“泽克”，是准备由海路送往著名的沃尔库塔劳动营。据说也有少数要运往新地岛集中营。这里也是物以类聚，人以群分。在我们一千多名中国人的这个大集团到来之前，这里分成两大类：一类是从莫斯科、列宁格勒（彼得格勒）、基辅等大城市送来的高级政治犯，有将军、党政领导人、教授、高级工程师、艺术家，还有著名学者。这些人走路说话行动都有一股异己分子的味道。他们习惯于高傲、礼貌和尊严，也习惯于蔑视群众，蔑视异族，蔑视劳工。因此他们在这里是脱离人群，又不懂人的生活的自命不凡的一群人。工农也好，流氓无赖也好，都称他们为“臭知识分子”、“异己分子”或“高示包达”（老爷）。可是这些“异己分子”之间，也有难以互相交往的屏障。将军们看不起党政官僚，教授学者看不起那些不学无术、做官当老爷的。总之，他们不能合作，互相拆台，就给另一类人，自己号称“阶级弟兄”、“优越分子”的流氓无赖、强盗、小偷、野妓造成可乘之机，给他们带来了丰厚的生活资源。这些黑帮有步骤有策略有计划地一个个一批批一层层地收拾这些“高示包达”。比如今天出去几个大汉拿着匕首去恐吓某个人抢走他的外套，明天几个油腔滑调的“施卡拉”去偷走他们的钱包或食品袋。然后野妓也时常出动，在她们正搂着某人亲热时，跳出几个争风吃醋的怪人把他们狠打一顿，然后拿走他们的财物和吃食。直到这些“老爷”被挤干了，变成了胆小如鼠的穷光蛋，见到“阶级弟兄”就点头、弯腰、微笑时，才算被“无产阶级”改造好了。

一千多中国人到来后，“老爷们”不愿和“基代岳茨”打招呼或有所来往。“阶级弟兄”认为又送来了一船宝货，可以大发横财了！可他们想错了，中国“泽克”可是身经百战的，经过刀枪剑戟考验的，有战略思想的一批斗士。我们让老小病弱的睡在上铺靠里面的保险地带，身强力壮的靠近门旁下铺，了解“施卡拉”习性的李福等人则出去观风向，看形势，收买朋友，了解敌人动向。

战斗之前，李福已得到“情报”，“施卡拉”晚上要来袭击我们。我们准备了棍棒、砖头迎战。“施卡拉”的轻敌，使我们获得了出人意料的胜利。先进来的几个小偷是来探路的，一进门就被我们堵住嘴绑了起来，放在地上躺着“休息”。第二批进来了，我们棍棒齐下，把他们个个打得鼻青眼肿，连哭带号地跑出去，“不好了，‘基代岳茨’造反了”。第三批是几个大流氓头子，他们拿着匕首在外面叫骂，但不敢进屋；直到半夜管理人员出马了，这些人其实和黑帮是同伙，他们劝走了大流氓，又把屋里的小流氓松了绑带走了，并且向我们保证：“我们一定保卫你们的安全！他们再来欺负你们，我们来收拾他们！”

太平日子过了三天，“施卡拉”不惹我们了。他们“吆波”几句，我们不理他们。那些“老爷”们则开始认识到“伙计”“基代岳茨”了不起。有的要搬到我们这里住，有的还送来些吃食、糖果，感谢我们教育了这些坏蛋，给他们解了恨。

我们在递解站等待开往沃尔库塔的船只。等了将近一星期，管理人员忽然来告诉大家收拾行装准备上船。大家松了口气，认为可算熬出了头。可就在这天夜里，在有太阳照射的白夜里，一群流氓拿着棍棒、匕首进来了！

“你们投降吧！把破烂全部交出来，不然就给你们放血！你们给我们的打击和侮辱，这口气是一定要出的！你们要保留自己的东西，就甭想活命！”

李福站在门口，抡起手中的棍子把一个贼头打倒，可就在这时李福的背后挨了一刀。他倒下了，鲜红的血流在地上。中国老乡见到亲人流血以后，立刻疯狂般地扑上去，棍棒齐下，把一群匪贼打跑了！

我搂着躺在血泊中的李福，大声地呼唤着他的名字。他紧闭着双眼。中国“泽克”们围过来：“李福，好兄弟你睁开眼，我们都在你身边！”“李福，‘小吗啡’，你一定得挺住，医生就要来了！”李福的嘴动了动。我低下头贴近他的嘴边，哭泣着问他：“李福，我的好兄弟，你有什么话说吧，我是你大哥，李福你说吧，我听着那！”李福睁开了眼睛。他望着我，没有痛苦，没有恐惧，却充满了一种渴望。他费了很大力气说出了两个字：“回家！”当我听到这两个字的时候我再也控制不住自己，抱着他痛哭起来：“好兄弟，李福，我带你回家，我们一起回家！”

当医生和管理人员来的时候，李福已经闭上了眼睛。医生摇着头转身要走的时候，黑大汉黑老爹忽然一把拉住了医生，骂道：“你们，俄国畜生！你们是杀人犯！我要把你们都掐死！”他真的狠狠地捏住医生的脖子，又把上前阻拦的管理员狠狠地踢了一脚。这时周围的中国人大家一起呼喊起来：“我们要报仇！我们活够了！”“走！我们和他们拼了！中国人不是好欺负的！”黑老爹拿起一根又粗又长的棒子走在前面，其他的中国人捡起了砖头、木棍，拿起了铁铲、铁镐，跟在黑老爹后面向“施卡拉”的住地冲去。人们疯狂了，见到一个打倒一个。愤怒的中国“泽克”把他们住房的门窗玻璃都砸烂了。当把那个为首的贼头抓住的时候，有人抢过刀子要杀掉他。我看事情闹得太大了，赶紧悄悄对黑老爹说：“王叔叔！请你跟大家说说不要砸公物，千万不要杀人！我们有理，如果杀了人，把罪责推到咱们中国人身上就太不合算了！”

“滚开！你狗蛋的臭知识分子，红党那套狗皮膏药还是少卖吧！”几个中国老乡把我推开，我拼命挣扎着回过头向黑老爹喊道：“王叔叔！我们要真正的杀人凶手给李福偿命！王叔叔！黑老爹……”

“先不要杀他们！叫劳改队负责人去枪毙他们！如果他们今天不惩办杀人犯，我们连他们也好好教训一下。叫他们知道什么叫‘伙计’、‘发赞’、‘基代岳茨’！”黑老爹大声吼着。

这时警卫部队来了，管理人员来了，格伯乌的头目也来了。

黑老爹和我开始跟他们谈判。他们答应把杀人犯交法庭审判，秉公处理。黑老爹瞪起一双充满血丝的眼睛说：

“你以为我不知道你们是些什么东西？哪个强盗不是你们的哥们儿？哪个强盗不是抢东西来喂你们？你们可以纵容他们去扒那些老实的知识分子、教授、学者的皮，可想揭我们中国人这张皮可没那么容易！如果你们不在这里用军事法庭的审判枪毙他们，我们现在就把他们干掉，中国人说到做到！”

“你说什么？你敢威胁我们？你竟敢来指挥我们？你是‘泽克’！是罪犯！”劳改营的管理员叫道。

“是的，我是‘泽克’。你是什么？你跟我一样也是‘泽克’！今天我让你认识我是谁，我就是‘黑鬼子’王小三，是远东打日本鬼子的红色游击队的副司令员！我曾经得过红旗勋章、红星勋章！我革命的时候你还在你娘的肚子里呢！你这个小小的‘施卡拉’有什么了不起？我会像杀老白党一样把你这个红萝卜的皮扒下来！”黑老爹叫骂着，奔向那个管理员。他身后的一千多人呼喊着，向前拥挤着。

“哦！你就是有名的远东游击队的副司令啊！久仰！久仰！”格伯乌的代表马上换了一副笑脸和黑老爹打着招呼。

“现在不是，是‘泽克’‘五八六’！”

“我现在就去打电话给地方首长，转达你们的意见！”

“我们等着！这两个家伙先交给我们，如果今天晚饭前不作出处理，我们就杀了他们！告诉你们，天下是人民的，不是流氓无赖和贪官污吏的！”黑老爹义正词严地说着，连围在外面观看的那些莫斯科、列宁格勒（彼得格勒）的教授学者们也都点头表示赞成，也感谢黑老爹为他们伸张了正义。

临时组成的军事法庭三人小组来了。他们传讯了十几个证人，有中国人也有俄国的学者和“施卡拉”的小头目们。随后递解站的全体“泽克”整队集合，检察官宣读了杀人犯的口供、见证人的证词，最后宣布两名罪犯立即枪决。起初那两个“施卡拉”还摆出一副英雄好汉的架势，仰起头满不在乎地笑了笑，嘴动了动想要说什么，却又没有说出声来。当执刑队长把他俩铐上，拖向对面的小山坡时，两位“英雄”像两条死狗一样瘫作一团。

两声枪响，一场混乱结束了。

那些高傲的将军和官吏们以及那些受过高等教育的学者们见到中国人就说：“还是‘基代岳茨’厉害，为大家除了祸害，谢谢你们！”其实又有什么好谢的呢？正像管理员说的：“现在贼头枪毙了，过些天又会滋生出来新的贼头！但有个就地枪决的例子，‘施卡拉’们总得小心点吧！”

几天后我们登上了去沃尔库塔的轮船。我和好友范家撰分开了，李福又不幸死去。我心里十分沉痛，他们两人的音容笑貌时时伴随着我。小范那么成熟和老练，李福却又那么机灵滑头。他们为了大家，为了这些在苦难中挣扎的中国人做了多少好事！我想起李福半夜往我嘴里塞蛋糕，想起他那过目不忘的识字本领，我不相信他死了，我好像觉得他已经在沃尔库塔等着我。他临死前说的那两个字，我翻来覆去在脑子里想，“回家”，他是说他要回家？要回中国去？要回山东老家？还是说让我“回家”，让我回中国去？让我回他的家乡？或者把他送回家乡去？我想弄清楚他这两个字的意思，但是我真的不能肯定他的意思是什么，但我想他是结束了“泽克”的生活，他“回家”了，他想“回家”。他也希望我早些“回家”。总而言之，他是说我们应该“回家”。李福，虽然我不能与你一同回家，我也不能把你带回家去，但是请你放心，我一定“回家”，只要我获得自由，我一定“回家”！这是你最后的愿望，我一定会去实现它！

轮船的大统舱里也是双层铺，可以住上一两千人。“基代岳茨”被允许先上船。船舱由三条通道分割成四条通铺，我们占用了北面两条通铺和一条通道。那些知识分子紧靠着我们。另一边则是那些“三十五条”“泽克”。因为上船前毙了两个头头，其他人看到中国人都靠边站，规规矩矩。船行至半夜时分，我们突然被“施卡拉”的抢夺、恐吓和知识分子的哄闹声惊醒了。

“怎么办，黑老爹？那些坏蛋又在捣乱！”

“他们不偷不抢就活不下去，这是他们的生存手段。我们除了保护自己以外，管不了那么多！”

说也奇怪，那些俄国的高级知识分子个个那样冷漠。他们身边的人被恐吓，被殴打，被抢走最后一块面包，被扒掉唯一的一双皮鞋，对他们来说好像什么都没有发生一样，都假装睡着，不闻不问。当下一个轮到自己时，他的邻居也是同样。一个小“施卡拉”转了向，竟爬上了“基代岳茨”的铺位。他刚一伸手就被捏住了。

“打小偷！打小偷！”一个中国人一声喊，全船上千个中国人立刻齐声呐喊：“打！打！”那些正在明目张胆地收拾知识分子的“施卡拉”也以为中国人是朝他们而来，吓得纷纷逃回自己的铺位。跑得慢的被中国人打得鼻青眼肿。而那些知识分子也都趁机喊道：

“他们抢去了我的皮鞋！”

“他们抢去了我的干粮！”

“他们抢去了我的衣服！还给我们！”

中国“泽克”们喊道：

“偷人的东西都拿出来！物归原主！如果真饿了说一声，大家会帮助你们的！”

于是在船舱里进行了公平的交易。“施卡拉”归还了鞋子、衣服；知识分子拿出些干粮。一切又归于平静。船微微地震动着，前进着，大家入睡了！

只安静了两三个小时，我们乘的轮船突然上下起伏着，左右颠簸着。起风浪了，风浪越来越大，人们开始呕吐了。那些小野妓们哀号着，叫着那些小流氓们：

“哎哟！哎哟！瓦尼亚，救救我！简直把心肝肺都折腾出来了！”

“不要紧！不要紧！少找几个，少来几回就行了！怀孕的姑娘还有不吐的！”

“滚进你娘的‘秋麻旦’里去吧！狗娘养的小畜生！”

接着这个说俏皮话的小伙子也呕吐起来。于是另一个小流氓叫道：“瓦尼亚怎么的？你也怀孕了？我也劝你少找几个，少来几回，要知道男人那个洞，也会受孕生孩子呢！”这些无赖不知羞耻的叫骂被更大的起伏、颠簸、震动给压下去了。几乎每个人都在呕吐，上铺、下铺到处都是呕吐着、在地上打着滚的人。他们哎呀哼呀地叫个不停，舱里的空气窒息着人们的呼吸。我从一个狭窄的梯子爬到上层，那里本来是不准“泽克”上去的，现在由于看守们晕船离开了，只有两位穿着黑色胶皮雨衣的舵手和船长在紧张地工作着。大浪打上船的甲板，船舱的入口早已用层层防雨布封了起来。我把着栏杆向大海望去。无边的大海都被一座座黑绿色的山岭切断，每条山岭上则是雪白的奔起又落下的浪花。船在大浪中就像一片小小的树叶，被巨浪托起抛到浪峰，然后又突如其来地下滑下沉，再下滑下沉。眼看着我们的船陷进沉渊里，毫无出路了！不过，使人难受的并不是死亡的恐惧，而是整个内脏，所有的骨骼、肌肉、头脑受到难忍的折磨。这不是疼痛的折磨，不是委屈的折磨，是一种从肉体到神经被揉搓、被投掷、被摔打的综合折磨！我肚子里的东西早已吐干净了，但干呕、干吐比什么都难受。总有一股又腥又苦的黏糊糊的东西卡在喉咙里，窒息着你。这时我几乎要倒下了，突然一双有力的手把我扶住了。这是黑老爹的手！他说："你冷静下来，看那远处的海上的景色，看那波涛有多美！在北冰洋上遇到这样的风浪可是千载难逢的好运气！你看那红色的太阳，这是真正早晨的太阳，现在大概有四五点钟了！太阳不会再升高了，它就在这个高度照着我们！"我打起精神看着北极的波峰浪谷，看着那彩云托起的又大、又红、又圆的太阳。黑老爹跟我说了许多肺腑之言。他本名叫王孝三，人们都叫他王小三，当面叫他黑老爹，背后又叫他黑鬼子。他说他这一辈子最尊敬最崇拜的人就是隋老爹。我和黑老爹回到舱里，我爬上铺位，像小孩睡摇车一样睡着了。一觉醒来已是第三天的早晨了，船好像停了，不动了。我又登上那指挥台，灰蓝色的海水平稳如镜，太阳还是原来那样高。

我们的船驶向了伯绍尔河的入口处，然后停在纳尔扬马尔港。在这里船要加燃料，要加水，要清洗等。我们在港口待了一天，在警卫人员严密的看守下，不准上船台去瞭望，不准与岸上来往的人喊话，当然更不准买吃食或者用自己的衣物换吃的。可是与我们打出交情的"施卡拉"们是有办法的，他们给我们送来了几条烤熟的特里斯卡海鱼和十几公斤驯鹿肉。我们问他们要用什么东西来换，他们笑着回答说："如果夜里我们摸错了地方，你们高抬贵手，说一声你们是'基代岳茨瓦尼亚'叔叔，我们会马上溜走的！对于那些老白痴和死木头疙瘩，你们别多管，俄国人自家的事你们别插嘴，别插手，咱们各走各的路！孝敬这点东西，请品尝一下，不要任何代价！"

从此，我们与另外两类人："施卡拉"和"臭知识分子"都相安无事，平安地到达了沃尔库塔。

二十四　沃尔库塔矿工

沃尔库塔，沃尔库塔！这是个盛名远扬的北极城。我们站在这无垠的苔原之上，才真正理解了天地经纬，世界的奇妙，人民的伟大。那些生活在北极开阔的冻土苔原上的英雄们呀，多值得赞颂和崇拜呀！

七月底，这里刚刚解冻。这里没有一棵乔木，也没有青草，当然也没有庄稼，只有无边无际的苔藓的原野。绿得叫人心疼的苔藓像鹅绒毯子一样轻柔柔地覆盖在这片干净的冻土上。融化的雪水孕育着苔藓，苔藓扎根在只有一尺深浅的泥浆里，而泥浆下面则是永不融化的冻土。那万里无云的天空，呈现着浅蓝、灰白的色彩。太阳游移到北方，它刚刚隐入地缘，还没来得及探出它那红红的脸来，这时在灰蓝色的天空闪现出五光十色、金碧辉煌的无数条极光束来。谁能用彩笔绘出它那玄妙、奇异多变的景色呢？谁能体会和理解它由光和色所组成的复杂的艺术语言呢？我久久地站在北极的大自然中，忽然想到人类历代所幻想的“极乐世界”、“乐园”、“天国”，是不是就在这里呢？

我们从偏僻的一个角落走入这个城市。当然城市的全貌我们是没有机会看到的。我们被载重汽车送到工棚，令人高兴的是所有的中国人都集中在一起。我们被送到充满蒸汽的浴室里去洗澡，洗完澡的男女光着身子接受医生的检查。沃尔库塔的劳动营是比较文明的。也许是这里纯净、辽阔的冻土和苔原教育感化了每个在剧烈震动中失掉平衡的人物，重新给了他们纯洁、淡泊的人性。

我们正在穿衣服的时候听到外面的“泽克”们用好奇的声音吵着：

“看！看！那就是驯鹿，北方特有的‘奥林尼克’（驯鹿）。你们看，它的角像鹿，但又大又扁。它的骨架像驴子又有点像小公牛。它的蹄子更有意思，不像驴也不像马，倒有点像牛！真是怪地方，出这种怪牲口！你们再看那个赶爬犁的吧，个个从头到脚穿的都是驯鹿皮制作的衣服。帽子连在脖领子上，裤子连在靴子上，都像驯鹿一样毛在外面！”

“这你们就不懂了！驯鹿的皮毛非常特殊，每根毛都是中空的，表面看上去粗糙，没有绒毛不暖和，可是它能挡寒，挡风，挡雪，挡水。它的皮毛外层湿了，但里面是暖和的。你们看那叫做“翁得”的靴子吧，是用驯鹿小腿上带着又短、又硬、又结实的毛的皮制作的。驯鹿就凭着它们有这样的短毛、厚皮、结实的四肢，可以踏在苔原的泥浆和苔草垫上，陷不下去。

爬犁赶到洗澡房附近的仓库停下了。从爬犁上卸下来十几只刚宰过的驯鹿。赶爬犁的人向我们笑着，说着什么。他们指指天上的极光，又指指地上的苔原，表现出很自豪的样子，显然是在夸耀自己家乡的美丽。

“我们这里天好！地好！人好！驯鹿好！苔藓好！大大的好！”一个能操着生硬俄语的青年人用响亮的笑语对几个“三十五号”女青年说：“你们在这里住下吧，找个窝照样可以生孩子！嘿嘿！”他们赶走了驯鹿爬犁，给我们留下的是那样真诚、朴实、美好的笑。

“他们是咱们‘伙计’的老乡！你们看爱斯基摩人的眉眼、鼻子、嘴和动作多像咱们的‘基代岳茨’‘伙计’们啊！”一位俄国小伙子笑着说。

“我呀，真想嫁给他们中间那个不说话的，直用眼盯着我的小爱斯基摩啊！他的脸虽然扁平，鼻梁也有点塌，眼睛笑的时候变成一条线，可他不像咱们的“施卡拉”那样滑头滑脑，愚钝得像猪，却自认为是纯种的白马王子！呸！”一个金黄色头发、大眼睛、在澡堂里工作的姑娘叫着。她的并不可笑的话，却惹得所有的人大笑不止。

晚上，应当说是北极长夜的晚上，我们整个工棚的老沃尔库塔的“伙计”们围着我们，一边叙述着他们自己的情况，一面了解外面老乡的情况以及自己家乡的情况。他们每个人的言谈举止都渗透着一种热爱中国，热爱中国人，热爱家乡一草一木的感情。

“我不信！他妈啦巴子的小鬼子，能够他妈啦巴子的叫咱们东三省人当亡国奴！我他妈啦巴子不相信，中国四万万同胞是熊种！不敢和小日本鬼子、狗腿子碰到底！”这位东北老乡虽然“妈啦巴子”不离嘴，但他东北人特有的乡音，还有他说话时挥拳摇臂的姿态，叫我感到发自内心的亲切。

坐在我身边，总是盯着我的一位小青年对我说：“这个铁柱在东山里当过胡子，也跟隋老爹打过几天游击，是“五八六”，是个愣头愣脑的血性汉子！”

他还自我介绍说：“我在洗衣房工作，去年夏天来的，在莫斯科被捕的，判了三年，扣了两个字母 лш，就是间谍嫌疑！我叫刘震，原来组织上派我到莫斯科学习，俄语没学几句，马列小册子没读几本，却被送到这里来了！”看上去他很幼稚，还是个没有经过多少风霜的青年。我们很快成了好朋友，但我们都对自己的家庭、学校、亲友情况不去详谈，也不互相询问，因为我们迟早要回国，如果把什么都露了底，将来对自己的身家性命是有危险的。

在沃尔库塔的“泽克”只有三种工作可以选择，一种是当煤矿工人，第二种是服务性工作：木匠、瓦匠、铁匠、厨子、洗衣工等，第三种是电工、司机、管理员、监工员、食品分配保管员等等。第三种没有“五八六”的份，我只有从第一种、第二种中选择。

李福祥选了厨子，当然是为了能够吃饱饭。黑老爹对我说：“老疙瘩，我下过煤窑，那里的活你干不了！跟我当木匠去吧！”

“我只想到沃尔库塔著名的煤矿里去见识见识，学习学习，边干边学边锻炼嘛！对我来说这是难得的机会！”

黑老爹皱起了眉头，不做声地坐在那里。

“我们明天给监工的打点打点，先下去参观一下好嘛！你能挺得住，再下去！”

“不用了，有人能干一辈子，我为什么不能？到了沃尔库塔不下煤矿，那岂不太可惜了？”

李福祥和刘震都摇着头，什么也不说了。

我报名当了矿工。一位俄国人看见我排队去领矿灯，他笑着把我叫出来说：

“小伙计，我看你还是去找个‘基代岳茨’能干的、轻省活去吧！像你这样的体质，恐怕爬下矿里还得我把你背上来呢！”我仍然坚持要下去，他无奈地摇着头说：“你领个矿灯、帽子，先下去推煤车吧！在小铁路上推，是比较轻的活儿！”

我只好同意了。我们一个队有六十个人。有镐工、推溜子工、推车工，还有打眼、装药、放炮的工人。我们在一个叫做‘革七’的掌子面上劳动。我随着大家一起走下矿井。这是一个很原始的、设备很落后的煤矿。矿工不是乘电梯上下，而是沿着阶梯往下走。阶梯很窄、很陡，一手提着沉重的矿灯，一手摸着湿湿的冰冷的散发着腐败难闻气味的墙，越往下走越黑，最后连脚下的台阶都看不清了。一步没有踏好，我竟滚了下去。幸好只剩下十几级台阶，我摔在碎矿渣和湿煤粉的地上。矿工长伊利亚竟哈哈大笑着说：

“我早说过，这种下地狱当煤黑子的活你干不了！‘基代岳茨’伙计，个个是好炊事员、好洗衣工、好厨师。因为他们在家里给老婆做饭，洗衣服。他们怕老婆，不敢喝酒，不敢打老婆。所以咱们俄罗斯姑娘才愿意找个‘伙计’，共同制造小二毛子。”

老毛子这种随随便便的态度，爱打趣的习惯，总带点幸灾乐祸的味道，使我在丢丑挨摔后很生气。我叫道：

“滚蛋吧！我摔了跤，你有什么可乐的？你简直像个老坏蛋！”

“生气了！‘瓦尼亚·基代岳茨’生气了！对不起，我没有坏意思！请原谅，请原谅。”他拉起我，把摔在地上的矿灯调整一下递给我，说：“咱们说说笑笑，解解闷，你不要误解。我老伴前些天来信说，我们唯一的女儿十年级毕业了，她一心一意要嫁一位‘伙计’，征求我的意见，我立即回信赞成，找个不喝酒，不打老婆，能在家里帮着干些家务的丈夫是最大的幸福！而这样的丈夫只能从‘伙计、瓦尼亚’里找啊！”他哈哈大笑起来。从此，伊利亚便成了我的好朋友、老大哥。

矿工长伊利亚处处帮助我。他给我上的第一课是教给我在半明半暗的洞里辨明方向。他告诉我不要到那些已坍塌的废坑道里去大小便，不要随便往其他坑道里乱窜。

他把我交给一个操着乌克兰口音的推煤车的班长，说：

“这是我的好兄弟，你多照顾他！他是新来的。千万不要出危险。推煤车很容易脱轨，空车他可以自己弄上去，如果是重车脱轨，你们谁也不准骂他，要帮助他！如果发生欺负人的事我绝不答应！”

头两天我和班长一同干活。他叫我站在旁边看着应该怎样把斗车推在煤溜子下面，拉开挡板叫煤流进车里，然后在上面再装些大块煤。他解释说：煤车要推到一公里以外的吊车井口，路轨不平，经过震动就会变成多半车，检查员验收时只能算半车。结果你明明推了三十车，却变成十五车了。要吃大亏的。上面装些大煤块，就会压住车里的小煤块。在班长的帮助下我很快地掌握了推煤车的技术。但是井下的劳动强度很大，每天工作结束后，随着疲惫的伙伴们往井上爬的滋味真够受的，两条腿像木头做的，每上一步都得用手狠扒着湿漉漉的墙壁，一蹬一蹬数着往上爬，坑道在地下二百米深处，每三个台阶是一米，要爬六百个台阶呀！

爬出井口，我看见黑老爹带着福祥和刘震在井边等着我。我为了不叫他们感到难过，也因为爬出地狱立即看见了亲人，所以我振作起精神跑过去，握住黑老爹的手，说：

“你们完工了吗？到这里来干啥？”

“干啥，干啥？”小福祥叫道，“还不是不放心，生怕你从地狱里爬不出来。”

他们陪着我到矿工浴室去洗澡。矿工浴室很宽很大，里面充满着蒸汽和交叉喷放的热水。黑老爹高兴地说：

“这个浴室真美！矿工们从地狱回到人间，洗个这样的热水澡，简直是一步登上了天堂。”

“明天我也下井去！”黑老爹对我说。

“为什么？你这么大岁数了还要下井？”小福祥说，“你有什么不放心的，老疙瘩今天下井不是很好嘛？你一定要跟下去，身子骨行吗？”

“黑老爹，我也不同意您下去，您还是当木匠吧！我看老疙瘩可以到洗衣房去干活，那里正缺人手呢！并且捎带着给那些‘老爷们’洗几件衣裳，赚个外快，有个额外收入，也可以对付着过得去嘛！下井虽然每天给一公斤面包，还给驯鹿肉汤，但要完成任务，得拿命换啊！”刘震是个热心肠的人，他劝说着我们。

“谢谢你的好意，我先干几天，好好考虑一下再作决定吧！不过黑老爹还是不下去好。天天爬两回六百个台阶，可不是闹着玩的！”我说。

“你的黑老爹什么高山没爬过？哪个地狱没闯过？我是老矿工，从十四岁开始就下煤窑，以后改了行，才当上了黑鬼子！”

小福祥叫道：“黑老爹，你带上我们两人一同下井，我们两个打眼，你装药放炮，每天像过年一样，咚咚地放它几炮！小刘你是不是也算一份？”

刘震红了脸，摇摇头说：

“我不是那块料，听着炮响骨头都酥了！一到矿井里浑身上下打哆嗦，我害怕那里的天会塌下来，我不能把自己埋在北极的矿坑里，我要活着回去！”

黑老爹皱皱眉头，半天说：

"好吧，人各有志，有人爱吃酸的，有人爱吃辣的，有人爱吃甜的，有人爱吃苦的！你爱吃的不见得人人都爱吃，你认为好的，不见得人人都说好！"

第二天，黑老爹领着我和小福祥真的下井了。矿长与老爹交谈后知道他是个老矿工，建议他当自己的助手，各处看看，跑个腿，支个嘴。黑老爹却说：

"我想叫他们样样工作都试试，就从打眼放炮开始吧！"

半个月过去了，黑老爹又带着我俩去干镐工。这可是最累的活。

早晨在工具室领了矿灯、十字镐和两把镐尖。矿工用的这种刨煤的镐很特殊，镐把比一般的要长二三十公分。镐尖也可以取下来更换。只要把铁箍下边的铁楔子敲下来，旧镐尖就可以拿下来换上新的，再把楔子打紧。

矿工长把我们带进一个窄坑道。顶柱工刚把那里的顶柱和横梁等架好，煤层只有一百八十厘米高，也就是刚好一个普通人的高度。矿工长对黑老爹说：

"镐工的定额比较高，一个人一天的定额是六平方米。你们才开始干，十天之内算学徒，定额可以减半。"

我们每个人分了一个地段开始干活。首先两手要把镐高举过头，横向刨剥煤层的五十公分高，一米宽，然后再向纵深发展。由于两手平举着铁镐，用不了多长时间累得全身大汗，臂膀又酸又痛。黑老爹也比我强不了多少。我们旁边两位身材魁梧的俄罗斯小伙子力气大，比我们的成绩好些，但是他们也累垮了，三个镐尖都损坏了，坐在那里骂娘。

这一天，我和黑老爹都只完成学徒工的定额。矿工长安慰我们说：

"还算好，可以领到井下作业的百分之百的面包！"

下工后吃过晚饭，黑老爹说：

"老疙瘩，一星期以后我们不是累死，也得饿死，这活连老毛子也完不成！坑道和人一样高，平端着镐只能刨进去四五十公分，因为镐把碍事，手臂使不上劲。老疙瘩你有学问，动脑筋想个办法。否则咱们俩只好吃点泻药拉肚子，要求到地上去干活，跟我一块当木匠。”

“黑老爹！黑老爹！只要你能做出个细点扁点的镐把，我们就可以刨得深些，越深越省劲，完成的平方米也越多，只是那个镐尖的铁箍怎么才能弄小点、扁点就好了！”

“老疙瘩，你书没白念，有道理！你把今天咱们领的“特里斯卡鱼”拿半条来，我这就去找铁匠给加工！不行的话我再给他一包马合拉烟！”黑老爹兴致勃勃地走了。第二天吃早饭时，他拿着一个新的又细又扁并有铁箍的镐把来了。

“咱们悄悄地干，试验着干，不叫老毛子和其他人知道。等咱们干出惊天动地的成绩时，再叫他们吃惊吧！”

我们的新镐把经过黑老爹整整一个星期的白天试验，晚上修改，终于成功了。在我们学徒工见习定额的最后一天，矿工长、领班、打眼放炮的工人都来看我们的表演，都惊叫起来：

“两位中国兄弟，东方工人兄弟，你们是怎么干的，怎么竟能掏进去一米半深！这真是史无前例的！告诉我们，你们用的是什么魔法呀?”

“是这位小兄弟想出来的好主意，是我把镐把试验着改造了一下。”

我们绝对没有想到，我们的这项小创造，竟会惊动了全矿。我们从坑道里刚爬上来，路边上的乐队奏起了进行曲，喊着“乌拉”，给我们戴上了红花。矿工长、劳动营长、总工程师都上前来握手。把我们拥上临时用四张饭桌搭成的台子。矿工长开始了讲话：

“我们在这里谨向两位东方工人、中国兄弟的创造革新的成果祝贺！厂务会议已决定授给他们两人‘斯达汉诺夫旗手’的荣誉。他们通过劳动实践为我们矿解决了镐工进尺深度不够，任务完不成的大问题。你们看，他们的革新就在这个镐上，这个把上，这个箍上！他们今天竟能完成定额的百分之一百五十！这是破天荒的纪录！劳动是万能的上帝！是智慧的泉源！”一阵又一阵的掌声把我们送到干部的餐厅。我们吃了牛肉饼，吃了驯鹿烤肉，还有很香的红菜汤。许是吃得过饱，过度兴奋，过度紧张和疲劳，我们竟不知是怎样回到宿舍的，一觉睡到第二天吃中午饭的时候才醒来。谁也没来叫我们，醒后没有上工也没人责备我们。

"'伙计'！'基代岳茨'！中国人！'上帝'，大大地'上帝'！"俄国人以及其他民族的人见到我们都这样叫。

"你们给咱们中国乡亲露了脸！太好了！"中国人也都为我们感到自豪。

矿长、格伯乌的总监、总矿工长都受到奖励，认为他们领导有方，创造了奇迹。他们把我们一些人请去了，要听听大家还有什么好的建议。

"如果想让我们多干些活，就得把那又湿又滑的阶梯重新修一下，增宽一两公尺，每个台阶减低几公分，每隔上十几个台阶修个平台能坐下或站在那里喘口气，那我们可以节省许多力气来挖煤。"黑老爹吸着烟，喝着水，慢慢地说。

铁柱和小福祥也插嘴说：

"我们天不怕，地不怕，就怕爬那六百个阶梯呀！如果我们人也跟煤一样可以坐上升降机，那每天可以节省多少时间和体力啊！这对矿上和'泽克'们都有利！"

"下了坑道简直喘不过气来，放过炮以后的硝烟味散不出去，简直就像扔了毒气弹，为什么抽风机马力不可以加大点儿，为什么不可以多开几小时？这件事我作为总工长的常挨大家骂，我也一次又一次反映过。但是从前年拖到去年，从去年又拖到今年……还要拖多久呢？"总工长慢慢地试探着说。

"还有，还有一个大问题，我们矿区临近伯绍尔水系，地下水有时狠涨，常常从矿石中流出来……如果……如果地下水冲出来，我们在坑下的人就难以活命了。这件事是可以解决的，例如加大抽水机功率，加大平时的自然排水量，打几条非常的通道。这也不用花太多的劳力，主要是利用几条地势高的旧坑道，遇到险情可以往那里跑，从那里出去。否则只有一条狭窄的通道，一旦发水几百人跑到那里去，能一下子出去吗？”这是一位在办公室工作的工程师说的。他很年轻，大概是刚大学毕业的学生。

“米沙，你的意见放在以后再说。开矿以来还未听说过地下水灾的问题。你的书本知识要与这里的实际结合起来才有用啊！”矿长武断地打断他的话。

“米沙说的意见有道理。无事防有事，出了事就晚了！”伊利亚放低嗓音，但很坚定地说。

“好，好，在明年的预算中要考虑这个问题。总会计师，你记下这笔账！大家提的建议都很好！上下坑道的阶梯，发动义务劳动加以改造，可也不能太浪费啊！人力、物力、时间都不允许我们干得十全十美呀！”

美好建议的实施终归还是要靠“泽克”们。矿工长伊利亚对大家说：

“我们上下班要走平稳宽敞的路，就得自己动手。我们三个班，每班六百人，每人每天加班两小时，坚持干上一个月，差不多就可以修好了！”

在大家齐心努力下，下矿井的新通道修成了。通道加宽了一倍。上面还加上铁顶梁，两边修了扶手，每隔十几个台阶有个平台，通道里还装了电灯。

这件事又热闹了一阵子。先是黑板报天天报导义务劳动的热情与进度，以后又在矿区小报、沃尔库塔的市报上大造声势：“党和政府关心‘泽克’们的劳动与休息，减轻他们上下矿井的疲劳，特拨巨款和巨大人力仅用半个月时间修了一条宽五米、长二百米的新通道。这是只有在伟大的社会主义建设事业中，在党的正确领导下才会出现的奇迹！”

我和我的同伙们每天超额完成任务。我们每天除了可以领到一公斤面包外，还有驯鹿肉汤、燕麦粥、煎特里斯卡海鱼。我的身体强壮多了，体重增加了，面部有了血色，干活也有力气了。除了八小时工作以外，每天还可以有两三个小时看书，每周还参加文化课和技术讲座。劳动营里每天晚上都放电影或跳舞。一天，黑老爹说：

“听说今天新闻会有关于咱们红军长征到陕北的报导，也许咱们能看见朱德和毛泽东！”

我们几个人，黑老爹、小福祥、刘震、铁柱坐在地上看新闻片。虽然片子是黑白的，而且有时模糊不清跳动不止，可我们看到了徒步行军的红军战士，看到了农民、妇女和孩子，也看到了窑洞、土岗和小河，这是陕北的农村，我们激动地掉下了泪。小福祥和刘震竟哭出声来。后来，毛主席、朱德总司令和长着长胡子的周恩来在银幕上出现了。这时我感到一只手臂在我肩上哆嗦着，震动着。我回头看了看黑老爹，他两眼流着泪，喃喃地对我说：

“毛泽东同志！朱德同志！我看见他们了！我真高兴，我一定要再活上几十年，去见他们，跟他们握手……”

我也激动地握着小福祥和刘震的手说：“我们在这里要好好干，虽然学不到打仗的本事，也可以学到修铁路、下煤矿的本事！将来回到中国都用得着！他们把我们当‘五八六’看，我们则要做个真正的共产党员，将来向毛泽东、朱德同志汇报！”

二十五　惊天矿难

大约在看了这场电影不久的九月底，我们的矿井发生了特大事故。早晨下井后，黑老爹就说，今天怎么有点不对劲？为什么通道特别潮湿？为什么地上有这么多积水？他向矿工长伊利亚叫道：

“哎！伙计有些不对啊！通道积水多了，坑道墙上也冒汗珠啊！”

“没关系，每年这时候雪水雨水河水大了都是这样！快干吧！”伊利亚说完跑去布置其他“泽克”的工作。

大约在上午十时左右，警钟敲了三下，这是准备放炮的信号，也是我们中间休息的信号。我们离开干活的掌子面，在一个小电工间门前坐着闲谈。炮声连续响了七次，然后又是一响。本来还应有两响，却没有声息。

“不要出去，等排除故障听到信号再出去！”黑老爹对我们说。这时他忽然叫道：

“你们听见有人喊叫吗？好像出了什么事故了！哎！你们看脚下什么时候流来的水呀！”

这时伊利亚带着一群人跑过来，边跑边喊："你们怎么还在这里？快跑！快往出口跑，地下冒大水了！把西边的几个坑道都淹了！快跑，拿上矿灯、干粮袋……快跑！"

这时水在不断上涨，转眼间已没到了膝部。我们十六七个人，也许是最后一批人往东边的出口跑去。到了出口附近，水已经没到了我们的胸部，而那五米宽的通道已经挤满了几百人。人们呼喊着，挤着；有的人竟爬上别人的肩头，踩着别人的脑袋往外冲；有的人被踏在脚下，淹没在水里，成了人们的垫脚物。

"这里我们是挤不出去了，水涨得很快，我们赶快再往东去！那里几条旧巷道地势比这里高出几十米，我们先去那里避一避，等水退下来再说！"黑老爹领着我们在齐胸深的混浊冰冷的水中摸索着往一条较高处的巷道走去。老人很吃力，我走上去，在前面开路，小福祥和铁柱扶着老爹。一同跑出来的其他几个中国老乡和十来个老毛子在出口最底层的水里挣扎着。一个中国老乡对我们喊着：

"你们往哪里去送死呀！出口在这里，只有一个！抢险队正在这里救人呢！可别乱跑呀！"

"我劝你跟我们一起到高处去，这里挤不出去了！"黑老爹声嘶力竭地喊着。

我们在旧巷道里走了约有一公里，水渐渐浅了。我们找个台阶坐下，水在脚下流着，流着。人声静下来，紧急救援的钟声也听不到了，但脚下的水还在上涨，我们不得不几次换到更高的地方去坐。

时间在慢慢地过去，大约已是快下班的时候了，四周寂静得叫人毛骨悚然。

"看来我们被困在这里了，也许一天两天，也许七天八天，我们要做最坏的、最不幸的打算！第一，我们一共有七个人，大家把干粮口袋里的吃食、糖块、驯鹿肉干，还有带来的饮水，这些东西都拿出来统统放在一起，看看总共有多少。比如我们在这里被围困五天，每人每天可以分食多少，现在是生死关头，只有我们同生死，共患难，我们才有活着出去的希望。我们在山里被小鬼子围住时，隋老爹就是这样处理的，结果大家的命都保住了。如果谁有私心，只顾自己活下去，不管别人死活，那就是狗娘养的，不是人，那就给我滚出去，自找生路！第二件事，我们一共有七个矿灯，从现在起只点一个，还得把火捻小点儿。只要有灯光，如果我们饿得站不起来，说不出话来，抢险的人也能把我们找到！”

“我们同意！大家都听黑老爹的话，谁要不听话，就早点滚！”

“咱们只留两个人打更，守着灯，有什么动静叫醒大家。咱们要闭目养神，一动也不动，这样节省力气，肚子也不会咕咕乱叫。咱们要挺住，无论到什么地步，也要挺住。活，活在一起，死，死在一起。朱毛二万五都走过，咱们这点苦还熬不过来？”

在只有一盏小矿灯的黑暗巷道里，我们谁也不知道过了多少昼夜。每人每天一小块面包干，或其他吃食。最后吃的东西没有了，水也只剩下两小瓶，只有在干渴得实在难忍的时候，才喝一小口润润嗓子。

后来坑道里的水终于开始下退了。黑老爹建议让一个身体好些的人带上矿灯走出去看看动静。

“我去吧！我会游泳，找到出口看看情况。”我说。

“你行吗？还是叫小福祥或铁柱去吧！”

“你留在这里吧，我和李福祥去！”

“别争了，还是叫咱们的小头目去吧！”小头目指的是我，黑老爹总把我称做大家的小头目。

我提着矿灯在没膝深的水中走着，常常碰到在水中饥饿求生寻食的老鼠群。他们有时竟向我发起进攻，咬我的腿。水越来越深，脚渐渐地够不着地了。我用一只手举着灯，踩着水往前游，最后终于接近出口了。这里的惨状目不忍睹，水里漂浮着数不清的腐臭膨胀的尸体。我在水中终于摸到了阶梯最下层的扶手，水几乎把出口全部淹没了。我听到了抽水机的声响，还有微弱的人的声音，看来是抢险队在工作。我用力地呼喊着：

“我们还活着！快！救人！”我不知道我的呼喊是不是能被人听

到，但我相信我们一定能活着出去。

在我往回游的时候，我感到全身无力，好像一个沉重的大包袱一样往下沉，手和脚都不听使唤了。正在这时一群老鼠把我围起来。我心里想："我不能在这里活活的喂老鼠，老乡们还在等我的消息，希望会带给大家坚持下去的勇气和力量，我必须活着回去。"我终于游到了水浅的地方，一步步艰难地走回了我们的"宿营地"。当我把侦察结果告诉大家的时候，大家都躺不住了，这时隋老爹命令大家：

"都给我躺下！由我一个人值班。我看谁敢说一句话，动一下，我绝不留情！"

我们又静静地躺了不知多少时间，没有吃的，没有水喝，我们谁也不能动了。抢险队员发现了我们的灯光，终于把我们从地狱里背了出来。

我们是最后被抬出矿井的七个中国人。我们在井下待了整整九天。我们还能有口气，活着回到人间简直是奇迹。我似乎已经没有什么感觉，没有饥饿，没有干渴，也没有呼吸新鲜空气的要求。我只觉得耳边好像有人说话，好像有阵清风吹来，好像在做梦。手被人移动了一下，脚也被人移动了几下，眼皮又被人扒开了，一束光线照过来，这时听到有人说：

"还活着，也许死不了！"

我又昏昏沉沉地睡着了。

在睡梦中我听到有人问：

"我们在哪里？我们还活着？我们的小头目在哪里？黑老爹呢，他还活着吗？"是小福祥的声音。

"我……我是咱们叫做'死不了'的那种花草！"黑老爹的声音。我睁开眼睛，向四周看着。我看到一个挨一个的板铺上躺着从地狱中爬出来或是抬出来的"泽克"，有黑头发的"基代岳茨"，也有黄头发的老毛子。穿着白大褂的医护人员在他们中间走动着，给他们输液。

"又醒了一个，给他一杯牛奶！什么起死回生的灵丹妙药也不如一杯热牛奶！慢慢喝，小口小口地喝，过一小时还会给你一杯！”多么温柔、亲切的话在耳边响着。

“你是谁？你是我的小妹妹瓦莉娅吗？”

“我不是瓦莉娅，我是卡利娅！也是小谢斯特拉（护士、姐妹）呀！”她低下头喂我牛奶。她的头发在我额头扫过。她亲切地笑着。

“我要面包！我要特利斯卡鱼！”

“都会有的！都会有的！只要活下去，什么都会有的！连你的瓦莉娅也会有的！”卡利娅笑着吻了吻我的额角，“你就是那个‘斯达汉诺夫旗手’辽瓦，不是你们提议加宽那条下井通道，不知还要死多少人呢！”

黑老爹大声骂道：“狗娘养的，这群畜生，野兽，杀人犯！”黑老爹咳嗽起来。他呼吸困难，上气不接下气。

“黑老爹，咱们要是挤在那个出口，也早就完蛋了，多亏了您救了我们大家！”小福祥说着，他的体力恢复得最快。

我亲切地看着黑老爹，想对他笑笑，安慰他，可我却流出泪来。我的头脑清醒了，矿井发生的一切都记起来了。

黑老爹年岁大了，他的身体时好时坏。他早晚经常发烧，医生总是一次又一次地听他的心脏。他翻身，大小便都得有人帮助，最先是福祥和铁柱伺候他，我的身体稍微恢复之后我也照顾他。

“我这老绝户、三不孝的王小三，竟在临死前捡到三个好儿子！这是哪辈子积的德呀！”他的眼睛通红，流着血泪，摇着稀疏的满头白发。

“人呀！只有在临死前才更想家呀！”他闭上眼，小声地自言自语地说，“我们祖辈传下的老土坯房，还等着我回去住呢！那里有条叫柳条河的小溪。为什么叫柳条河？不是因为岸边种着的柳条垂到水面上，也不是因为那河里有一种细长的小鱼，叫柳条鱼……不是，而是那条河自己是细长的，弯弯的，波动着荡漾着，像春天刚绿的柳条一样！”

我们静静地听着，每个人都想起了自己久别的家乡。在我耳边似乎也响起了村边小河潺潺的流水声，还有那熟悉的村舍以及堆满柴草的小院子出现在眼前。古老的辘辘吱吱地叫着，看家的大鹅拍打着翅膀追赶着生人，老牛车慢悠悠地走着，屋顶上的炊烟袅袅。还有那压满车辙的老路，从家门口一直延伸到远方。多少次我沿着它离开了家，又有多少次我沿着它走进了家门……

黑老爹的病一天天加重，到后来他只能喝点牛奶，用手比画着要水或是便盆。

虽然我的身体还很虚弱，但是也叫我出院了。矿工长伊利亚对我透露说：

"大概快要放你出去了，上面造了花名册，把最近要放的人在冰冻前送出去。因为北极的半年长夜已经开始了。伯绍尔河也快封冻了，现在不出去，就得等明年的六、七月以后了！"

调动的名单宣布了，和我同行的熟悉的中国人已经不多了，有的调到其他队里去了，有的死在那次矿井事故中了。当然到底死了多少人，我们"泽克"谁也不知准确的数字。但是终于还是换来了血的教训，抽水、通风、报警、第二条备用出口……都解决了。人总算没有白死！

临行前我请求伊利亚带我去看黑老爹。那里的病人说前几天他已转到急诊看护室去了。我们到那里还是没有找到他。护士说他前天早晨已经去世了。我没有哭，没有流泪。他走完了自己坎坷的一生，在他生命的最后时刻还救了七个人的生命！他应该休息了。我想起了李福临终前说的话："回家！"是的，他回家了。

二十六　科米筑路工

我们被装上运送货物和牲畜的轮船，沿着伯绍尔河航行。太阳只在天边地平线上转，让人弄不清船是向东还是向西航行。因为是逆水行舟，显然是向南走了。我心里很畅快，终于要释放了。如果把我在远东和中亚劳动营中的减刑计算在内，我早就该释放了。船航行了一两天，在科米自治共和国的一个村镇停下了。我们改成徒步行军。因为我们是向南走，所以眼前的景色和北极圈内大不相同了，青草地渐渐多了，小叶林也逐渐多了，山冈上可以看到成片的松树林。

我们走上了一条笔直的公路路基。有人告诉我，这条路基是国内战争年代白匪和英军修的，他们准备从北极海域登陆后，沿这条公路进攻红军，但革命很快成功了，这条公路也就废掉了，至今路面没有铺石渣和沥青。有时我们路过科米人的村落停下来休息。科米人是老教的信徒，所以十分厌恶俄罗斯的异教徒。他们不让外人使用他们的碗勺，甚至不让喝他们缸里的水。对我，他们却友好得很，常常塞给我一块燕麦粉面包，或递过一碗牛奶。

走过这段废弃的公路以后，开始在林间行进。我们中间有些人是伐木工人和猎人，晚上在森林中宿营时他们会很快地生起一堆堆篝火。大家围在火堆旁，先是互相吵骂叫喊，然后是互相倚着烤火，吸烟。当吃了点儿面包，喝了些热开水以后，走路的疲惫减轻了许多，大家便开始思念自己的亲人。有个四十多岁叫菲加的人在忏悔着自己过去的罪孽。他偷了老婆的首饰换沃特加喝，喝醉了打老婆……他说到伤心处叫道："我有罪啊！我住劳改队是上帝对我的惩罚。现在我知道了世界上最好的人，就是我的老婆！"他大哭大闹起来，喊叫着自己老婆和孩子们的名字，一遍又一遍地说："我对不起你们！我该死！这次出去，要像条狗一样跟在你的屁股后面，叫我摇尾巴我就摇啊摇！罚我站着，我心甘情愿地跪下！我天天卖力气干活，回家先给你挑水，劈柴，喂奶牛，扫院子……家里的累活，不能叫你一个人干！你照看孩子，我出力干活，把全家喂饱！再不去勾引那些风骚娘们儿了！"他们的忏悔几乎是大同小异，千篇一律：喝酒，打老婆孩子，勾引女人，睡懒觉！

这些事他们讲厌烦了，就开始唱起那凄凉的囚徒之歌。最后一个个在火边打起盹来，没有声响了。

一天，押解我们的人把路带错了。我们在森林中迷了路，已经走了大半天还不见我们要去的村落，却走进了一条越来越荒凉的林间小路。

"迷路了，只好就地生火野营了！"管理人员对大家说。

"看，那边有房子，好像有人家！"远处有一座看林人的小木屋，走近一看，只能住十来个人。大家商量的结果是叫病弱的年老的进去住。因为我从医院出来不久，大家叫我也去。屋子很矮，有个很小很小的窗户和一个又厚又重的板门。门开后，突然从里面跳出来几只野兔，它们逃出后在不远的地方观察着我们这些不速之客。小木屋里散发着一股潮湿发霉的气味。

后半夜下了阵阵霜霰。气温下降了，篝火也熄灭了，在外面围着篝火的人实在挺不住了，一个个也都挤进小屋来。第二天早晨醒来，大家惊奇地发现本来只能躺下十几个人的小屋却塞进了上百人。人挤着人，人摞着人。人疲乏了，只想睡觉。人冷了，只想着取暖。“泽克”们互相拥抱相视而笑，有的歉疚地说：“对不起！对不起，压在你身上睡的！”“不必道歉了，我也是压在别人身上睡的！”

人真是一种奇怪的动物，有时他像气球一样，膨胀起来，越膨胀越大，占有的空间也越来越大，却仍然不满足，还想再继续膨胀。可有的时候他们又会收缩，在饥寒、风霜中收缩再收缩，甚至会在仅能容下身体十分之一的空间里睡觉！

我们穿过森林，爬过山冈，走进了科米的一个小村落。在这里我们要等待从齐必由来接我们的汽车。我们所有的“泽克”被分配到村民家里去住。科米人是老教徒，他们很爱清洁，凡是我们用过的家具，他们总是单放在一边，然后用圣水洗了又洗。他们的门柄、扫把，只要我们动过的，都用圣水擦了又擦。在我寄宿的那家共住着三个“泽克”，我和一位五十岁的老乡彼得，还有个小“施卡拉”瓦尼亚。这个小瓦尼亚第一天晚上就偷吃了主人半罐鲜奶油和一大块奶酪。女主人非常生气，把所有的食品都藏起来，还叫她的一个小男孩寸步不离地监视我们。

第二天半夜里，我们听见屋外有人号叫，有人吵骂。男主人甚至拿起猎枪跑了出去。过一会儿瓦尼亚被抬回来了。老彼得很生气地骂道：“瓦尼亚还是孩子，有错也不能动枪动棍子的！你们还有点人性没有，把孩子打成这样？”彼得气得浑身发抖。我也为瓦尼亚挨打很气愤：“你们还信什么上帝！上帝是讲仁慈的，这就是你们科米人的仁慈吗？”

我们这里一吵闹，住在邻居的“泽克”们也都过来了。大家都为瓦尼亚打抱不平。

男女主人和他们十二岁的儿子，坐在那里一声不响。最后女主人长长叹了口气，端出一大罐子牛奶来，递给瓦尼亚：

“我知道你饿，想喝点牛奶。你尽管喝吧，都给你！罐子用完了我去洗！你总盯着我看干吗？是不是还想吃块燕麦饼？我去拿。”瓦尼亚红着脸大口喝着牛奶，吃着面饼。大家都散开了。那位女主人小声说：

"孩子，你饿了跟我说一声，你怎么能直接用嘴去吸吮奶头呀！那头奶牛叫我惯坏了，挤奶时除了我谁也不能靠近它，你怎么能半夜里去吸它的奶啊！它可不像你妈妈，什么时候都可以掀起衣服吃上几口啊！"

瓦尼亚被奶牛踢得鼻青脸肿，腮帮子肿得像个大紫萝卜。女主人拿来了热毛巾给他敷上。知道了实情，起初我们真想哈哈大笑，后来看到女主人那么耐心周到地给予瓦尼亚以母亲般的爱护，我们感动得掉下了泪。

第二天我们上路了。上车前，女主人给我们每人一大杯牛奶，一大块燕麦饼说：

"我们生活也不富裕，在我们家做客叫你们委屈了！欢迎你们再来我家做客！"

我们被押解到了乌赫塔。刚把行李放进帐篷，一位戴着犄角军帽、穿着军大衣的大人物走进来了，后面跟着一位穿军便服的，显然也是个"泽克"，喊了声：

"起立！""站队！""敬礼！"我们稀稀拉拉照办了。

"你们这批人是派来筑路的！"那位大人物郑重地说："任务非常重要！我们这里纪律严明，赏罚分明，谁要是不好好干活，谁要是打架偷东西，小心你们的贱骨头！"

"首长，我有话说！"一位叫菲加的俄罗斯人说。

"你要说什么？有事，要先喊报告，经过首长允许再说话。"那位站在后面的穿军便服的人说。

"营长，叫他说吧！"原来站在后面的那个人就是我们劳动营的营长。

"我被判五年，是'五十八'条的。我已在索洛维茨基、新地岛、白海运河和沃尔库塔干过三年多。因为劳动好，给我减刑两年半，现在我的刑期已超过半年了，为什么还不放我？为什么还让我去修路？"

"你的话说完了吗？告诉你吧：你们这些人都是从沃尔库塔送

来的已超期的囚犯。过去所谓减刑都是反革命集团的阴谋诡计。以雅果达为首的罪恶集团已经受到应有的惩罚，他们给的减刑统统不算数了！明白了吗？记住，以后谁也不准再提减刑这件事，否则去住隔离区！”

“减刑统统不算数了”这句话说起来轻松，听起来可就没有那么轻松了。不过也没什么了不起的，按着五年的刑期计算，我也只剩下一年了。四年都熬过去了，一年又算什么！

我和几个俄国人被分配到打石场去打石头。我们二十几个人住在一座小工棚里。工棚是很巧妙地建筑在山坡的石坑里。有一个不知从哪里弄来的很大的玻璃窗户，有个很小的要低头弯腰才能进去的小门。玻璃窗是向阳的，转到南方的低矮的太阳可以照满我们的整个新居。地下铺着很厚的干树枝，树枝上又铺上干草。一个铁炉子放在工棚靠东墙的弯形洞里，既不妨碍行动，也免得引起火灾。

我们掘石料既不用抡铁锤钢钎来打洞放炸药，也不用敲裂大石头。一位自认为有学问的副教授雅柯夫说：这里是最古老的冰河时期的地层，这里的石头不成块，而是一层层的，每一层都在二十公分左右。我们每人一副铁镐，一根铁撬棍，把一层层石块掀起来，然后搬到场地堆起来，每人每天的定额是五六立方米。我们努力工作，每天可达到六七立方米，每天可以领到一公斤面包和肉菜汤，日子过得平静而安宁。

雅柯夫自认为很了不起，他当过副教授，但对为什么由共产党员变成“五八四”，却闭口不说。有些年轻人问他：“你是学者，不好好教书却胡说八道，结果弄到这里打石头，你到底胡说了些什么啊？”

他得意地仰起脖子说：

“无论说什么历史问题也好，哲学问题经济问题也好，你们什么也不懂！我倒霉就是因为那些格伯乌乡巴佬什么也不懂，才给了我十年。如果把我的学说拿到国外，可能早已是世界名人，诺贝尔奖金的得主了！”从这以后大家都嘲弄地叫他“诺贝尔”。他对自己的绰号很得意，叫他“诺贝尔”，他答应得比雅柯夫还快。

有一次在揭石板块的时候，我发现在石板块上有许多水藻形的花纹，还有些很小的椭圆形的原始生物的斑点。还有一次在薄石板下发了四五枚小贝壳的化石。我拿给他看，他却故作姿态地大声喊叫着说他发现了古生代的藻类化石。他发现了新生代的贝壳，这正是他写论文的绝妙材料。他向我索要，并要用一件衬衫和一袋面包干来换，我故意不答应。我说：

"我要带回中国，到图书馆找材料然后写论文，到那时我也可能是'诺贝尔'了！"他无可奈何地耸耸他的肩膀。半夜，他悄悄地把我的几块沉重的石片偷去了。以后不论是出去干活还是睡觉，他总是带着那些石片。两个星期过去了，我们又要分离了。有的人被递解到科特拉斯，有的人被递解到乌斯特维姆，我则被送往齐必由这个由"泽克"们建成的小城。临行时"诺贝尔"把我叫到一边，递给我一小口袋面包干和二十卢布。

"这是我给你的，是我应当给你的！怎么对你说好呢？我……我真爱那些难得的标本呀！"

"不说这些了。钱和面包干你自己留着用吧！那些石头片对我没有用处，对你或者有用处，我送给你了，你背着吧！再见，'诺贝尔'！"

"能让我拥抱你吗？你们'基代岳茨'真好！不争名，不图利！"

"不完全是那么回事。中国人也有为争名夺利而钩心斗角互相火拼的，和你们一样！只是我不愿意背着那些对我毫无用处的石头！"我们互相拥抱告别。我看见他眼睛湿了。

齐必由的劳动营很大，修了一排排整齐宽敞的宿舍。"泽克"们睡在兵营式的双层铺上，每个人有个单独的床位。这里的中国人很多，有的是从远东直接递解到这里来的，有的则是修完白海运河后对外说赦免罪行释放，其实又被转移到这里来了。还有的是从新西伯利亚和中亚细亚等地转送来的。我在齐必由只住了两天一宿，在那里洗了一次很好的蒸气浴和水淋浴，给我们换了清洁的衬衫，吃的也不错，这在押解途中还是第一次得到这种享受。在宿舍里住的都是中国老乡，他们对我这个新来的都非常亲热。有一位老爹，满头稀疏的白发，驼着背，声音沙哑，看来他的视力很不好，总在打量着我，问我是从哪里来的。我信口说是从中亚细亚来的。他皱着眉摇了摇头走了。

第二天我所在的队被派去修公路。也就是要为从乌斯特维姆修到沃尔库塔的未来铁路做准备工作。那位同住的老人对我说：

“小伙子，我看你还是留下做些做饭洗衣的工作吧！这里天寒地冻怕你挺不住啊！”

“您老放心，没事！苦和累我尝得多了！”

“哦！你在劳动营里待几年了？四年多了吧？是啊，年久了，人都变样了，见面也不认识了！”他朝着我走近了一些，问我：

“你认识瓦莉娅吗？你还记得尼娜大娘吗？”

“哎呀！我的隋老爹，是你吗？你怎么完全变样了？个子矮了，嗓子哑了，腰弯了！”

“你也变了，哪还有一点儿书生味儿呀？”他说着，边笑边流泪。

“最初说送你到赤塔学习我就半信半疑。以后你们那些抗日的学生都一个个不知去向，后来那些从莫斯科派来的也一个接一个调走了。我们这些老华侨，老‘基代岳茨’没用了，也一个个死的死，走的走，没影没踪了。结果咱们在这里聚会了。我还是在索洛维茨基接到过瓦莉娅她们的信，现在她们怎么样了我也不知道。”

我赶紧把在中亚细亚见到瓦莉娅的情形告诉了他。话没说完，我们队集合了。

“现在我们在一个劳动营了，会有机会见面的。注意身体！”老人家把一提兜吃食：面包、咸鱼和三十元钱交给我。他哭了，转身走了，又忽然转过身回来对我说：“劳动营里什么活都可以干，干活没贵贱，你能够找些服务行业，如做饭、洗衣什么的也可以嘛！对你身体有好处，对别人也有好处嘛！我现在在浴室干活，洗衣服也很好嘛！”

我们一百二十多人被派到沃得洛乡公路段劳动。这里只有两栋临时工棚。是用纵横的木柱钉起房架，然后用苇草板填起来，外面再涂抹上灰泥。墙壁太薄，保暖性差。大家人挤人地睡在通铺上，因为我们长期穿着衣服睡觉，身上很快地繁殖了虱子。俄国人很怕虱子。据传说，在沙皇时代与土耳其及北方一些民族的战斗中，死于虱子传染伤寒病的，多于死于战场上厮杀的。所以俄罗斯军队和劳动营都有严格规定：必须每星期洗一次澡，集体更换一次衬衣。由于内衣是大家共用的，所有的衣服放在一起洗，很容易互相传染。因此劳动营都采取严格的消毒办法，除内衣外，外面穿的夹衣、棉服也要用高温消毒。经常把老羊皮大衣烤成一个又小又皱的团团，“泽克”们除了骂娘外也只好认倒霉了。我们这个新营地没有浴室也没有洗衣房，因此我们这些住在通铺上的“泽克”们的虱子繁殖得特别迅速。人们在做工时搔痒，在吃饭时搔痒，晚上在黑暗的灯光下捉拿虱子！大虱子没拿完，小虱子爬过来。小虱子还没来得及大量吸人血，老虱子又把虮子生在衬衣衬裤的缝上，像小米粒一样排成一行行的。“泽克”们被虱子咬得没办法的时候，坐在通铺上，沿着衣缝咬那些虱子和虮子。日子长了，谁也不再笑话谁吃虱子了。相反的，谁能把大虱子、小虮子嚼咬出“吃吃、嘣嘣”的声音，竟成为一种乐趣了。

最后大家研究出一种比较有效的方法，那就是在夜间，温度下降到二十度以下时，把内衣脱下来挂在外面的树上，第二天早晨把虱子都冻死了。特别是那些大虱子，冻得头扎在衣缝里，屁股被冻成硬硬的灰白的小球露在外面。这时只要用扫帚狠扫，用树条使劲抽打，就可以把它们打掉。如果你以为虱子已经冻死了，不去管它，衣服一穿上，一贴人体，一遇暖气，还会复活的。而且死而复活后的虱子报复性特别强，咬起人来让你昼夜不宁。

大家被虱子整得坐卧不宁，而且因为长时间不洗澡，每个人身上、衣上，整个宿舍都散发着难闻的汗臭味。

一天劳动营长在工地上遇见我，问道：

“你是‘基代岳茨’吧?”我点点头，他接着说：“‘泽克’们造反了，说虱子快把他们的血吸干了！不过虱子们吸起我这当营长的血也不比吸你们的少啊！我想跟你商量一下，我们请了二老尚当炊事员了，想派你给大家开个洗澡间、消毒间、洗衣间。你好好想想，先不要摇头说不行。”

第二天吃过早饭我和二老尚在住地周围转，忽然在小河边发现了一个方形的小木屋，顶子已经没有了，门窗只有两个黑洞，里面有许多鸟雀窝，地上跑着许多老鼠。

“这里看来不错，一是靠水近，二是有房框，有地基。可以省些事。我看可以在这里修个蒸汽浴室和洗衣房。”

我听了二老尚的话，找了营长谈了我的计划。他皱皱眉头说：“收拾比盖还费事，不过可以先试试，我给你派十个人。”

修浴室，这是全劳动营都被震动的大事。我们十个人干得很起劲。几个木匠主动加班，一夜就做好了门框、窗框，第二天就装上了玻璃。房盖是用十公分粗的小圆木平铺的，上面又盖上一层层的苔藓草皮。在房顶上开了一个半公尺宽的通风用的天窗。第三天下工后打饭的时候二老尚对大家喊道：“今天晚上到浴室帮助干活的多给一勺荞麦米饭。”

“不给添吃的也得去帮忙啊！消灭虱子睡好觉是大事啊！”“泽克”们吵叫着。

这天晚上，大家从河床里捡来了火成岩的圆石块放在浴室里，从食堂找来了十几个装过酸菜和咸鱼的大木桶，又从工地弄来两个化沥青的大铁锅。

没出三天工夫，一个浴室修好了。浴室里铺了厚木方子地板，靠墙搭起双层的蒸汽浴台子，屋子中间砌了一个足有二米宽、二米长的火池，屋外堆了人们义务劳动送来的木柴桦子。两口沥青锅经过烘烧弄干净了，酸菜桶和咸鱼桶也洗干净了。星期六那天上午，用卧牛石架起的两口大锅装满水，升起了熊熊烈火。浴室中间的火池里也摆满卧牛石，也用木桦子把它们烧得通红，掷进装满凉水的木桶，把水加温，滚滚黑烟从天窗中升起。“泽克”们排成队，心急火燎地等待浴室开门。

每次只能进去十个人。天气很冷，他们在过道里脱光衣服，然后用大铁钳子把烧红的石头放进水桶里，那水桶立即咆哮起来，散发出蒸汽和鱼腥味。这些人在很热的水蒸气里一面用树条抽打着自己满是污秽汗泥的身体，一面用破布搓着身子，然后满意地躺在台子上享受着。可是在外面排队等候的人们则呼叫着，敲打门窗喊叫着：

“快滚出来！我们要进去！快！”

“我们冲洗一下肥皂，等一等，请你们从外面锅里提几桶热水来呀！”外边等着的人照办了。

不久第一批十个人洗得又白又红从浴室里出来了。大家高兴地呼喊着：

“乌啦！乌啦！谢谢我们的营长！”

“不，还是谢谢瓦尼娅‘基代岳茨’吧！”营长说。

我们忙到半夜，一百二十人都洗完，回去睡觉了。可是第二天早晨大家又吵了起来，都说洗完澡虱子咬得更狠了。过去皮厚，没有感觉，现在全身发痒！

营长又把我叫去商量洗衣房的问题。我说：“只能因陋就简，一星期每人洗一次澡换一次衬衣，把一百二十人分成两组，星期三、日各洗六十人，换下的衣服在澡堂里洗，那里有烧热水的铁锅，也有泡衣服的大木桶，虽然不太卫生，总比不洗澡不换衣服好。”

“就这样定了，你挑两个好帮手，好好为大家服务吧！这是件比什么都重要的事！”从此以后，我当了这个营地的浴室兼洗衣作坊的总经理了。工作虽然又操心又累，但做一件有益于大家的事，内心痛快极了。

二十七　齐必由劳动营

我们公路段的工程完结了，我又被调回齐必由。那里有许多老乡，特别是有我的隋老爹在那里等我。五年来我有千言万语要向他叙说啊！

回到齐必由，我放下行李立刻跑到洗衣房去看隋老爹。他正在那里熨衣服。见我进来，他没有动，也没有停下手里的工作，他指了指旁边一个凳子叫我坐下。他脸色灰黄，皱纹也增多了。他显然有许多话要说，但一下子卡在喉咙里说不出来：

“你完全调回齐必由来了吗？那太好了。”

“你身体怎么样，还好吧？”我问。

“咱们要说的话多着呢，没有闲工夫说这些客套话！”他很严肃地看着我，把烫好的衣服叠好，紧握着我的手。他的蒙眬的老花眼里淌出泪来。

“人老了，感情脆弱得很，动不动流泪，简直像孩子。我想你们俩呀！我……想你和瓦莉娅啊！我革命一辈子，当了一辈子工人、大兵、囚犯，给你尼娜大娘带来多少苦，那是我们两厢情愿！

可孩子们就不同了，一想起无缘无故叫你们这代人随着我们受委屈，受磨难，难受极了！总觉得我们这代混账们对不起你们呀!”他无奈地笑了笑。

我向他讲述了在沃得洛乡公路段修建洗澡塘子和洗衣房的事。听了哈哈大笑，说：

“我是个不学无术的人，念过几天四书五经，学着写过些歪诗，最后才学了点马列主义。最近我在搓洗着咱们‘泽克’换下来的布满虱子、虮子和痔疮血迹的衣服时，我觉得在我衰老的时候，快死的时候，坚持做个好人，临死前还能为人做些好事，心里觉得很满足。”

回到齐必由后，我决心留在洗衣房干活。这个洗衣房很大，要给劳动营上万人洗衣服，此外还要经常派出洗衣工，到住在自由居民区的劳动营的高级首长家洗衣服。

人们告诉我，这个浴室和洗衣房是隋老爹到来以后亲手改造的。浴室很大，与浴室并列的洗衣房由一座大锅炉供给蒸汽。洗衣房分成三部分，一是洗涤车间，里面靠北墙放着十个一米二高的大木桶，高压热气经过管道通到木桶的底部。这些木桶是用来蒸煮洗涤衣服的。屋子中间也放着十个同样的大木桶，里面可以灌入清水和加入漂白粉，是专为漂洗与消毒用的。在靠南墙的窗下，有十个大木槽做成的洗衣池。每个洗衣池里配一个半米宽、一米长的搓衣板。隋老爹按照一些曾在莫斯科等地开过大洗衣店的老乡们的建议，规定了严格的操作程序。他在向我介绍他的这个洗衣房和浴室时，比讲他在远东打小鬼子，当红色游击队长还自豪。

隋老爹对我说：“要理解那些‘泽克’们的意见和希望，大家都来帮助这些最不幸的人。当他们在浴室里换上干净衬衣时，如果能够感到我们人间、我们社会、我们革命的温暖，增加他们生活和劳动的力量，就可以减少他们对人类，对国家，对同类的猜疑和不信任，这就是我们工作的意义。”

隋老爹亲自示范，教我如何在窗口收脏衣服和立即分类。他还向我讲授和示范整个洗衣的程序。

头一天晚上就要把“泽克”们洗澡换下的衣服放进白天蒸煮过衣服的大木桶里，用温水泡一整宿。那些特别脏的，还要在煮过衣服的肥皂和碱水里加进漂白粉来泡。第二天每人把自己应该洗的定额衣服从肥皂水中捞出来，控干后放进洗衣槽里，倒进去新化开的肥皂水，一件件在那大搓衣板上搓。当洗够五十件时，就把这些衣服掷进蒸汽大木桶里用干净的碱水、肥皂水煮上一小时。在煮衣服的这一小时里，要把第二批五十件衣服洗完。紧接着把蒸煮过的衣服捞出来放进漂白桶里漂白，消毒。这些干完后再去洗第三批五十件，第三批投进桶里蒸煮时，就要把第一批漂白的衣服放在净水中洗净拧干，送进烘干室。衣服烘干后，烘干室的人把它们交给熨衣工。

我们“基代岳茨”在齐必由这个劳动营集聚得越来越多。劳动营的管理人员尽量把中国人安排在一个很大的工棚里。齐必由的工棚盖得比较好。取暖，采光，照明还都可以叫人活下去。特别是在消灭臭虫、虱子、蚊子上，在吃饭、睡觉和洗澡等方面还是比较卫生的。管理人员的态度也不是那么恶劣。特别叫人高兴的是，有个图书馆，可以借到文艺、历史、政治等方面的书。

我们工棚的“基代岳茨”只有一小部分是从事土木建筑的普通工人，大多数人是从事服务性工作的。在食堂里除少数领班是俄国人外，绝大多数是中国人。这里“泽克”的食堂分成三个等级。普通食堂，是专供一般“泽克”的食堂，是按每人完成定额分配食品的。除了主食面包之外，菜和汤也是按完成工作定额好坏分成三级。完成定额百分之百以上的，除发给鱼或肉煮的汤以外，另加一块煎鱼、煮肉和一勺半稀半干的五十克小米或荞麦米饭。

二是高级食堂，是专门供给那些高级的管理人员、高级工程人员的食堂。他们的面包定量是每日八百克，菜和汤大致和完成定额最好的“泽克”们相同。

三是特级食堂，是专供那些格伯乌的特派员、上级派来的或留用的特高级人员以及看守部队的首长们。他们用的是特级厨师。每日的食谱和城市里的饭店一样，只是价格比外面的低三分之一。原因在于厨师是“泽克”，不给薪金，再加上使用的煤、水、电都不花钱。特别是他们可以从“泽克”的大灶中克扣一些油水。和我们住在一起，给特灶当厨师的“基代岳茨”个个都吃得又肥又胖。他们下班回来时，还可以把那些高级人员吃剩下的肉饼、煎牛排等偷偷地带回来。带回来的吃食，有的送给同屋的朋友们吃，有时也用来换些烟酒之类的东西。这些厨师可称为我们“泽克”中的“小贵族”。

在我们之中有几位有特别地位的大“贵族”，他们是在齐必由自由居民区的饭店和洗衣房当工头或管理人员，或者是给大首长家做饭、洗衣服当佣人的。这些人都是经过特别挑选的。到自由区干活的“泽克”们每天可以从劳动营领到八百克面包，每月领一包马合拉姆，仅这两样卖出去就是一笔不小的收入。另外这些“贵族”们各有各的生财之道。例如有一位叫房子玉的厨师，他每天都可以从饭店里带出来大批的吃食：咸肥猪肉、火腿、香肠、白面、大米、葡萄干，甚至成瓶的白酒。最后他自己跟我们讲了实话，他和饭店管食品仓库的管理员勾结在一起，管理员把平日大秤进小秤出，以次充好，多领少给等手段弄到手的东西，交给伙计老房，每天下班回劳动营销赃。

给大首长家做饭、洗衣服的“大贵族”，多半挑的都是长得帅，性情温和，讨人喜欢，手艺高的“泽克”。他们工作轻，丰衣足食，首长甚至向劳动营打招呼，叫他们每星期回去一次检查身体，不需要每天回劳动营报到。

在沃得洛乡路段与我相识的二老尚，也回到了齐必由。他说那里已改成收容老弱病残，等待收尸的死囚营了。二老尚回来以后就被派到一位格伯乌监察人员家里当了厨师兼洗衣工和听差的。二老尚自从有了这个美差之后，就在“基代岳茨”中端起架子来了。劳动营管理人员也个个向他献殷勤，把他美得忘乎所以。他说：“叫我二老尚一辈子干伺候那位夫人和少爷这个美事，一辈子一个钱不给，我也满足了！”可是二老尚的时运不太好，只干了半年就被赶回来了，并且送进了监管隔离区成了囚徒。当他从隔离区出来时对我说：

“你发誓不对外人说，我可以告诉你我是怎样走桃花运的，又是怎样住上隔离区的。”

事情很简单，他伺候夫人弥拉，弥拉很善良，对为她做饭，洗衣，看孩子，打扫卫生的“基代岳茨”十分同情。有一天他干了一天活，累得直不起腰来，躺在饭厅的长椅子上睡着了。夫人弥拉过来给他盖上一件衣裳，吻了他的额头说道：

“真可怜啊！真可怜！你这样好的青年能犯什么罪呢?”她吻了他，流下泪来。二老尚不敢动，不敢睁眼，不敢呼吸，夫人走了，他也睡了。

万没有想到第二天开早饭，他把吃食端上桌子时，却挨了格伯乌首长一顿臭揍，脸打肿了，屁股踢青了。说他偷了他的钱包。叫人把他押进隔离区以前，首长对他说：

“你和臭婊子干的事我亲眼看见了，你只要承认偷拿了钱包，其他的事，透露出一句，我要你的狗脑袋!”

相对说起来厨师房子玉是幸运的，他吃得肚皮越来越大。他每天可以把十公斤肥咸猪肉用布带狠束在腰里，从外边看不出任何破绽是偷拿出来的。

住在同一工棚里还有一些有外快可捞的“泽克”，我和隋老爹就属于这类人。可是吃特灶、住特等房屋的那些“泽克”，最怕传染病，最怕用公共的衬衣、公共的被褥。他们从自己家里送来的那些内衣、外衣、被单、褥单、毛巾、手帕等，都经常洗换。他们与我们这些在洗衣房工作的人拉上关系，我们每个洗衣工包上三四个人的衣物洗涤，这样每人每月可以收入三五十卢布。因此我们“基代岳茨”的工棚便成了“施卡拉”、小偷小摸的主要对象了。他们给我们的绰号叫做“基代岳茨肥猪。”他们暗语中“吃顿肥猪肉去，”就是来偷我们。这些小偷的帮头越干越胆大，后来竟派人来谈判，叫我们工棚里所有人按月纳人头税：每人每月二十卢布。大家商量不知怎么办好。隋老爹说：

“这些小偷流氓贪得无厌，这个月每人给他二十卢布，下个月要你四十卢布！整个俄罗斯吃下去都填不饱他们的胃口，我们能满足他们吗？唯一的办法是狠狠揍他们一顿！为此，先通过咱们那些给首长干事的人，给首长们打个招呼，然后再整治他们！"

当我们得到劳动营首长"只要不打死人，你们干吧"的回答以后，隋老爹对来催办的一位"施卡拉"的首领说："每人每月拿出二十卢布、三十卢布都可以，但是你们几位'阿大曼'要先光临敝舍跟大家谈谈，定个永不变更的数目才行！"

当我们把战斗武器准备好了的时候，五位著名的"阿大曼"大摇大摆地进来了。

"欢迎！欢迎！请坐！你们要什么，谈吧！"

"我们要每个住在这里的人，每月给我们二十卢布保护费！"

"可以给，但以后你们再跟我们多要怎么办？"

"咱们随行就市，水涨船高，以后你们'基代岳茨'收入多了，再多给添点嘛！"

"这么办吧，请你们签名立个字据。我已经写好了，同意就签名吧！"隋老爹说着，拿出字据和一叠卢布来。他把要签字的纸举在手里念道："我们以下签名的五位阿大曼，要求基代岳茨每人每月交纳三十卢布的保护费。我们保证今后绝对不再偷、摸、抢他们的东西，或殴打他们！钱在这里，签了保证书，我们按保证书每月给钱。"五个"阿大曼"互相瞅着，最后下了决心说：

"咱们签字！咱们讲的是哥们儿义气，既然你隋老头这样说了，咱们签字！"

签完了字，隋老爹把字据和钱往兜里一揣说：

"现在你们五个人签了名的字据握在我手里！现在只有两条出路：一是你们答应以后永远不再来欺负我们，二是我现在找格伯乌总监去，把你们送进禁闭室！明白吗？"

"什么？你这该死的老'基代岳茨'——伙计！你敢要弄我们！"一个高大粗壮的汉子向隋老爹胸上击过一拳。当然这一拳命中是能把老人打死的。但他没有料到，隋老爹有高强的武术功夫，只见他身子一躲，顺手将那汉子抡过来的胳膊一拉，他就扑通一声栽倒在地。其余四个人刚要动手，被事先埋伏的伏兵擒拿起来。一阵拳脚之后，他们的胳臂和腿一个个都被我们打断了，不能动了。隋老爹把他们签了名的字据交给了劳动营的领导。从此“基代岳茨”的工棚每个“施卡拉”都绕着走，生怕挨揍。中国人一下子扬眉吐气了，那些从莫斯科等大城市递解来的“泽克”知识分子们也都为自己是中国人而骄傲！一些俄国人说：

“一个‘基代岳茨’像只小耗子，成帮的‘伙计’是专门吃‘施卡拉’的狮子！”

中国老乡聚集在一起，生活稍微富裕了，就想到消遣了。他们想打麻将，但是没有麻将牌。有一位周木匠，他用木材做了一副麻将牌，用笔写上字，画上图，但没用两天就出了问题，牌上的字图模糊了。为此，互相争吵不休。特别是在有输赢时，更易发生争执。隋老爹为了调解纠纷，对我说：

“我看你的字写得好，也会绘画，叫周木匠再做两副麻将，再打磨出两把刻刀，你给他们刻两副麻将吧！免得每天总吵架！”

我答应了，先用铅笔在平整圆滑的小木块上画上麻将的图案，然后精雕细刻起来。洗衣房的老爹帮助我干活，我挤出时间制作大家的娱乐工具麻将、牌九、骰子、筹码等。只用了半个月时间我的杰作就完成了。大家看后都称赞我聪明能干。为此那些“小贵族”们也给我一点好处，时常地给我点咸鱼、香肠、糖果等。

起先是大家娱乐，全屋的老乡分成几伙：两桌麻将，一桌押牌九，一桌掷骰子。每天下班后和星期日都非常热闹。人们有了娱乐也就减少了思念亲人和家乡的痛苦。大家对隋老爹和我说：“你们真给大家伙办了件大好事！”

“好事倒是好事，可不要把好事变成坏事！那时你们可不要骂老疙瘩呀！是我求他干的呀！”

没出一个星期，隋老爹的话就应验了。最初是大家把目光盯在房子玉厨师身上，尽管老房牌九打得很油，但牌桌上的，围在四周看热闹的，都合起伙来整他。把他每天偷带回来的咸鱼、香肠、米面都输光了，甚至欠下赌债。赌风一开，鬼点子越来越多，很团结的“基代岳茨”又分成帮，分成派。有的甚至到管理员那里告黑状，有的雇小流氓当打手，对自己人进行报复。隋老爹非常生气，自己责备自己说：

“刻麻将的主意是我出的，字是老疙瘩刻的，小木块是周木匠做的，咱们三个人是罪魁祸首。今天我带头抓赌。”

隋老爹这个人是说到做到的。当两桌麻将打得热热闹闹，忽然又闹起内讧时，隋老爹把一把尖刀往牌桌中间一掷，高声说：

“你们吵闹不和都是我们三个人作的孽，我是首犯！现在我只好把麻将和牌九收回来，烧了。从今后哥们儿过个和气日子，没事干，抱着头想老婆孩子，也比成天赌钱吵架好吧？”

他说完，真的把所有赌具都收了，向火炉跟前走去。这时大家把他围住了，央求道：

“从今后不赌输赢了！不吵了，不闹了！麻将和牌九刻出来不易呀！给大家留下吧！”

“一言为定！我不烧了！下次谁要赌，再吵闹怎么办？”

“扒他的皮，剥光了扔到外面冻死狗娘养的！”

这场闹剧结束了。明目张胆的赌博刹住了。小来小去的，赌一盒烟，几块糖，几块咸肉、咸鱼的事还在悄悄进行着。隋老爹也睁一只眼闭一只眼，装聋作哑了。

到了一九三七年秋季，我在劳动营里已经整整五年了。尽管我写了好几封请求报告要求释放，但一点结果也没有。

从这年秋天以后，每天都从俄罗斯本土，特别是从莫斯科、列宁格勒（彼得格勒）递解来几百人，有时上千人。他们有些人留在附近的劳动营劳动，有些人则沿着伯绍尔河两岸去开矿，采石油，伐木，修路。每批都有几个或几十个“基代岳茨”老乡。但更多的是些改名换姓的俄罗斯——“基代岳茨”。“基代岳茨”老乡一到就互相打招呼：“老乡！老乡！从哪儿发来的呀！”“老乡，老乡！你们是哪里人？来几年了？”

而那些俄罗斯——“基代岳茨”，多半是俄国的姓，中国话说得是南腔北调，俄国话说得连俄国人也难懂。更令人奇怪的是，这些人警惕性特别高，一见到黄皮肤的人总是躲着。明明他是中国南方人，却说自己是蒙古人、韩国人、日本人等。由于他们既不能和中国“泽克”为伍，又掺不进俄国人的行列，便成了劳动营中的孤儿。他们受尽了“自己阶级弟兄”、流氓无赖们的欺凌，侮辱！他们的罪名多半是“五十八条”反革命罪，细分类有的是帝国主义间谍，进行过反苏，反革命宣传；更多的是托洛茨基分子、布哈林分子、犹太复国主义分子、法西斯特务等。还有一些以俄文字母为代表的罪名，如 Лш（间谍嫌疑）、Лсш（与间谍有联系者）、Лфг（越境者）等。

我偶尔认识一位姓巴的人，俄国名叫巴布施根。人很老实，平时很少说话。一伙“施卡拉”欺负他，在上工的路上逼他把外衣扒下来，他毫无反抗地脱下来了。第二个“施卡拉”看上了他的衬衣，第三个看中了他的皮鞋和裤子，于是他最后只剩一条衬裤，赤身露体地打哆嗦。我和一个老乡要上去打抱不平，可另一个老乡却说：

“他们大概是东方大学的，个个牛气，连中国人的姓都不要了，叫他们的俄国同胞扒他的皮好了，不管他！”

“中国人就是中国人，咱们帮他一把，把他的衣服要回来吧！”

我们四五个老“泽克”凑到“施卡拉”跟前，拧住一个小子的胳臂，并对另两个说：“快把衣服还给他，不然我叫你知道中国人的厉害！”

另外两个想要逃跑，也被我们拽住了，把衣服还给了那个姓巴的“泽克”。

从此我们相识了。从他的谈话中，我发现他确实把马列主义古典著作背得很熟。我请求他当我的老师，有计划地教我。他起先对我的请求表示惊奇，然后说他懂得不多，不能当我的老师。又过几天，我看见他在垃圾堆里拣土豆皮吃，因为他完不成劳动定额，饿得不行。我很同情他，给了他一大块面包，告诉他捡垃圾吃会得病的，一泻肚就交代了。他很感激我，但对我的要求还是摇头。最后他对我说：“你呀！还是孩子气！学那些古典老教条，想当考茨基分子，还是想当普列汉诺夫分子，再不是要当托陈分子或布哈林分子？”

“你为什么这样说啊？”我感到不解。

“因为学习马克思的学说，很难避免历史性的、派性的争论。有时你说过的话别人断章取义，加以重新组合，一上纲，一扣帽子，你的反革命宣传罪名就跑不了啦。暗地给格伯乌当差的大有人在！在压力下胡说乱咬的大有人在！还有一些人，他们嫉妒比他们知识多的、得到上级信任的人。他们从你的牙缝里、嘴角边搜集一星半点废水废料，积少成多，日积月累，最后是你自作自受，像一只野兔一样一头扎进法网。‘五十八’条的哪一款都可以给你扣上啊！你就由革命者滚进反革命者的阵营里了。你再也找不到你自己，连你的衬衣、裤子和最后一块面包都不属于你，而是属于‘自己的阶级弟兄’施卡拉们的了。

“我们说的话到此为止吧！就算你没听见我说什么，我也没听见你说些什么吧！我饿得很！真饿得要发疯了，你小老弟能给我一块面包吗？”

“可以给你！你什么时候饿，来我们‘基代岳茨’的工棚，谁都会给你一块面包的！”

“我，我不敢去！我怕他们一双双厌恶我的眼睛，怕他们骂我假洋鬼子，臭知识分子！”

我忽然感到他陷进了多么悲哀绝望的困境中。他为了追求真理，来到他理想中的圣地——莫斯科，却被他的“同志”扣上反革命罪送进了地狱——劳动营，他认为这里所有的人都是敌人！敌人！敌人！

二十八　隋老爹的嘱托

在一批新递解到齐必由的“泽克”中，有四位从莫斯科来的中国人被分配到我们中国人聚居的工棚里。其中有一位高个儿、长得很漂亮的青年人叫苏菲，哈尔滨人，学医的大学生，是中国共产党满洲省委派他到莫斯科来学习的。他嘴唇干裂，肌黄面瘦。饥渴在折磨着他。隋老爹递给他一杯水和一块面包，他贪婪地吃着。

隋老爹这时又看看另一位小矮个儿、又黄又瘦的小伙子王迁，也给他一杯水和一小块儿面包。这个小伙子低着头两大口就把一块儿面包吞下去了，然后喝了口水。他的眼睛四处寻觅着，好像一只快饿死的小动物，可怜地默默向人乞食。

“你饿坏了吧？也好，叫你们这些东方大学的，自命不凡的老爷们也明白明白黑列巴的实实在在的需要和特别的好吃！把我这份面包分给你一半！但是我要告诉你，在饥饿的时候只有慢慢吃，细细嚼，咽下去停一停，再喝几口白开水！这样才能又解馋又解饿。”老赵头是个心地善良的老人，他很可怜王迁，又递给他一块面包。

面包和水下肚以后，他的话也多起来。他说：“我吗，连东方大学的门在哪里也不知道。到了莫斯科以后就被圈在城外的一个小洋房里，只有三五个人。今天来人教马列主义，明天来人教列宁主义。可是来的人根本没讲出个道道来，就跟你闲谈起家常来了。你的爸爸、妈妈、爷爷、奶奶、亲戚朋友都是干什么的啊？你的老师是谁呀，为什么学英文和日文呀？然后又问我在学校的抗日活动，更奇怪的是问我抗日的动机是什么，是真抗日还是假抗日？最后我提出要求到东方大学去学习，不能在这里白混日子，他们说：'好吧！'没隔几天就把我送进监狱。饿了些日子，问了一次话，然后就被送到这里来了！在中国日本人关我，因为我骂日本鬼子是帝国主义、侵略者，是杀人犯！他们关我，后来又把我放了。组织上叫我到莫斯科学习，我来了，却变成了日本特务。这次回去，日我八辈子娘也不给他们干革命了！我只能上一回当，第二回说什么也不给他们干了！"

王迁真是饿疯了，他把大家给他的面包都吃下去了，最后又问道："能再给我一块儿吗？"谁也没有答应他的请求。

第三位叫李正文，东北人，在东北大学念过书，在北平也住过。组织上派他到莫斯科学习，结果也被送到了这里。他微笑着说："我许多事都没经历过，请老乡们多多指教，多多帮助！你们给我安排个铺位吧！"

他的圆脸显得特别灰黄。他有一双深沉的、聪明发亮的眼睛，看样子快有三十岁了。我说："就住我的上铺吧，那里阳光充足，也安静些。除了隋老爹和几位老人外，你就算是我们的大哥了。大家能遇到一起也是缘分！"

他看着我笑了，我也会心地笑了。就在那一笑之中，蕴藏了我们后半生最深厚的同志友谊。

他是一位很冷静、很深沉、很能体贴人、帮助人的人。他有渊博的知识，但是从不以教训人或嘲笑人的口气跟任何人谈话。我向他表示我要学习一些马列主义，不但要在劳动中锻炼自己，也要在理论上求得个进步。

在新来的四位"基代岳茨"中有一位上了年纪的老人，看上去已有五六十岁了。他体弱多病，由于旅途劳累和饥饿，在洗澡间里摔倒了爬不起来，有些“泽克”从他身上跨过，有的甚至踢他一脚。他喘息着，哼哼着，两只手在地上抓着，正在收发衬衣的隋老爹听到浴室一个人叫道：“隋老爹！你们一个‘基代岳茨’摔倒了，快完蛋了！你去看看吧！”

隋老爹立即带上我们洗衣房的三位老乡跑进浴室，把那位昏迷的老人抬进洗衣房。这时有的人跑去找医生，有的人拿来衬衣给他穿上，他的身子像包了层烂麻布的骨骼一样。

隋老爹给他喝了几口白开水。他的眼睛慢慢睁开了，茫然四顾，用低沉的声音问道“我……我这是在哪里呀?”

“在咱们中国人，自己人这里！你好些了吗？你觉得怎样?”

“我饿，我饿！快饿死了！我的面包口袋叫小偷给抢去了！我从昨天起就没吃东西了！”

大家商量后叫我先陪他到熨衣室去躺一躺，给他一些吃的。我扶他躺在一条长椅子上问道：“老人家您贵姓啊？您是哪里人?”

“叫我老包好了，我是中国人，纯粹的中国人！我是从莫斯科被送到这里的。”

“啊？从莫斯科来的?”一位熨衣服的伙计带点敌视的口吻问他。

“是啊，我知道，你们认为在莫斯科东方大学念过书的都是些坏人，哪儿有那么回事！我们到了莫斯科以后，由于保密都给我们改了名，比如我叫包包夫，结果让中国人看不起，俄国人也并不把我们当成自己人。”

后来老包头跟我熟了，他跟我讲了许多在莫斯科的中国人的遭遇。与苏菲和王迁他们有相同遭遇的大有人在。他还跟我讲了他认识的两位同志的遭遇。一个名叫小骆，他原是北京中共市委通州区委的成员，“九·一八”事变之后他和妻子小宋跑到上海，大约在一九三三年结了婚，一九三四年生了个女孩。为了革命工作他们把孩子送进了收养遗弃孩子的育婴堂。小骆的家庭很富有，他的父亲是个有钱有势的官僚地主，小宋原名金顺卿，是朝鲜族人，她的哥哥金灿也是个很老的共产党员。不久他们夫妇被调到中共满洲省委，在哈尔滨市活动。当时领导他们工作的是在上海早已相识的满洲省委书记老杨。满洲省委在一九三四年与中共中央的领导失掉联系。老杨为了取得与中共中央的联系，冒险经满洲里去莫斯科与中国驻第三国际代表联系。老杨走后由小骆任满洲省委书记。他们日日夜夜盼望着老杨同志归来，但没有消息。最后小骆和小宋也去了莫斯科，结果他们夫妇和先后任过满洲省委书记的老林、老杨都被中共驻第三国际的代表王明、康生怀疑为内奸。以后这些同志都没了下落。

老包头的本名叫什么，他没有告诉我。他是南方口音，但是什么地方生人，他在国内做过哪些革命工作，他都没有说，我也没来得及问。他很快就死去了。

我和李大哥住在一个工棚里的上下铺。我在洗衣房干活有些积蓄：几百卢布、半小袋面包干和糖茶等日用品。我说："你把这些财产管起来，我们有福同享，有难同当。"

李大哥直摇头，他说："这是你的呀！"然后看了看我不高兴的脸补充说，"我不是要在咱们之间分成你我，而是我不能不劳而获呀！"

最后我们还是谈好了，大哥当家管事，还要给小弟当老师。

每天下工后躺在铺上休息的时候，李大哥开始给我补课。我的俄语说得很流利，但我的词汇主要是生活用语，政治、经济、哲学方面的词汇知道得很少。他给我制订了学习计划。我们一同学习历史、政治、经济和俄语。在我们相处的一年里，我们的学习从来没有间断过。我能由一个自认为了不起的无知青年学习了一些社会科学知识，学会了读一些政治经济学、哲学书籍，都是我最崇敬和信任的李大哥教导的。

李大哥身体很弱，许多劳动都是初次遇到。有一次我下工回来，看见他正在用一把劈柴的大斧子劈一段直径有半米的木墩。那大斧子俄语叫高抡，意思是大楔子斧头，足有十公斤重，再加上它又粗又长的柞木斧把，把它举起来都是很费力的。李大哥举起斧子，斧子在空中摇动，斧子落下去不但没有劈开木柴，反而弹落到地上。在粗大的木墩上只留下浅浅的斧痕。几个老毛子和“基代岳茨”站在一旁像看戏似的说着笑着。刘快嘴嘲笑地说道：“哎！你要小心，不要把举起的斧子落到你自己头上，落在木墩上只是小小的一溜纹儿，若落在你自己脑袋上，可要开花了！”他这个笑话逗得旁观者都笑了。

我走过去扯住刘快嘴的耳朵说：“你这小子除了嘲笑人，吹牛皮以外，还会什么？你去劈他几斧子给咱们李大哥作个样子看看！”

刘快嘴毕竟是个经过磨炼的小伙子，他也想在人前露两手。他搓搓手，从李大哥手里抢过“高抡”来，说道：“你看要这样握紧两手，使劲往下一劈，这个大墩子就会裂成两半！”刘快嘴说着，斧子落到木墩上，木墩不但没有裂为两半，反把斧子头咬住不放。他红着脸，用力把斧头拔出来。

“你呀！吹牛皮数第一，干起活来舌头就不中用了吧？”隋老爹刚从洗衣房出来，说：“把斧头给我！看看你老爹这两下子吧！”

他好像不费力地举起斧头，锲形的斧头准确地劈在木墩的中间，只听到啪的一声，木墩裂成两半。然后又把两个半圆形的木墩立起来，只是轻轻几斧便把木柴劈成了八块儿。

“学干活像你们学写字一样，一次生，二次熟，三次变成大老虎。不要叫这种用力气的活把你们吓住！”他对李大哥说完，又上下打量着他说道：“当然，像你这样身体，不适宜干这种活。先干上几天，大家帮个忙，想法给你换个轻活干！在没换轻活前咱们‘基代岳茨’们会帮助你干的！”

从这以后我们大家尽量挤出时间帮助李大哥锯木头，劈木柴，堆起劈柴堆来。他逐渐习惯了劈柴的体力劳动。过了几天，隋老爹跟管理员说好调李大哥到熨衣房工作。工作不累也干净。他学得很快，干得很好。他常对隋老爹说：“真得谢谢你救了我一条命！如果让我干那些像劈木柴，打石头，掘土方的工作，我早晚得累死。”

“快别这样说，人和人相处，是谁也离不开谁的。互相学习，互相帮助嘛！你帮助老疙瘩学习，我们帮你安排适当的活儿，众人拾柴火焰高嘛！

“我们打游击时宿营在涝洼地、矮树棵子里，除了冰雪还是冰雪。北风吼着，简直要把我们吞掉！有的人躺下等死，我忽然记起家乡这句老话：‘众人拾柴，火焰高’！我下命令说：‘都给我起来，去拾柴，一根草一片树叶也要捡回来！我们不能等着冻死！’大家在冰雪里拖着疲惫的两腿，捡回树枝、树叶、干草，没有多久就捡回来一大堆，点起火来，一半人先烤火取暖，另一半又去捡柴草……最后火越烧越旺，那些湿树枝在火上也都烧着了，大家没有冻死都活过来了！生活嘛，只要你想活下去，就能找到活路！

“生活嘛和打仗一样，常常是置之死地而后生！拼命干，打出一条生路；逃跑会走进死胡同。像我这把年纪，能在劳动营中熬过十年吗？都知道不能，但我只要有一口气，能多活一天是一天。也许有一天，有人会说：‘老隋委屈你了，一切对你的诬陷不实之词，都已平反，回去看你的老伴和女儿去吧！’于是我又回去了，我又要戴上那枚红旗勋章，扶着女儿走在大街上了！”

隋老爹最后的希望落空了。一天正在洗衣时，他对我说：“我脑子里总是嗡嗡响，眼睛好像蒙上了一层白布，什么也看不清了。这回交待了，就是能平反，能回家，也看不清老伴和女儿了。”

我们把他送到医务所去检查。医生直摇头，最后说：“你们先把他带回宿舍去吧！看来该送到大医院去治疗了！”

回到宿舍，大家安慰他说：“你好好养病，你洗衣的定额我们帮助来完成，一定不会让你挨饿！”

可是在第三天早晨，管理员来通知隋老爹收拾行李，要送他到沃得洛乡疗养院去。工棚里所有的“基代岳茨”都垂下头，心里十分难过。因为大家知道沃得洛乡是专门收容老弱病残囚徒的地方，那是走向死亡的黑洞，是有去无回的。我对洗衣房和浴室的俄国经理说：“隋老爹过去是有名的远东红色游击队司令员，在齐必由建立浴室和洗衣房也出过不少力。他不能洗衣，还可以干些其他的轻活呀！求求你跟上边讲讲，把他留下吧！”

俄国经理和隋老爹相处得也很好，他说：“小伙子，我们两个去找管理员谈谈。”

管理员听完了我们的请求以后只是耸耸肩膀，冷酷无情地说：“这是劳动营的章程！凡是失掉劳动力的老、病、残的‘泽克’们，都要送到那里去疗养。复原以后会把他送回来的！你们少管与你们无关的事！明白吗？走吧！”

“他现在眼睛看不清楚，能不能让我陪着把他送到那里？”

“他的眼瞎了，是严重的白内障！你是不是能把自己的眼睛挖出来给他安上？滚吧！你们‘基代岳茨’就是这样一群蠢货，他要走他的路，你们规规矩矩地干自己的活！滚吧！没什么可以跟你们这些畜生说的！”

我攥起拳头真想跟他拼命，洗衣房的俄国经理拉着我离开了那里。

隋老爹被送走了。时间一天天过去，没有他的消息。

一天，劳动营的管理员拎着一包衣服，送到洗衣房，要我们单独给他洗。我有了报复他的机会，我说：“按章程规定我们不能给私人洗衣服，我们没这个义务！”

他哈哈大笑，说：“什么屁章程，章程是死的，人是活的！章程可以这样解释，也可以那样解释，可以执行也可以不执行，怎么说都有理！你说对吧？我今天来，不是专门为洗衣服来的。顺便通知你一声，明天我们要送一批人去沃得洛乡，你是不是要去那里看看那位老人呀？办完事随着这辆车回来。我已经跟司机打了招呼了！”

“太谢谢您了！您的衣服我现在就洗，今晚我给您送到宿舍去！”

“每件要多少钱，我如数照给呀！”

“好说，好说，像您这样的好首长，我们一定好好地为您服务！您放心好了！”

沃得洛乡还是那两栋工棚。工棚的前后左右都是些坐着，躺着和拄着棍子走路的残废人。他们的精力已经消耗尽了，他们在等待生命的终结。

在我曾经住过的那座工棚的一个黑暗的角落里我找到了隋老爹。他的视力略有恢复，但身体却完全垮了。

“隋老爹，我来了。”

“从你的脚步声，从你说话的声音我听出是你来了！你，只有你没有忘了来看你的隋老爹呀！我真想你啊！过来，叫我好好看看你！”

我坐在他身旁。他用颤抖的老手抚摸着我，苦笑了一下说：“我的眼睛好多了，可以看见人影了。现在你不要插话，好孩子听我说几句话！”他停了停，苦笑着紧握着我的手。

“你出去以后要找到瓦莉娅和尼娜妈妈。我知道你们两个年轻人谁也不会变心。告诉他们我在劳动营活得很平安，很称心。我干了一些我能干的好事！死是很自然的，我死了心里也会很安宁的。我对革命，对中俄两国人民尽过半生的力，结果也很不错。对家庭，对尼娜我给她们带来多少灾难、痛苦，但她们理解我。我就是这么个材料，像石头、像木头、像粪土，是永远不能变质的，到死也不改变！”

“你还缺什么东西吗？我带来一百卢布给你，还有糖块！再有，我代表所有的‘基代岳茨’老乡问候你。他们都想念你呀！”

“我也想念他们啊！一百卢布我没有用处，你带回去，将来释放时好当路费用！糖块可以留给我，与那些老残废们分着吃！”

这时我往他的床上看了看，什么东西也没有了，只有一条粗毛毯子。

“你的衣物呢？行李呢？还有干粮袋呢？”

他笑了笑说道：“我刚来时给大家共产了！你想，大家都挨饿，我能吃下去吗？他们伸手来抢，我能抵抗吗？他们伸手来讨要，我能不给吗？在这苦难的时候，在这鬼门关上，还能分出你的、我的、他的吗？

“我的东西都没有了，只剩下一个小木箱子，在三合板中藏有一张瓦莉娅周岁时我们一家三口的照片。那是经过多少灾难也没有丢失的。小木箱子不好看，不值钱，谁也不会偷它，捡它。你带回去吧，希望有一天能交给他们母女作个纪念。”

汽车司机这时进来了。他大声喊着：“车就要开了，快点吧！跟那老东西有什么好谈的！”

“好吧，好吧！这小子带来些吃的给我，是个好小伙子。这个破木箱对我没有用处了，叫他拿去吧！”隋老爹把箱子递给我时故意把空箱子打开，给司机看了看。

二十九　释放

突然在一九三九年二月底，齐必由劳动营宣布我被释放了。

从一九三二年九月被捕，我已在监狱和劳动营中度过了六年零五个月。按照刑期五年，我应该在一九三七年九月释放，如果计算上我在劳动营因劳动优异，曾得到过两年半减刑，则应该在一九三五年三月释放。我实际上在劳动营里多待了四年。

为什么呢？众说纷纭，有人说：因为减刑是当时格伯乌头子反革命雅果达定的，所以不算了。那么判五年刑，又为什么到期不放了呢？据说是因为接任雅果达的叶若夫也是反革命，他管格伯乌时期的许多政治犯和反革命就无限期地不放了。叶若夫以后又换了新人物贝利亚，才决定把超刑期的劳改犯放出去。

通知我被释放时，没有给我带来任何兴奋和喜悦。我甚至不打算离开劳动营。我心里总在想，我怎么能在危难时把最好的同志、最好的朋友、最好的老师李正文同志一个人留下呢？他身体弱力气小，怎么能扔下他一个人去承受苦难呢？再则，我也需要李大哥的鼓励和帮助。我还有一个顾虑，如果我被释放后既回不到祖国又恢复不了我的组织关系，背着一个日本间谍的罪名在苏联我能够做什么呢？我怎么能以这样的身份去拖累瓦莉娅的一生呢？

我拖了三天没去办手续，闷闷不乐，几乎吃不下什么东西。李大哥觉察出来催我快去办手续。我说："这里也不错，我想在齐必由随便找个工作，混碗饭吃。这样我们还可以经常见面，你也可以继续帮助我学习，我也可以给你一些生活上的帮助。你再有一年多也该刑满了，到那时我们一同离开。"

"别说傻话了，能早一天出去绝对不要耽误一天！你应该了解苏联劳动营的情况，今天我在这里，谁知道明天会把我送到哪里？到那时你能跟着去吗？再说，就是我们能等到那一天，也不一定能同时回国，你我都决定不了啊！"他说着，紧紧握着我的手，流下泪来。"你是最能听进我的话的人，我恳求你不要这样折磨我吧！快去办手续！"

"叫我想想，好好想想！要不我去沃得洛乡看看隋老爹，跟他商量一下，他在垂危之中，我也不能把他扔下不管。"

我当天从齐必由管理人员那里要了一份身份证明，搭了顺路的车，到了沃得洛乡。我带了一兜子饼干、糖果、衬衣和几包马合拉烟。我奔进那座我住过的，熟识的，但更加破败不堪的工棚。工棚外坐着几位老残的"泽克"在晒太阳，捉虱子。

在工棚里原来隋老爹住过的铺上躺着一个人。我叫道："隋老爹，我来看你了！"那个人一动不动。我揭开他头上蒙着的一件破衣衫，躺着的是一位黄头发的俄罗斯老人。看来他是昏迷过去了，或者是早已死了。我很着急，满屋转悠。看遍了工棚里躺着的每一个人，没有找到隋老爹。我奔向沃得洛乡劳动营疗养所的办公室，那里坐着一位管理员。他上下打量着我，半天问道："你是从哪里来的？你要干什么？"我拿出自己的证明来说："我是来看一位姓隋的老人，他是'基代岳茨'，上次我来时他住在那个工棚里，这次找不到了。"

"找不到！那就是走了呗！"他用有些得意又有些嘲笑的口吻说，"他在不在与你有什么关系？走了，那就是说他死了！连这句俄国话你也不懂？”

“他是什么时候去世的？埋在哪里？”

“你问这些干什么？”他不耐烦地吼着。

我把手里的提兜放在他的桌子上说：“我来看他，给他带了些吃的和穿的，他不在了，这些东西留给您用吧！请您发发善心告诉我一些情况，他的妻子女儿在家等他，我出去后好有个交代，谢谢您，请多费心。”

这位管理员把小提兜打开看了看，拿出块饼干嚼着，随手把小提兜放进桌子里。

“好吧，也许他还在停尸房里。你愿意，我可以带你去看看吧！”

他把我带到河边那座我亲手改造的浴室。打开门，受惊的老鼠乱窜乱闯，扑面而来的是一股腐败难闻的臭气。

“你进去吧，我在外面等你。”管理员说。我急忙走了进去。从天窗和开着的门射进微弱的光线，我看见在那蒸气浴的平台上，在过去摆过木桶的地方和烧过火的池子里成排地摆着死尸。有的穿着破烂的衣服，有的只穿条裤衩，还有的光着身子只盖块破布……我一个个地看了一遍，没有找到隋老爹。我又第二次细细地看。那些早已变了形的尸体有的深闭着眼睛，有的则半睁着眼；有的闭着嘴，有的张着嘴；有的很规矩地躺在那里，有的则卷着腿或侧着身子。

“你还没看够啊?！快出来吧！”管理员叫着也走进了屋里，“你找到了吗？认出来了吗？”

“没有找到！请你帮助查一下他是什么时候死的？埋在哪里？我去看看他的墓地行吗？”

“小伙子，你还是个老‘泽克’呢，难道你不知道‘泽克’是没有墓地的。人死了以后抬到这里来，凑上四五十人，请劳动营来人点验明白以后挖几个大坑埋上。”

我对眼前看到的听到的这一切没有悲伤，没有眼泪，更没有愤怒或不平，我完全麻木了。

我回到齐必由以后与李大哥的离别再也不像最初那么难过了。当一种更大的悲哀与不幸压在内心深处时，人会更明智些，更解脱些。我在劳动营的遭遇是不幸的，但能在这里遇见隋老爹、李大哥、菲基索夫和范家撰这些良师益友，却是我最大的幸运！

在人们短暂的一生，并不是每个人都能像我这样幸运。有些人的友谊是经不起考验的。富贵时建立起的友谊，经不起贫困的考验；贫穷时建立起来的友谊，经不起富贵的考验；和平时期建立起来的友谊，经不起风险的考验。多少人把人与人之间的友谊看做商品，看做工具，看做手段，看做权术，是多么卑贱渺小啊！所以有人赞叹道："人生得一知己足矣！"而我却得到了很多，很多，这是我的不幸带来的幸运啊！

我到齐必由劳动营管理处办好了释放的手续，坐上了开往科特拉斯的大卡车。科特拉斯是苏联北方劳动营的总出口。卡车到了递解站，我刚一跳下车，立刻有十几位老乡围了上来，问我是从哪儿来，是放出来的，还是要送进去了？我告诉他们我是从齐必由放出来的。这时一位老乡立即着急地问道："你在齐必由可曾遇见过小范……范家撰吗?"我听到这个名字，脑袋嗡地响了一下，像触了电一样。

"范家撰，小范？我和他是非常要好的朋友。我们在矛音特一起劳动过。他只判三年刑，他早应该释放了！你是在哪里认识他的?"我急不可待地追问着。

"我姓屈，我和小范都是两年前从中亚送到这里来的。那时他的刑期已经满了。他说放出去以后他要到莫斯科东方大学去学习，然后回国革命！后来他病倒了，每天完不成劳动定额，吃了几个月的二百克面包挺不住了，经常下工后到劳改犯食堂当帮工，在那里挑些剩菜叶和土豆皮到开水房去煮着吃。我那时在烧开水。后来他病倒在床上，被送到沃得洛乡疗养院去疗养，后来就再也没有了他的消息，不知他的下落！"老屈说到这里长叹了一声，"唉！这个孩子气的青年真可怜呀！病倒了，快饿死了，还在死读手里的书。"

我没听完他的话，眼泪簌簌地流下来。我转过脸，望着那夕阳西下的天空，太阳的余晖在天际铺上了一道道金红色的彩霞。我自由了，身体自由了，但是我的心却被悲哀紧紧地束缚着，我想起了还在齐必由的李大哥，心里十分不安。真没有想到，小范的结局竟和隋老爹一样，他一定也在那停尸房里待过，现在他一定也和一些不知姓名的苏联人埋在某一个大坑里，那上面大概已经长出了美丽的野花和茂盛的野草。我虽然没有被抬进停尸房，但我也同样到过那里，我是从那里走出来的活人，我比他们幸运！

在我等待内务机关发给我去小雅罗斯拉夫的证明的几天里，和偶然相遇的老屈变成了要好的朋友。我们一起回忆与范家撰的友谊。我向他叙述了自己六年零五个月在劳动营中的遭遇和出狱后的打算。他听着，有时眼睛含着泪，警告我说："把你经历的灾难都忘掉吧，这是场噩梦，是种意外的但又很难避免的不幸！今后要少说，少惹是非，避免别人的怀疑和暗算。你自己也要少想，免得产生对人生的困惑，对生活的失望和对真理的动摇。你应该学会用沉默来保卫自己。用自强不息，发奋学习来增强自己的革命意志。你不像我，你还很年轻呀！未来是属于青年人的！不是属于老朽的！"

老屈对于他自己谈得很少很少。他说姓屈，老屈也许是他的姓，也许是他改用俄国姓名以后的第一个音节。有时我问起他的家乡、亲友和他的姓名时，他总是回避。

"反正我已是垂死的人，我仰无愧于天，伏无愧于地，在亲友中我无愧于人，我只是个很普通的人。我像一滴水，被小风一吹就干了；像一把尘土，让小风一吹就飞走了。我不愿当个假冒的英雄伟人，更不愿背上反革命的罪名，所以隐姓埋名是最好的办法。"

"老屈，究竟为什么也把像你这样的人抓起来了？"

"小兄弟，你呢，为什么把你抓起来？为什么给你个'五八六'，五年劳改呢？"他苦笑了。

"你是我们党把你送到莫斯科东方大学的呀！又不是像我们这些人在亡国的时候跑来'哭秦廷'乞求援助抗日的呀！"

"正因为你是'哭秦廷'的，格伯乌开恩，给你个五年，而我这个送来深造学习的却是十年！你现在初见天日，捡了条命，赶快回国吧！我呢，肯定很快就要被埋在北极的冻土里了。我会像许多突然失踪的同志一样，不用多久就会从人们的记忆中抹掉，这也是我的幸运。在我们之中有多少人不知为什么一个跟头栽倒了，许多罪名都被扣上了，什么托陈派呀，什么布哈林反革命分子呀，什么日本的、美英法的、德国的特务间谍呀，五花八门，他们先是在同志内部被批斗，然后是在'鲁便卡'或'布得拉卡'（格伯乌直辖的两所监狱）受严刑拷打，然后在监狱和劳动营中经受饥寒的折磨，最后是病死，饿死，冻死，被流氓杀死……这样的人太多了，太多了……当你半夜被揪出家园，你能忘记那时亲人的惊呆的目光吗？当你被赶到中亚戈壁去，赶到北极苔原去，赶到索勒维茨基或沃尔库塔去，你是不是一千遍一万遍地问过自己这是为什么？有一种人，在历史上称做奸贼，称做奸臣，称做奸雄，称做卖国贼的人物，他们在我们这个时代里会摇身一变成为最最忠诚的'革命者'。他们制造假象假案假敌人来夸耀自己的革命警惕性高。他们丧尽天良，不顾廉耻，不顾事实，不顾人性，专门在朋友、同志、亲友之间制造纠纷，进行诬陷，以求得自己青云直上。就拿那几位大名鼎鼎的共产国际的风云人物来说吧，被他们陷害死的，被他们囚禁在监狱与劳动营中的究竟有多少人啊！有人说是格伯乌利用了他们才犯了这些错误，其实他们也在利用格伯乌达到他们不可告人的目的。

"你听说过'二十八个半'了吧？为什么成百成千的到莫斯科取经的只有二十八个半真正的布尔什维克呢？其他的人呢？是些什么东西，弄到哪里去了？"他停下了，不说了，闭上眼睛陷入了沉思。最后老屈突然紧握着我的手说："我求你为我办件事，你给我妻子写封信说我已经死了，不要叫她再等我这个屈死的鬼魂了！这是她的地址！"然后他用含混的声音说，"你快走吧！没什么可说的了！"

三十　流浪圣城

我在小雅罗斯拉夫办好了去莫斯科的手续。我终于来到了心目中的圣城莫斯科。

我的“朝圣旅行”消耗了我六年半的生命。我从黑河出发，越过黑龙江向东走，经过远东的布洛高维申斯克、哈巴洛夫斯克，到达共青团城。再回头向西南走，到了中亚细亚的卡里甘达。再南行到了巴洛喀什湖边的矛音特。再转向西北，经过西伯利亚和苏联欧洲本部地区，到达北方港口阿尔汉格尔斯克。再从这个港口乘轮船经北冰洋到达伯绍尔河出口的纳里扬——马尔，再经东北到达了沃尔库塔，再南行到了齐必由，然后经过科特拉斯来到莫斯科。

从地图上看，我这次朝圣是横跨欧亚两大陆的大三角。这个大三角也可以叫做“魔鬼”大三角。也可以说是天上、人间、地狱的大三角。如果有人问我：你是从哪里来的？我可以告诉他我是从人间的祖国，经过“地狱”的劳动营，然后爬到了“天堂”的莫斯科。

在莫斯科到处看到的是天使般的，有教养，有礼貌的苏联人，他们有些人称呼我叫“同志”——大瓦利施，有些人称呼我为“公民”——格拉日达尼，他们很客气地把“你”尊称为“您”！“您尝尝我的巧克力。”在火车上碰见的姑娘这样尊敬地对我说。

在火车站附近有许多小亭子，卖刚出炉的小白面包，夹着油煎过的小香肠。有位活泼的少妇笑着说道：“同志，您要买几个?”她把“同志”与“您”联在一起，叫得非常亲切动听。我也看到俄罗斯的文明，排队购买吃食的人们互相谦让，“老妈妈，您先买。”或“老爷爷，您先请。”他们谁也不挤谁，谁也不怒目瞪眼。六年半每时每刻都可以听到的“吆啵”这个难听的动词再也听不到了。我吃惊地问自己道：“怎么回事，原来俄国话中并不需要每句话中都有“吆啵”呀！”

我走在大街上，拿着小雅罗斯拉夫民警局给我写下的地址，向一位五六十岁的老太太问路。她高兴地给我指路，但我在这个圣城里晕头转向，弄不清她说的东南西北的方向。她说：“桑奥克（儿子、孩子)，我领您去吧！”从她亲热的声音中，我忽然联想起来久别的尼娜妈妈和索妮娅婶婶的脸庞来了。是的，这位给我带路的老太太并不是我遇到的唯一有教养的莫斯科人。在莫斯科，每位上了年岁的人们都是同样亲切啊！

我找到了民警局，接待我的是一位身穿格伯乌服装的、二十几岁的青年人。他接过我的证件和介绍信，突然皱起眉头，用凶恶的眼神上下打量着我，好半天才问道：“嗯！你是抱着什么企图来到莫斯科的?”

没等我回答，他又加重语气重复问道：“你过去是日本间谍，现在来到莫斯科想要干什么勾当？上次远东军事法庭便宜了你，只给你判了五年，现在呀，你的身价可不是那样便宜了啊！”

“我被判五年是一场不幸的误会！我不是你说的那种人！我是来苏联学习和请求你们援助我们抗日的！”我大声地答道。

“说谎，现在还敢说谎！难道苏联的国家保卫局会冤枉什么人吗?”

在圣地莫斯科遇见这样的一位小民警，真像从头到脚泼了一盆凉水。我生气地大声喊道:“我没说谎!”这时从半开的门里走出来一位上了些年纪的军人。他笑着对我说:“公民!您为什么不坐下说话啊?”他指了指身旁的椅子,然后对那位已变得和颜悦色、站立起来的青年人说:“米沙同志请你去办自己的事吧,让我来和他谈话!”

这时他转过身来对我说:“我接到小雅罗斯拉夫机关的报告,想了解一下您的情况和要求。请您不要有什么顾虑!刚才我们那位同志态度不好,请原谅!”

他倾听着我叙说我的遭遇和我今后的打算。我讲得非常激动,几乎是声泪俱下。

“小伙子,好兄弟,我理解您的心情和希望。您想回中国去的话就必须到中国驻莫斯科的领事馆去领取中国护照。然后再提请我外交部门批准,您就可以回国了!祝您一切顺利!”

我到了当时中国驻莫斯科的领事馆。办理护照需要一个星期的时间。

一个星期的时间对我来说是太长了。白天我在莫斯科的大街上游逛着,晚上回到火车站候车室去。我的行李寄存在临时存放处。每天到半夜十二点,最后一班列车开走以后车站要进行清理。第二天清晨要上车的旅客凭票放进一个小候车室,而那些从农村或其他地方来莫斯科的无处可去的人们则被轰出车站。

头一天晚上我被赶出车站以后,在莫斯科的大街小巷走啊,走啊!忽然在一条小街道的暗淡灯光下,看到许多人排着长长的队伍。我问一位农民模样的人:“你们在这里排队干什么呀?”

“这是莫斯科市的规定,凡是要到百货公司买东西的人先要在这里排队,明早六点钟再由民警带到离这里老远的百货公司去!”

“这是为什么呀?”我不解地问道。

“为什么?年轻人这你就不懂了啊!为了保持体面呗!你想想吧,前一天晚上就有成百上千的人排着长队站在大马路上,在明晃晃的路灯下,叫人看了多不体面呀!”

我站在这个人身后。虽然我不需要买任何东西,但我要逃避孤独，逃避一个人在空旷、冷漠的大街上闲逛；我怕民警和便衣侦探找我的麻烦，更怕遇见流氓打我一顿。我站在队伍里听着人们各种议论。

“排队，排队！一天一夜，在一个地方排也好，你算算吧前后要排五次大队!”

“没有的话，怎么会是五次呢?”

站在我身旁的人说：“你算算吧，在这里是一次吧，从今晚六时排到明早六时！到百货公司门口还要排队，从六时到八时，这是第二次对吧？在柜台前选货拿交款的单据，这是第三次吧？然后到交款处排队交钱，这是第四次吧？最后一次，拿着单据到提货处去拿你买的东西，这一共是五次，要用去多少时间啊?”

“百货公司的货物定价是比较低的，投机小贩们买了以后再拿到市场或农村高价出售，这些人真可恨极了。还有一些人好吃懒做，夜间在这里排队占个位子，商店开门时再把位子卖出去!”

排队的人开始咒骂起投机小贩和贩卖排队位子的人。有个矮个儿的市民问我：“哎，公民！你排队是为了倒卖商品还是仅仅为了卖排队的位子呀?”

“我什么也不为!”我没好气地答道。

“哼！你们‘基代岳茨’都是些投机分子！你们什么坏事不干呀!”矮个子提高了嗓门，显然是想出中国人的丑。

我能说什么呢，是走开，是和他吵架，还是向他说明我只是想在这里消磨时间？正在我不知所措的时候，一位妇女却插嘴说：“你为什么欺负这位年轻人呢？你说‘基代岳茨’都是投机分子，请问你自己是干什么的？是不是也想抢购些商品到农村去卖呢?”

排队的人七嘴八舌地说着。他们为我争辩着。

“你们不欢迎我站在这里我可以走开！我没有住的地方，只想在这里避避风!

“我是从集中营放出来的，到莫斯科办回国护照，在火车站不能过夜，看见你们在这里排队也来凑个热闹。”

“对不起，对不起，请原谅!”那位挖苦我的市民很同情地说。

“那么，你是为了什么事被弄到劳改队去的呀？”那位老太太问道。

“不要问啦！还用问为什么吗？为了保卫社会主义祖国呗！”一位工人用略带嘲讽的口气说。

大家都不做声了。第二天早晨六点钟，街上行人稀少，只有运送面包的封闭式大卡车和运蔬菜的汽车在马路上奔驰着。我向排了一宿队的人们说道：“谢谢你们！再见！”

“年轻人，祝你走运！”老太太打量我半天补充道，“孩子，你晚上没地方住，可以到我那里去，只是太远，太远了！在城外十公里的地方，叫做……”

我打断了她的话说：“老奶奶，我谢谢您，非常感激您的同情！祝您这位善良的老奶奶长寿！”

在街道拐弯处有一个售报亭，我买了份报纸，和所有上班的工人们一样站在一个卖热牛奶和煎包子、煎香肠的铺子前，买了一个小面包和一瓶热牛奶吃下去。我兴奋地在红场上转着，等待着进入列宁陵墓去瞻仰列宁遗容。我站在长长的队伍里感到满足。

我排着队走进列宁墓。我的心脏急促地跳着，一股热泪夺眶而出。我看到列宁躺在那里闭目深思。他那高高的额头，特有的胡须，还有那双放在胸前的有力的手，对我是多么亲切啊！我在行进中深深地向他鞠躬致敬。我亲眼看到了导师列宁，和许许多多的朝圣者相比我是多么幸运。

走出列宁墓，我又去参观了列宁博物馆。不知不觉街灯突然亮了。克里姆林宫钟塔上那颗红星闪烁着光芒。在明亮的灯光下，街上走着成双成对的青年男女，和领着孩子的母亲们。有对老夫妇，已是一头白发，显然出门前是经过梳洗打扮的。老太太甚至抹了红嘴唇，她穿了件轻松的、类似晚礼服样的连衣裙。

走过来一群青年男女，一位黄色卷发的小提琴手在奏着欢快的曲调，他们跳着，唱着。我像孩子一样跟在后面。为什么？为了在欢笑和歌唱的青年们中，恢复自己快乐的青春，因为我突然想到自己才刚刚二十七岁。这些年来我似乎早已忘了自己的年龄。我跟着年轻人来到一个街心花园。谈情说爱的情侣们占据着一条条绿色的长椅，我也找到一条空着的长椅坐了下来，欣赏着一对对情侣入情的表演，听着他们的碎声细语和接吻声。我闭上眼睛，眼前闪过瓦莉娅的影子，我进入快乐的梦乡……

我的好梦被一个人的问话惊醒了："你是什么人？"一个站在我身边的人问道。

"你是什么人？"我不耐烦地反问道。

"拿出你的证件来！"那个人走上前一步吆喝着。

"拿出你的证件来！否则你，公民，有什么权力要看我的证件！"我理直气壮地答道。

这个人坐下，上下打量着我，把他的证件递了过来。我问道："你是便衣警察？"我翻着证件，其实我并没有看那上面写着什么。

我拿出释放证给他看。他仔细地看着，又不停地上下打量着我，问道："你来莫斯科干什么？"

"来看列宁同志！"我理直气壮地说。

"请你严肃些！"他不高兴地说。

"我是非常、非常严肃的人，为了到莫斯科看看列宁同志，我走了几千几万里，用了六年半的时间，还不严肃啊！"

他站起来，摇摇头。大概把我当成精神不太正常的人。他还给我证件，问道："你为什么在这里睡觉啊？"

"难道来莫斯科看望列宁会在口袋里装上自己的房子、家具、餐具吗？更何况我什么也没有啊！"我学着俄国人的习惯，抖动一下肩膀，龇一下牙，露出友好的微笑。

"再见！祝您好运！"他说。

"我也是，祝您好运，一夜平安！"

他走了，我也站起来，溜达着向前走了一会儿。已是夜深人静，情侣们早已离去，我又找到一条长椅躺下。当我隐隐约约地听到汽车声，人们讲话的声音时，睁开眼睛一看，天已经亮了。我身边又坐着一位便衣警察，他看我醒来说道：

"你的证件！"他伸过手来。

“你的证件！”我伸过手去。

“怎么又是你呀？你怎么又到这里来了？”

“怎么又是您呀?！您怎么也到这里来了？”

我们在阳光下互相看着，友好地哈哈大笑起来。

“你为什么不找个熟人家去住啊？”他友好地问道。这时正有一位下夜班的中国工人从我们身边走过。

“你们‘基代岳茨’都是非常好客的！现在天还凉，在街上睡觉是容易感冒的！”他大声说，有意地让那位过路的中国人听到。

“不会的，我有六年零五个月没有患过感冒的记录。”

那位中国人友好地笑着，走到远处又回过身朝我摆摆手。他走过来，坐到我身边：

“老乡，你没下处？到我家去吧！我家离这不远。”他讲话带着江南人的口音。

“恐怕会给你带来不方便吧？我不久前才从劳动营放出来的，在这里等着办理回国手续。”

“没关系，老毛子这里，从‘那里’回来的人和要送到‘那里’去的人，是半斤八两！老乡你甭客气，走，走！”

他带我走进一座三层楼的半地下室。他在门口喊道：“安娜！你看我又给你带回一位乡亲来了！”

门开了，一位瘦瘦的、矮小精干的俄罗斯妇女欢迎我们。他们住着一间三四十平方米的大房间，收拾得非常清洁。靠窗的地方放着一张双人木板床，床上坐着一个美丽的小姑娘，瞪着一双又大又圆的眼睛看着我们。她把一双小手伸过来叫人抱她，嘴里还在哇哇叫着。

“好宝宝，你等等！爸爸刚下班要洗脸，洗手！”

小姑娘天真可爱地转动着小脸，注视着我和她的爸爸。这位老乡自我介绍：“我叫尚光前，原籍是上海人。在莫斯科搪瓷厂当工人。这是我的妻子安娜，这是我的小女儿米拉奇卡！”他说着把女儿抱在怀里。

“小米拉奇卡，你是不是愿意叫我抱抱呀？”我伸过手去。她立即扑到我的怀里，用小胳膊紧紧地搂住我的脖子，嘴里说些听不太清楚的话。

“你这小馋猫，怎么见人就要巧克力吃啊！”安娜笑着，帮女儿作着解释。

“老兄弟，你到了敝舍就像到家一样，我们在门口给你支一个行军床，你可以好好睡一觉了。”

“咱们先吃早饭吧！”安娜亲热地说。

不一会儿，她把煎土豆、黑面包、一小锅牛奶摆到了餐桌上。

“老兄弟，对不起，没有什么好吃的，请用早餐吧！”安娜接过孩子，热心地招呼着我。

饭后，尚光前卷了一棵马合拉烟吸着，问着我的情况。我简要地告诉了他我要回国，这一两天要到中国领事馆去取护照，然后办理去新疆的手续。

早饭后没多久，一位民警就光顾了。安娜故意把孩子交给我抱，然后打开门让民警进来。民警走到我跟前端详着，并往床铺上下查看着，很像一只寻找猎物的狼狗。

“这位，是你们的朋友吗？”

“是啊，他是我的老乡，临时来莫斯科办事的！”

民警走了。

“好快呀！老兄弟才来，他就闻味寻上来了，准又是杜娘那老不死的骚货给捅的！”

“也不能怨她，她是吃这碗饭的，是民警局雇来管这所房子的。她闻到什么味总得去报告呀！”

“老兄弟，你尽管住好了，我们不把你当外人，你也不要见外！”

上夜班的老尚躺在大床上休息了。我又走到街上，找到一个照快相的小亭子。没想到相片当时就可以拿走。有了相片我立即跑到领事馆。出乎我意料的是，才等了半小时护照就拿到手了。然后我又到一个外事部门去办回国的签证。等签证下来到底要多长时间，可就说不准了。我又回到了老尚那里，安娜无意中说出民警经常找他们麻烦，一有中国人住在他们这里，民警就罚款。我听了之后执意要离开这里，绝不能给他们添麻烦，绝不能连累他们！老尚醒了，他明白了我的意思。他说："老兄弟，你要觉得住在这里不方便，我可以带你到一位讲义气的东北人王老五那里去问问。"

我们走进一座小院的一所小房子。老尚在门外叫道："我是尚光前，小上海，小尚，来见王哥！"门开了，一个罗圈腿、矮个儿、平偏脸的人，上下打量我们，他说："王五爷正给人治病！你们在外屋等等！"

"谁呀，是小老尚呀，请进来，进来！"

一位操着东北最北方方言的、扁脑瓜的人，站在我们面前："这位老兄弟是谁呀？"

"是你们东北老乡，刚从沃尔库塔放出来的。我带他来看您！认识认识！"

"好说，好说，老疙瘩你坐，你坐！我那边还有个病人，要扎针，回头咱们再唠嗑！"

他又推门走进屋里，门没有带上。我看见屋里一张木床上横三竖四地躺了四五个妇女，床前一张桌子上放着一瓶深红色的药水。这位王老五正在用一个很粗的注射器吸进药水，然后把针头狠狠地扎进一位看不见面目、只露着向上突起臀部的女人的下身。女人叫了一声，不一会儿像发疯似的蹬着腿，嘴不停地哼哼着，肩膀抖动着。又过了一会儿，那女人不动了，很舒服地呼吸着："哎哟哟，哎哟哟！真带劲，真那个……我要付多少？"这时我看到这个女人的面目，她大约只有三四十岁。她站立起来，拉了拉她的连衣裙，手里数着票子，递给了那位王老五"医生"。

"谢谢您！"她走起路来真美，脸长得也并不难看。她在镜子前照了照，用梳子拢了头发走了出去。

这时第二个女人也拉起衣裙露出臀部，等候治疗。王老五用同一注射器又从瓶子里吸进了点红色药水，又是一扎。这个女人也是哎哟哟了一声，然后全身抖动着，哼哼着。

我坐不住了，心想：这哪里是什么治病，这是在注射毒品；那瓶里是海洛因，是水剂的鸦片……总之这是个肮脏的贼窝。

“我们走吧！”我对老尚说。

“你不想住这里吗？王老五这里很宽绰，他经常接待咱们的老乡。”老尚小声对我说。

“我还得到领事馆去办护照！”我大声说。

“怎的？老兄弟，你们要走啊！就在兄弟这里歇歇脚吧！我这里虽然简陋，住上三五个人，住上十天半个月没问题。要吃什么喝什么只管对你哥王老五说。咱们都是出门在外，有福同享，有难同当，在异国他乡老毛子这块地方，你王老五哥只要有一口饭吃，有一席之地可以躺下，绝不会叫你老疙瘩睡到大街上去啊！”他一口气说完了跑江湖的那套客套话。

“谢谢，谢谢！我是听说您王五爷的大名特来拜访，将来还求多方帮助！”

出门以后我急急地跑出那条小街，连头也不敢回。当跑到大街上以后，老尚拉住我问：“老弟，你跑什么啊？你为什么不在他那里住下呀？他很义气，吃喝住都会帮助你的！你们又都是东北老乡啊！”

“你不知道他是干什么的吗？他哪里是治病，那是在给人打大烟水，打吗啡。那是贼窝，叫民警或格伯乌碰上，我们有口也难分辩呀！再送去住监狱呀！那可万万不行啊！”

“老兄弟，这你就不懂了。这是莫斯科，他在这里是知名的人物，格伯乌、小民警哪个不买他的账？他呢，当然也是给他们干的，你想，像他那样了不起的人物，打过仗，立过功，在格伯乌干过，开个小吗啡馆，当个耳目眼线谁敢动他一根毫毛？他呢，也是不够口的不吃，广交朋友，你穷光蛋，从劳动营出来的，住在他这里最保险！总比住在我那里受小鬼的气，睡在大街上受小无赖的气要好些呀！”

过了好一会儿，他忽然说：“走！走！普希金广场附近有两三家咱们老乡开的洗衣店，请他们帮个忙！如果你在莫斯科久还可以在他们那里打个零工，不白吃他们的！”

老尚把我领到普希金广场附近的一家洗衣房里。老板是个五十多岁的华侨，老尚向他介绍了我的情况。老板问我："你是从北方劳动营中放出来的？你认识徐文焕吗？他是前年从齐必由放出来的，现在在附近的六十三号洗衣房当副经理。"

"是吗？这可是他乡遇故知了！我们在一起洗过衣服，他是隋老爹的小老乡！"

"怎么，你也认识隋老爹吗？"

"认识，前前后后认识六年多了，他对我简直像对待儿子一样！可惜他已经不在人世了！"

"哎呀，天那！老天真瞎了眼，像他这样的英雄好汉竟死在劳动营中了。我也曾跟隋老爹一起打过游击。好吧，小兄弟，你愿意的话，可以住在这里，你要找徐文焕，离这里不远。"

我告别了老板，和老尚一起找到徐文焕的洗衣房。徐文焕一眼就认出我来。他高兴极了，立刻给我和老尚用牛奶煮了锅通心粉面条吃。饭后老尚走了。

我在徐文焕的洗衣房住下了。我帮他看门，收点脏衣服，给顾客发还洗好的衣服。这期间我写了两封信，一封是寄给黑海边上的菲基索夫老爹和他的女儿洛孜的，另一封是寄给新西伯利亚布洛高坡煤矿的尼娜婶婶和瓦莉娅妹妹的。给尼娜婶婶和瓦莉娅的信很简单，我写道："今年三月底我被释放了，在莫斯科很快可以办好回国手续。回国前路过新西伯利亚去看你们，如果可能，我要像老爹希望的那样，带你们回中国去！"在信里我不忍心告诉她们老爹已去世的消息。

从布洛高坡的回信是瓦莉娅姨妈写的，从信里得知她们母女俩收养了一个从东北逃过来的抗日伤兵，并跟他一起回到中国新疆去了。洛孜也寄来了回信，信中说，菲基索夫大叔已经去世了，洛孜的婚姻不幸，与丈夫离婚后自己带着女儿生活。洛孜还给我寄来了一张菲基索夫大叔、洛孜、还有洛孜女儿三个人的合影照片。

我等了四十天，才领到了回国的签证。

在我离开莫斯科那天，徐文焕专门买了肉给我包了顿饺子吃。

我随身的行李就是隋老爹临终前送我的那个小木箱，里面有我六年多来写的几百首小诗，隋老爹三口人的相片和几件衣服，还有几本在外文书店买的几本中文小册子和几张《救国时报》。

列车开动了，我洒泪告别了这个共产主义革命的圣城莫斯科，告别了许许多多生死与共患难与共的手足同胞"基代岳茨"，告别了那些在我最艰难的时刻给予我鼓励和爱护的俄罗斯的父老兄弟和姊妹！别了，远东阿尔木江和太阿原始森林；别了，中亚无边的处女地，水渠、戈壁、煤矿和我在那里付出青春的铁路、铁桥、车站、房屋以及我们用血泪、饥饿、风寒建筑的一切；别了，北极的极光、北冰洋的风浪、地下煤城……

三十一　回家

当我乘的火车到达靠近我国新疆塔城的边界时，那里的一位苏联边防人员又开始了对我严格的检查。他仔细查看我的签证，并用一种蔑视、怀疑、侮辱、仇视和嘲讽的眼光从头到脚，从前身到后背默默地观察我；然后用审问犯人的口气问我的姓名，出生年月日，在苏联干了些什么，现在为什么回国等问题。他问道："为什么把你送到劳动营，判你五年却住了六年五个月？"

"我不知道！真的，我不知道！"

"难道你不是'泽克五八六'吗？你不是间谍？"

"我不知道，如果你想知道请你去问国家安全总局吧！你看签证上的签名不是叶若夫吗？"

"那又怎么样呢？他……他算什么？"后来我才知道，那时叶若夫已经完蛋了，但出国签证上还是他的名字。

"我是问你呀！"

"那是一场误会。我……我是中共党员，为了抗日才来苏联的。"

“难道我们这里有日本人吗？到我们这里来干什么？”

这是我在苏联六年来经常要回答的问题。但我的回答总是让提问的人不满意，所以我索性不再回答。

他翻着我的行李。徐文焕给我的几件布衣服他翻来翻去的看着，摸着，在阳光下照着。最后就像我在劳动营捉虱子和虮子那样每条衣缝都捋一捋，甚至用鼻子去闻一闻。他发现了菲基索夫和他的女儿及外孙女的照片，看到老人家身穿一件海军的旧军装时，他又提出了疑问：“这张相片是谁的？你带它出国是为什么？他的用处是什么？是不是为了联系？”

“我不懂你的问话是什么意思，我只能告诉你他是十月革命时期黑海舰队的一位老革命，老英雄……这女人和孩子是他的女儿和外孙女！”

这位小伙子拉过椅子庄严地坐下了。他好像有了什么重大发现，一本正经地拿起纸张和钢笔。他在准备写记录。

“他叫什么？”

“菲基索夫。”

“你们怎么认识的？”

“在劳动营，他是我们打渔队的生产队长。”

“他住在哪里？住在黑海海军基地对吧？”

“是啊。”

“他现在做什么工作？”

“死了，他女儿来信说他去世了。”我把洛孜的信给他看。他看了一遍，然后把信和相片放在一起。

紧接着就是搜身。我把衬衣、衬裤、袜子、鞋都脱了下来，每一件他都又摸又嗅，举起来对着阳光照。这位边防战士忽然叫道：“首长！请您看看这双鞋子！”

一位四十来岁戴着少校领章的首长出现了。他把我所有的东西巡视了一遍，向那战士拱了下嘴，指了指我的外衣，意思是叫我穿上衣服。于是那小伙子把裤褂扔给我。

“你说吧，你这鞋底里藏着什么东西？”

“这双鞋是劳动营发的，鞋底是旧轮胎制作的，我能往里面藏什么呢？”

“没有外币？黄金？钻石？”

我笑了。我说：“我不相信劳动营会往我们‘泽克’鞋底里面放外币、黄金和钻石！”

但是他们还是用锤子、钳子把鞋底揭开，当然里面除了污垢外什么也没有，又钉了两锤放在一边了。我万万没有料到，我出境前的检查和我七年前从黑河到布拉高维申斯克边防站时的检查完全一样。

他们两位又翻来覆去地检查我的小箱子。

“这小箱子是干什么的？”

“这箱子为什么是黑色的？”

“这箱子板为什么这么厚？”

紧接着他们又敲又打，几乎把箱子砸碎了。这时从三合板中露出一张发黄的照片，那照片正中坐着一位上校级军官，胸前挂着列宁勋章、红旗勋章和一枚红星奖章，他身旁坐着的尼娜婶婶是那样年轻、美丽，他们两人中间坐着一个把小手伸向前面的小姑娘，显然这是瓦莉娅。

“这是什么？”

“这是相片，这是在远东打过游击的司令员隋老爹一家的相片。”

“为什么到了你手里？为什么藏在这里面？为什么你带它出境？”

我只好详细地叙述了我们相识的经过和他一家人不幸的遭遇。

“现在尼娜婶婶已另嫁人，带着女儿回到中国，这是隋老爹临死前托我带给她们的。”

那位军官又上下打量我半天，然后摇摇头把相片放在一边。他又拿起我放在箱子里的一本诗集。他们翻看着，如获至宝。

“告诉我们，你这里面记的是什么情报？准备交给谁？这些情报是谁提供给你的？小伙子你要说实话！这对你有好处，立了功还能受奖，否则二十年到枪毙！”

他们那严肃劲，真让人啼笑皆非。

“那是我写的一些小诗，还抄了隋老爹的一些诗。”

“什么？你真不要脸，谁听说过‘基代岳茨’会写诗！你们也有诗？”那小伙子得意地嘲笑着。

“我们不说这些废话了。”那个军官说，“你的所谓诗集我们要扣留，找懂中文的人检查。如果没有问题，诗集可以还给你。这两张相片我们要扣留，查清楚了，没有问题也可以还给你！还有这七十五卢布，我们不准苏联货币带出国，一年内再回苏联时可以领取，在俄国使用。”他给我开了张扣留日记本、七十五卢布、两张相片的收据。

“我请求你们把两张相片和诗集还给我吧！相片是珍贵的纪念，那诗集是我这六年五个月写的。”

“如果你不同意我们现在采取的处理方法，你可以等问题弄清楚后再走，我可以给你找个白吃饭的地方，不过最少也得三个月到六个月！”然后他大声地不耐烦地叫道：“巴绍啦！巴绍啦！”

“好吧，就存在这里吧！再见，再见！”我几乎是含着泪向代表苏维埃社会主义共和国联邦的两位公职人员伸过手去，想友好地告别。我得到的是什么呢，是永生难忘的侮辱。他们像受了凌辱似的向我瞪着眼睛，把手缩回去，然后转过身，这回说的是中国话：“滚吧！滚吧！滚回中国去吧！你们这些浑蛋、坏蛋、施必翁（俄语：间谍）！”

我上了由新疆塔城开过来的一辆运货卡车，越过了边界。当汽车在塔城边防站停下的时候，我下了车。

我的两脚站在了祖国的大地上。夕阳烧红了西半边天，面前是无边无际的戈壁滩，长着带刺的硬硬的芨芨草。我跪到了地上，我的眼泪刷刷地流下来：“妈妈，我回来了！”我伸出我的双臂，全身匍匐在地上，亲吻着祖国的大地，一遍又一遍地说：“妈妈，我回来了！”硬硬的芨芨草扎着我的嘴和脸，我的泪滴在了戈壁滩上，千百种感觉涌上了心头。这时，我突然想起了吗啡小李临死前含含糊糊说的那句话：“回家！”我站了起来，抬起头，面对苍天大声地呼喊着：“妈妈，你‘朝圣’的儿子回家了！”

附　录　作者小传

姚艮，1912 年生，黑龙江省双城县人。

伯父姚介忱曾追随孙中山参加过中兴会和辛亥革命。大革命失败后，十分赞同孙中山“联俄联共，扶助工农”的革命主张。在伯父的教育影响下，姚艮接受了马克思列宁主义。

1930 年姚艮在北平加入了共产主义青年团，1931 年 2 月加入中国共产党。同年，还在通州潞河中学读书的他，担任了中共北平市委通县党支部书记和通州区委书记。

“九一八”事变后，姚艮回到黑河地区，进行抗日斗争的组织和宣传工作。在伯父姚介忱的帮助下，搞到了黑河盐仓缉私队的武器，协助绥滨县县长陈庸建立抗日武装。为了抗日游击队能够得到军事指导和武器援助，1932 年 9 月，他渡过黑河，来到日夜向往的社会主义国家、列宁的故乡——苏联。那时，苏联正值肃反扩大化时期，他被保安部门以“日本间谍罪”的罪名被捕入狱，后来又被送进了劳动营。在长达七年的时间里，他曾经从远东转移到中亚，又从中亚转移至北极，历尽了艰辛苦难和屈辱，九死一生，终于在

1939年4月获得释放。

“七七”事变后，中国大地已沦丧在日寇的铁蹄下。姚艮抱着抗日救国的坚定信念，毅然离开苏联，回到祖国。在新疆，他结识了由延安派去的中共党员、时任库车县县长的林基路同志，希望能恢复组织关系。因为当时新疆的局势很复杂，林基路同志希望他不要暴露自己的共产党员身份，保存力量，将来为党做更重要的工作。

1945年8月抗战胜利后，姚艮决定到陕北去找党组织。为了不引起国民党当局的注意，他把妻子和女儿留在了新疆，自己带着儿子来到兰州，到处打听去延安的门路。这时，他意外地从一本上海出版的进步杂志上看到一位署名岳光的作者写的文章。从文章内容上判断，这是他在北极劳动营中结识的挚友李正文。姚艮通过杂志编辑部转交给李正文一封信，详细讲述了自己的近况和寻找组织的迫切心情。李正文回信寄来路费，让他去重庆，把他介绍给了进步人士阎宝航。

阎宝航，辽宁海城人，是一位爱国的政治活动家，和张学良关系很好。“九一八”事变后，他组织了东北民众抗日救国会。在重庆他和许多国民党上层人士如宋美龄、孙科、于右任、戴笠等交往密切。其实他已在1937年就加入了中国共产党，是我党潜伏在国民党高层的情报人员，李正文正是这个情报小组的一员。

阎宝航在重庆的家，被流亡到大后方的抗日爱国人士称为“阎家老店”。阎宝航把姚艮的情况向周恩来作了汇报。周恩来同志派宋黎看望姚艮，恢复了他的组织关系，并派他去东北做党的地下工作。为了掩护姚艮从事地下工作，组织上决定把他的妻子和女儿从新疆经兰州接到重庆，一起去东北。

通过伯父姚介忱的好友、国民党元老莫德惠的帮助，姚艮作为国民党的接受大员，被安排到中长铁路工作。就这样姚艮一家乘坐一架东北经济委员会的包机飞抵北平。在北平，姚艮与北平军调部中共代表团的徐冰接上头，接受了搜集军事情报的任务。

到达东北后，姚艮很快和地下党接上了关系，展开了工作。他先后利用担任中长铁路长春分局调度所主任及沈阳南站站长等职务，准确掌握了国民党部队调动情况，为解放战争提供了非常有价值的情报。同时，他根据当时因缺少优质煤列车运行困难这一实际情况，利用调度的权力，故意制造国民党运兵车辆堵塞，扰乱敌人的军事计划。

1948 年春季，中共沈阳的地下电台被敌人发现，被捕的地下党员叛变。幸好姚艮得到了内线通知，迅速组织同志们撤离。他利用站长身份，登上火车头，离开了沈阳。为了党的事业，他抛下了儿女和就要临产的妻子。

中华人民共和国成立后，姚艮从东北社会部调到北京，一直在公安部工作，直到离休。几十年中，姚艮历任编译处处长，群众出版社总编，办公厅副主任，1978 年被任命为公安部办公厅主任、党组成员。

姚艮热爱文学创作，在繁忙的工作之余，翻译出版了苏联二十多部小说和电影剧本，如曾获斯大林文学作品奖的《金星英雄》，在五十年代风靡全国，一版再版，对当时的中国文学界产生了一定的影响。

“文化大革命”期间，姚艮及其家人受到残酷的迫害。他又被关进了监狱，长达八年之久。这次不仅是“日本特务”、“国民党特务”，又加上“苏修特务”，还有“里通外国”、“罗瑞卿的黑干将”等新的罪名。历史的悲剧在三十年后又一次重演。在姚艮八十年的革命生涯中，两次被“自己人”专政，共十五年的时间。可谓传奇的一生。

“文化大革命”结束后，他被彻底平反。恢复工作后，任公安部办公厅主任期间，正值百废待兴，拨乱反正的年代。“文革”时期砸烂公检法，许多公安干部被送到干校，被下放到全国各地，他们重新恢复工作返回北京后，面临着住房问题，子女安排和就业问题，职工食堂问题，小孩入托、上学问题，职工看病问题……姚艮以饱满的工作热情，雷厉风行的工作作风，解决了一个又一个难题。

1982年姚艮离休后，担任了公安部咨询委员会主任，在这个岗位上又工作了八年。1991年公安部政治部授予他“人民警察一级金盾荣誉章”。

姚艮同志在八十岁高龄时完成了自传体小说《朝圣的囚徒》，以自己的亲身经历见证了苏联肃反扩大化的严重错误，揭示了苏联劳动营中许多华侨和中共党员的悲惨遭遇，以及他们在极端严酷的环境下表现出的顽强不屈的崇高人性。

2010年9月14日，姚艮同志在北京病逝，享年九十八岁。他参加革命八十年，从事公安工作六十多年。他把自己的一生毫无保留地献给了党和人民，献给了革命事业。

后 记

姚立文

人们常说“物以稀为贵”，这部小说就贵在它的“稀”。

在上个世纪三十年代，苏联有几十万几百万人被送进了劳动营，其中就有成千上万的中国人。在极其恶劣的环境下，他们承受着超出人体极限的繁重劳动。不被冻死、饿死、累死，能活着走出劳动营并回到祖国仍然坚守着自己的共产主义信仰不动摇，继续舍生忘死地为党的革命工作献身的，为数不多。作者是在他八十岁高龄时，以自己上个世纪三十年代在苏联七年劳动营的传奇经历为素材写出了这部自传体小说。

苏联有部小说《古拉格群岛》，写的就是苏联劳动营的事情。这部小说的轰动效应是众所周知的，它获得了诺贝尔文学奖。现在，作者作为一个中国人亲身经历并见证了这段历史，又一次向世人揭示了在苏联肃反扩大化时期许多被冤屈的人们的不幸遭遇。从苏联劳动营走出并健在的俄罗斯人恐怕已是凤毛麟角，而作者在九十八岁高龄时也辞世了，难有亲历者再为我们讲述这段历史，所以这部小说算得上是“绝笔”，这就是它的“稀”。

苏联这座神圣而威严的大厦轰然坍塌，震惊了整个世界，对许多中国人来说是一个很难面对的事实，至今在不少人心里仍然存在无法解答的谜团。苏联的问题究竟出在哪里？今天的科学如此发达，人们可以通过超人计算机对天文宇宙进行计算和分析，给出十分科学的判断，但对苏联解体的问题，再大功率的计算机也无法给出一个结论。那现在的人们能做些什么呢？今天的人们能够做的，无疑是尽可能多地了解苏联发生的重大事件的真相。这本书的可贵之处，就在于作者以自己的所见所闻为读者提供了第一手的丰富素材，这些毋庸置疑的事实，能让我们更深刻地去思考一些问题。虽然这本书是一部自传体小说，但它对于研究苏联问题无疑是一部有价值的历史资料。

“九一八”事变爆发后，尚在北京通州潞河中学读书并已担任中共通州区委书记的他，回到黑河组织抗日队伍，但缺少枪支弹药和军事经验，急需军事援助。他立即想到近在咫尺的社会主义天堂……苏联，以为那是唯一能够帮助他抗日救国和在神州大地实现英特纳雄纳尔理想的救世主。他哪里知道，在他越过边境踏上那片圣土的那一刻起，就被保安部门的大网牢牢罩住，等待他的是监狱的铁窗和漫长的劳动营苦役。法律在那里是那么专制无敌，却又是那么苍白无力。他叩开了天堂的大门，却开始了朝圣者的囚徒经历。

在七年的时间里，随着劳动营的转移，他从远东到中亚，又从中亚到北极，在俄罗斯广袤的大地上整整走了一个“大三角”。他曾在湍急的黑龙江里捕鱼；冒着零下四十多度的严寒，在冰封的黑龙江上修路，保障共青团城的运输供给；在深夜暴风雪中，挽救上百名遇难囚徒的性命，自己却险些被冻死在路上；在炎热干旱的戈壁沙漠修筑铁路和桥梁；在北极的冻土带下到几百米的矿井挖煤，遭遇了煤矿重大事故，险些丧命。在这个“魔鬼大三角”中，主人公九死一生，但并不是所有的囚徒都那么幸运，许许多多的中国同胞和俄罗斯的兄弟永远地留在了滔滔的黑龙江里，留在了几百米深的坑道里。

作者在书中为读者展现了形形色色的人物，他们有着各自不同的人生经历和命运结局。劳动营里有流氓无赖、小偷、妓女等社会渣滓，也有身经百战赫赫有名的远东游击队司令隋老爹，他没有死在日本人和白匪的枪口下，却死在了苏维埃的劳动营中。他获得的列宁勋章和红旗奖章并没有让他免遭噩运。

在劳动营这个社会最底层，阳光照不到的黑暗角落，却有一些最坚强的革命者，他们在逆境中顽强地坚持着自己的理想和信仰。作者笔下的主人公正是这样的共产党员。

今天，世界已经是一个多元化的世界，中国已是屹立世界大国之林的开放的中国。经济转型快速发展，社会发生了巨大变化，昨天的穷人今天可能暴富了，过去端铁饭碗的今天可能下岗了；有的人买了别墅，有的人则成了“房奴”；许多社会弊端暴露出来，很多人变得迷茫、困惑、浮躁，价值观随之发生了变化，信仰出现了危机。

这本书给予我们最大的启迪，就是告诉我们一个真理：一个成功者，一个胜利者，一个一个强者，一定是有理想、有信仰和有追求的。这是他们百折不挠战胜一切艰险、战胜死亡、战胜自我的强大的永不枯竭的动力源泉，也是普世的价值观。这部书里的主人公为我们树立了一个榜样，他是一个真正有理想有信仰的人，面对再大的屈辱和磨难也从不动摇。所以这本书，又是一本对青少年十分有教育意义的励志书。在这本书里，作者既向我们揭示了人性的丑恶，也向我们讲述了人性善良、互助互爱的感人故事，还有那纯洁美丽的爱情之花开放在严冬的冰雪世界，开放在那酷热干旱的戈壁沙漠。

在写这部自传体小说时，父亲曾多次和我们谈起他的初衷。他说，对于遭受无端迫害的人来说，这绝不是一件轻松愉快的事，特别是对那些没有死在敌人枪口下，而死在“自己人”手里的人来说，不能不说是一件憾事。他的经历本是一件不该发生的事。但是，既然发生了，便要汲取教训。比方说，当时在苏联发生过的事，竟然在几十年后的中国，特别是在“文化大革命”中，一而再，甚至变本加厉地重演，这是什么原因呢？这就值得研究了。研究这些事情发生的根源和克服的办法，从而让这样的事情在中国不再发生。只有这样才能团结全党全国人民同心同德地完成我们的革命事业。

父亲写完这部自传体小说后，我读完了全部手稿，感觉还需要进一步修改，当时提出了几点意见。父亲同意我的意见，并希望我能帮助他修改。在修改的过程中，父亲看过我的手稿，他对修改感到满意，他说他写的东西放得开却收不紧，这已成为他文章的特点，所以他自己很难修改自己的文章。我在修改的时候，本着一个原则：一定要让这本书有更大的受众面，要让更多的青年读者能够接受它，喜欢它，要用书中的故事、人物的形象打动读者，才能达到教育和启迪的目的。另外，我以主人公的经历为主线，把无关的枝节砍掉，更加突出了主人公的经历和命运。修改过的手稿父亲都亲自审阅过。但此稿一直搁置到父亲去世。

为了缅怀我的父亲，我将此稿拿了出来，找到群众出版社希望能够出版，了却父亲的心愿。现在，这部中国版的《古拉格群岛》终于与读者见面了。谨向所有关爱这部书稿的亲友致以真挚的谢忱！